Kadokawa Fantastic Novels

食鏽末世錄

瘤久保慎司

SHINJI COBKUBO PRESENTS

BISCO
A BOY WITH A BOW RUNNING THROUGH THE WORLD LIKE A WIND.

SABIKO
過去，
輕輕拂過就足以鏽蝕一切的
「鏽蝕風」吹襲，
將文明破壞殆盡，
化作一片沙土。
然而，
漫長的時間過去，
「鏽蝕風」仍然不斷吹送，
但人心至今
依舊不鏽。
THE WORLD BLOWS THE WIND ERODES LIFE.

「那說不定可以拯救我的姊姊，
拯救我唯一的親人。
不過是條手臂，想要就拿去，
就算腦袋分家也無所謂！」
貓柳美祿
外號「熊貓醫生」，
為眾人喜愛的美麗少年醫師。
因為擁有溫柔的心與卓越醫術，
深受忌濱鬧區的居民愛戴。
日夜致力於尋找方法治療
罹患嚴重鏽蝕病的姊姊。

にご協力ください
赤星ビスコ
名手配
齢十七 身長180cm程
キノコテロ二八件
八十万 日貨
この人物に関する情報をお持ちの方はお近くの自警団まで
「基本上蕈菇守護者的旅途，
就是兩人一組搭檔。
要是一個死了，另一個就得跟著上路。」
赤星畢斯可
別號「食人菇赤星」的
最強蕈菇守護者。
捉拿到案的懸賞金為八十萬日貨。
能靠一把弓在任何地方
開出一朵朵蕈菇。

貓柳帕烏
美祿的姊姊，同時也是
年紀輕輕就成為率領
忌濱自衛團團長的女傑。
儘管身體已經遭到鏽蝕病侵害，
還是為了弟弟持續揮舞鐵棍。
「蕈菇守護者，我勸你乖乖投降伏法。
不然下一招就會直接打爆你的頭。」

「兩位客人，歡迎來到魅惑的水母商店。」
大茶釜滋露
看起來像隻水母，
隻身踏遍荒野的美少女。
有時會欺騙畢斯可他們，
有時卻會出手相助，
但她的真面目是──
「最強的蕈菇守護者，來得好，你真的出現在我面前了。」
黑革
身為忌濱縣知事，
掌控了這座惡德蔓延的城市
裡外一切的男人。
身邊總是跟著一群
戴著忌濱縣吉祥物「忌濱兔兔」
面具的部下。
賈維＆
芥川
畢斯可的師父與情同手足的大螃蟹。
賈維曾被譽為弓聖，
乃是「蕈菇守護者的英雄」。
現在則是一位鏽蝕病患，
且預料自己即將死亡
仍處之泰然地持續旅行。
「老夫會絆住他們，快走唄。」

SABIKUI BISCO

The world blows the wind erodes life.
A boy with a bow running
through the world like a wind.

[插畫] 赤岸K

[世界觀插畫] mocha (@mocha708)

風，
即使能讓文明、
神，以及惡魔
一點一點鏽化為沙，

唯獨
無法鏽蝕你的
靈魂，
以及眼神。

前進吧。
鏽蝕正是畏懼
脈動的生命。
在那之前闢開道路吧。

——新進蕈菇守護者之詩

紙上誇張地大大寫著「食人菇　赤星畢斯可」幾個字。

紙張中間照片上的人，有著尖刺般的紅色頭髮，額頭上戴著有裂痕的貓眼風鏡，表情凶猛得一副要撲上來似的。炯炯有神的右眼周圍有著一圈火紅的刺青，有如要將眼睛框出來一般。

一看就知道是個危險分子。瘋狗般的臉孔下面寫有「年齡十七，身高約一百八十公分，捉拿金八十萬日貨」等文字，還蓋上了「群馬縣」的印章。

這張懸賞釘在關隘的窗口，一位年輕旅行僧人直直盯著那被風沙吹得不斷掀起的紙張看。

「你很在意嗎？」

肥胖的鬍子官差一邊檢查通行證，一邊向旅行僧人問道。

旅行僧人挪開視線，將臉稍稍轉向官差，尷尬地點了點頭。僧人臉上鬆垮地纏著抄寫了咒經的繃帶，遮住了臉上的表情。

「這人經過的土地會長出滿地蕈菇，所以外號叫作食人菇赤星。他的話題在縣政府裡面可是沒完沒了，畢竟他把觀光勝地赤城山的整片山麓都變成蕈菇堆了嘛。」

「為何用食人形容？」

「因為他就是會吃人啊。」

官差喝著廉價的酒，似乎覺得自己說的話很好笑而咯咯笑著。

「不是啦，是因為他惡劣到讓人想要這樣稱呼啊。我想你們這些走遍各地巡禮的和尚應該不知道，但赤星的蕈菇真的很不得了。他只要像這樣拉弓射出一箭——」

官差從窗口探出身子，誇張地做出拉弓動作。

「不管是土壤還是鐵，只要是他瞄準的位置……都會『啵！』一下長出跟大樹一樣的蕈菇。而且他完全不管是否在寺廟還是神社，就是個旁若無人的蕈菇守護者，所以大家才會這樣稱呼。再說了，你看看這一臉瘋狗樣！看起來就像會吃人的樣子啊。」

旅行僧人面無表情地看著大笑官差的鬍子臉，將視線再度移到懸賞單上。

「食人菇赤星……」

「話雖如此，你也不必擔心。沒有任何罪犯能躲過天下第一的群馬縣警法網，逃到其他縣市去啦。赤星的惡行也到此為止了，不會妨礙你的巡禮之旅。」

鬍子官差從牆上撕下懸賞單，一再看著。

「而且這赤星的名字還叫畢斯可，實在太好笑了，到底是怎樣的父母才會取這種名字啊？」

（註：音同日本一款乳酸菌夾心餅乾「BISCO」）

接著鬍子官差就對那食人什麼的沒了興趣，把懸賞單隨手扔去一旁。然後拿滿是汙垢的條碼機掃了好幾次通行證最後一頁的條碼，卻都沒有反應，於是誇張地咂嘴站了起來。

「太田！你這白痴不是說修好了，完全刷不到啊。」

旅行僧人看著任憑沙漠強風吹拂，在沙地上滾動的懸賞單越離越遠，輕輕嘆了口氣，並無聊地開始四處張望起來。

現在幾乎沒人通過連接群馬與琦玉的這座南關隘。因為一穿過關隘，就只有一片滿地異形蠢動的荒涼琦玉鐵沙漠，而沙漠另一端，也只有過去名為東京的城市所在之處，留下的一個巨大空洞而已。

話雖如此，群馬一直以來在軍事層面上跟新潟、栃木的關係就很緊張，所以長時間封鎖了北、東兩處關隘。旅人如果想往東去，就只能從這南關隘出去，沿著東京爆炸中心的大洞邊緣穿過死亡沙漠，並途經栃木南邊的忌濱縣。以必須踏遍全國修行的宗教團體，例如萬靈寺或纏火黨之類的立場來看，這是一段必經之路。群馬之所以不封鎖這寂寥的關隘，也是基於這類宗教團體施加的壓力。

但是，一旦踏出關隘，就沒有牆壁能夠阻擋從大洞中吹出的鏽蝕之風。下場不是被躲在沙裡的單色尾鰐吃掉死去，不然就是鏽蝕而死。不管怎麼樣，群馬縣基本上秉持的態度就是一旦穿過這道門，就不保證之後的下場如何。

吹送的風勢讓旅行僧人瞇細眼睛，有點在意身上的繃帶。這種像木乃伊一樣的僧服，是在西日本很普及的纏火黨巡禮裝扮，所以並沒有什麼稀奇之處。但即使是僧人，面對這七月的沙漠烈日似乎仍感覺吃不消，從剛才就一直很在意冒著汗水的右眼。

「喂，小子，不好意思啊，我們繼續吧。」

旅行僧人雖然看了阻擋沙風的煞風景白牆一會兒，但仍保持著僧人該有的樣子，回到關隘窗口邊。

「呃——預定前往忌濱，目的則是巡禮……從關西一路過來真是辛苦你啦。是說……」

鬍子官差仔細地比對照片與旅行僧人的臉。「渡蟹渡……你這是假名吧？」

「是僧名，渡蟹渡。」

「本名叫啥？」

「貧僧已捨棄本名。」

「哼……行李是什麼？一個僧人行腳為什麼要帶這麼多東西？」

「裡頭裝了屍體。」旅行僧人回頭看了看跟卡車差不多大的狗橇貨車，滿不在乎地回應。

「這屬於集靈呼吸法修行的一環，每次都會有死者出現。屍體將會回歸鏽蝕之風。」

「嘔，噁心。」

鬍子官差不悅地說，回頭對著窗口裡面大聲說：

「喂，太田，你去掀開那塊布看看。說裡面是屍體堆啦。」

「裡頭有蟲……」旅行僧人對被喊了之後衝出來的年輕官差說道。

「為了防止腐敗，而讓蜈蚣啃食屍體。蜈蚣一照到太陽就會躁動，能輕鬆地咬下你的手指，很危險。」

鬍子臉看著臉色瞬間發青，一副很擔憂的太田，不悅地吐了下口水，用手招呼他回去。

「開門。」

巨大的門發出鏽蝕脫落的嘎吱聲打開，旅行僧人深深一行禮後，轉回停在遠處的狗橇。鬍子臉百無聊賴地看著僧人離去，突然……

看到旅行僧人背上的短弓，在太陽照耀下熠熠生輝。

「……喂，這年頭纏火黨員可以用弓啦？」

「是，並未禁止殺生。」

「這我知道啦。」鬍子臉沒有退讓。「但我記得不能用飛行道具吧？因為要親自體會殺生有多沉重之類的，聽說是不能用弓箭或火槍之類的玩意兒喔。」

旅行僧人——

有那麼一點不知如何回答。當與那繃帶下閃閃發光的眼睛對上的時候……

鎮守關隘十五年的直覺敲響警鐘。

「對了，是說不信神佛的我也久違地想聽聽誦經了呢。」鬍子臉背著手向太田打出緊急暗號。「能否麻煩你誦個經呢？應該不會有和尚拒絕他人誦經的請求吧？」

現場氣氛緊繃。

儘管風逆向吹送，捲起大粒沙塵，旅行僧人仍眨也不眨眼。綠色的眼眸忽地瞇細，從鬆開的繃帶稍稍露出的嘴角處，可以窺見尖銳的犬齒。

「『祈禱你能成為堅強的男孩』……」

「……你說什麼？」

「是好吃又能頭好壯壯的畢斯可。」

旅行僧人的聲音中帶起幾分險峻，表露出躁動起來的殺意。

「這是充滿溫暖祈願的強悍名字……哪輪得到你這混帳取笑。」

「你這傢伙不是和尚吧！」

「給我說『畢斯可先生，對不起』啦！」

鬍子臉立刻拔槍開火，擊發的手槍子彈擦過旅行僧人耳邊，打掉了綳帶固定處。

嘩啦。

紅色頭髮在乾燥的風中飛揚。

拋下僧人面具的那雙眼光無比銳利，綻放著綠色光輝的雙眼，帶著彷彿能夠射穿岩石的堅強意志。燃燒般的火紅頭髮，有如反映這名男子的嚴酷般倒豎著，並在沙漠的風勢吹送之下擺盪。

他被槍指著也完全不害怕，大膽地以手臂抹抹臉，擦掉被汗水弄花的底妝，圍著右眼的刺青便大剌剌地顯露出來。

「食、食人……」鬍子臉跟太田都張口結舌，因眼前這位紅髮男子而戰慄。

「食人赤星！」

「誰會吃人啊！」

畢斯可抽出背上短弓，翡翠色的弓反射陽光，散發炫目光輝。接著他迅速從懷中箭筒抽出火紅箭矢拉滿弓，朝窗口射出。

「喔哇啊！」箭擦過發出慘叫彎下身子的鬍子臉頭頂，射穿泳裝女星的月曆，釘在闢隘的牆上，整面牆接著就「霹哩！」一聲冒出巨大龜裂。

「這、這把弓是怎樣？」

「豬茂先生！那、那個，你看那邊！」

往太田所指方向望去，可以發現以牆上的龜裂為中心，闢隘小屋內各處開始如雨後春筍般冒出紅色的——某種圓圓的東西生長茁壯，膨脹了起來。

那些逐漸擴散的紅色的東西沒過多久就發出「啵！」一聲迅速往上生長，衝破闢隘小屋的牆壁。緩緩張開紅色菌蓋，莖部也越發豐潤成長的狀態，即使是外行人看在眼裡，也可得知那是什麼。

「這、這是……哇啊！是蕈、蕈菇啊！」

「笨蛋！太田，我們快逃！」

鬍子臉拚命抓住想拿回個人物品望遠鏡的太田，連忙奔出小屋。當他們踏出門外的下一秒，以強勁氣勢生長的紅色蕈菇堆發出「啵咚！」、「啵咚！」的聲音發芽，粉碎了闢隘小屋。

食鏽末世錄

SABIKUI BISCO

The world blows the wind erodes life.
A boy with a bow running
through the world like a wind.

[插畫] 赤岸K

[世界觀插畫] mocha (@mocha708)

畢斯可沒有回頭看爆炸的關隘小屋一眼，飛跳著回到自己的狗橇，朝蓋著車的麻布大吼：

「賈維！失敗了，準備沿著牆逃跑啦！幫我叫芥川起來！」

麻布突然輕飄飄地揚起，在空中飛舞。從麻布中現身的，是一隻巨大螃蟹，身形差不多有人類的兩倍高。大螃蟹就這樣一個翻身，輕巧在沙上落地之後，得意地舉高雙螯，讓陽光照耀在那橘色的甲殼上。

畢斯可輕巧地跳上螃蟹背部的鞍，大螃蟹便猛力衝出。

「所以我就說行不通了唄。」在畢斯可身邊控制大螃蟹韁繩的是一位留著大把白鬍鬚，戴著一頂寬敞三角帽的老爺爺。「既然想模仿勸進帳，起碼也要背點經文起來嘛。老夫就會喲，唵嘛呢叭咪吽。」

「是你說纏火黨在關東靠臉就可以過關耶！」畢斯可在狂奔的大螃蟹背上朝老爺爺怒吼。這時幾發砲彈彷彿要淹沒他的吼聲般，落在奔跑的大螃蟹身邊，捲起沙塵。

「……那傢伙居然派出河馬！」

畢斯可對著沙塵瞇細眼睛，定睛凝神地瞪著身後，就看到一大群背上揹著機槍和大砲之類火器的軍用沙河馬，正捲著沙塵往這裡奔來。各種大小的沙河馬之中，跑得快的甚至已經與大螃蟹並列，將背上的機槍朝向畢斯可。

「礙事！」

畢斯可的短弓閃現迅猛的箭，刺在沙河馬身上。沙河馬發出「咕嚀」的哀嚎，像個蹴球般在地上打滾，而且全身不斷冒出紅色菌蓋，接著「啵！」地長出一朵巨大蕈菇。後續追上的沙河馬一鼓作氣衝開這些蕈菇時，畢斯可的弓接著兩發、三發迅速射箭，接連「啵！」、「啵！」地爆開的蕈菇便收拾了沙河馬群。

即使畢斯可的蕈菇箭如此強悍，但對手可是一大群河馬兵，終於有一隻沙河馬成功盯上大螃蟹，以背上的機槍攻擊螃蟹腳，但久經沙場的鐵梭子蟹甲殼不當一回事地將之彈開。雖然一口氣收拾了好幾隻，不過眼看河馬大海確實地逼近過來，畢斯可的額頭不禁冒出了汗水。

「沒完沒了啊。」

他嚥下口水，下定決心般看了看老爺爺，以不輸風聲的巨大聲量吼道：

「我要用杏鮑菇跳了。賈維，給我十秒。」

「又是那招啊。」老爺爺略顯不耐煩地嘀咕，還是看著畢斯可的臉眨了下一邊眼睛。「哎，反正這裡是沙漠，不會太傷腰吧。」

老爺爺抓起韁繩說：「好啦芥川，開火！」並用鞭子抽了大螃蟹。螃蟹扭著身活力十足地舉高一對大螯，並將大螯化作大鐵鎚般砸向逼近過來的大群河馬。

在捲起的沙河馬身體與沙塵中，畢斯可搭起杏鮑菇之箭，射進浮在空中的一隻河馬體內。仔細一聽，從落下的河馬身上發出的蕈菇發芽聲「啵吱」、「啵吱」地爽快聲傳進畢斯可耳裡。

「賈維！」

「好喲。」

這時畢斯可一把扯來一般來說需要五個大男人才能抬起的沙河馬身體，彷彿那是個布偶般輕鬆就將之高舉。

「呃啊啊！那小鬼是妖怪嗎！」

畢斯可在以官差的怪叫聲為背景音樂的狀態下，用有如素戔嗚尊的剛猛氣勢，將中了杏鮑菇毒的沙河馬屍體一舉砸在彎低腰部的大螃蟹腳邊。

啵咕！

此舉揚起大量沙塵，巨大杏鮑菇迅速生長茁壯，瞬間成長到與足足有三十公尺高的城牆並駕齊驅的程度。畢斯可他們兩個人和一隻螃蟹趁著那個勢頭，就有如彈跳的網球般高高飛起，轉著圈就往城牆的另一邊落下。

畢斯可勉強在空中調整好姿勢，用腳抓住光是摁著帽子就拚了老命的老爺爺的身體，就這樣朝大螃蟹射出搭好的錨箭。大螃蟹靈巧地用大螯捲住錨箭，並在空中用八隻腳抱住兩人後，縮得跟球一樣圓，就這樣在城牆另一邊落地，在沙漠上滾了好幾圈。

「好、好大啊……」

聽著太田這句茫然的嘀咕，鬍子臉官差也是茫然地看著眼前聳立的一根巨大杏鮑菇，啞口無言。

沿著牆面勾勒出微微弧度，有如白色柱子聳立的杏鮑菇，如瀑布般灑下堆積在菌蓋上的沙塵，彷彿還想繼續成長般緩慢地扭動著白色的表面。
眼前這個在只有沙與鏽蝕的死亡大地上強勁成長的生命力，形成一副莊嚴的景象。
「傳說蕈菇守護者可以在已經死亡的土壤上生出蕈菇，原來是真的啊……」
能操縱各式各樣蕈菇，並與蕈菇共生的「蕈菇守護者」一族。
因為有傳聞表示散放胞子將導致鏽蝕擴散，因此現代人極為避諱蕈菇。隨著相應的迫害行為，蕈菇守護者也跟著隱遁於世俗之外。
一般人極少有機會能親眼目睹守護者那充滿謎團的蕈菇技藝。
鬍子臉官差張口結舌，差點認同太田想朝拿著掛在脖子上的相機拍攝杏鮑菇的行為……他連忙甩了甩頭，一掌打在太田的腦袋上，並在他耳邊怒斥：
「混帳東西，你感動個屁！蕈菇的胞子會帶來鏽蝕可是常識耶！要是有那麼大朵的蕈菇，這附近很快就會被鏽蝕殆盡了啊！」
「喂——鬍子肥仔——！」
聽到牆壁另一端傳來的聲音，兩位官差面面相覷，連忙搭上管理電梯升上高台，俯視聲音的主人。
「每星期記得拿沙河馬的糞便幫杏鮑菇施肥一次喔！只靠沙地會長太慢！」
一頭紅髮，戴著貓眼風鏡的通緝犯在螃蟹身上對著高台大喊。他身邊頭戴三角帽的老爺爺一邊操控著韁繩，一邊抽著不斷冒煙的菸斗。

「你、你居然要我們幫蕈菇施肥——！」

「肥豬，聽我說啦！蕈菇會吸收鏽蝕成長！」畢斯可不悅地吼了回去。「只要好好培育，過不了多久，這裡將不再是沙……」

鬍子臉的槍彈「砰！」地打斷努力遊說的畢斯可，擦過他的肩膀。畢斯可臉上原本有些呆愣的表情漸漸變得像凶神惡煞，甩著一頭紅髮，雙目炯炯有神地瞪大。

「我可是好心……你們這些人為什麼都這樣！就是不肯聽人把話好好說完！」

看著因怒火攻心準備拉弓的畢斯可，老爺爺可能覺得是時候了，一邊笑著就一鞭打在大螃蟹身上。大螃蟹彷彿等這一鞭很久了，只見牠活力十足地奔出，轉眼便遠離了群馬的南關隘，邁向沙漠另一頭。

「赤星——我記住你的臉了——！下次看我拔掉你那舌頭——！」

風強勁地有如砸在人身上一般吹送，捲起沙塵。人在螃蟹背上的畢斯可在沙塵暴之中連眼都不眨一下，緩緩轉過身……

倏地對聲音傳來的方位比了中指，並狠狠地以那對翡翠色眼眸瞪了回去。

太田透過遠鏡頭拍到畢斯可的這個表情。只見印刷出來的照片上，是一張能讓人感受到堅定意志的凶神惡煞樣貌。

「……說不定他光憑眼神就能瞪死蒼蠅呢……」

這張照片後來被群馬縣政府採用，變成新的懸賞單，同時也成為太田下定決心踏上成為攝影師之路的契機。但這跟捲起沙塵踏破沙漠的赤星畢斯可的未來，並沒有太直接的關連。

1

畢斯可趴在沙漠上，調整貓眼風鏡的倍率，凝視著聳立在夜晚沙漠中的巨大白色高牆。

整面牆上用圓圓的字體寫著「歡迎來到友愛之都忌濱縣！」幾個大字，文末也配上笑口常開的可愛忌濱兔子吉祥物「忌濱兔兔」。但在「來」、「到」與「忌」、「濱」等字之間，都可以看到嚇人的機槍裝置，真是一副非常諷刺的景象。

城牆的另一邊，不夜城忌濱鎮上的五光十色霓虹燈飾，散發著擾人的炫麗光芒。縣政府高高聳立於城鎮中央，有如宣示著自身權威，屋頂上的忌濱兔兔人偶還得意地手指天空。話雖如此，其實忌濱兔兔身上的塗料已經被吹送的鏽蝕之風溶解，看起來就像血從口鼻流出的嚇人模樣，就算退個一百步也沒辦法說這擺飾看起來吉祥。

城砦都市忌濱。

埼玉人為了躲避鏽蝕之風的傷害而打造了巨大城牆，並在這裡建造城鎮，而這似乎就是忌濱縣的由來。城牆內的居民找回碩果僅存的過往文明，即使只是暫時性的，如今還是能夠遠離鏽蝕的威脅，在安寧之中淺淺入眠。

（嘖，竟然在這麼麻煩的地方繁榮起來了。）

變色龍從趴在沙上一動也不動，只是一味地透過風鏡瞪視忌濱城牆的畢斯可身上爬過。當變色龍從風鏡上面往下爬，一路來到畢斯可嘴邊時，他迅速就一口將牠吸入咬碎。

畢斯可放任變色龍的尾巴瘋狂亂甩，就此結束了偵察工作，推起風鏡後滑下沙丘，往透出淡淡燈光的帳棚過去。

能漸漸鏽蝕活人的死亡威脅，「鏽蝕之風」。

現代人早已失去得知鏽蝕之風由來與真相的方法了。

以一般常識來說，普遍認為起因乃過去以日本科學結晶打造的防衛兵器「鐵人」大規模爆炸所致，而這也算是某種程度上的共同認知。

但實際狀況眾說紛紜。像是新型引擎在研究中爆炸，或是用在東京都與大企業的內戰中導致爆炸，甚至是跟來自太空的侵略者同歸於盡而爆炸等等，包含這種彷彿二流電影內容的論調在內，總之有許多關於鐵人的論述。不管怎麼說，這種遙遠過去的真相也都沒意義了……

鏽蝕之風以東京爆炸洞為中心，彷彿要覆蓋日本全境般不斷吹送，吞沒了至今可稱作文明的一切，將之化為鏽塊。直至今日，仍然在日本這片土地上持續吹送。

人們為了逃避有如烏雲籠罩人心的鏽蝕之風帶來的恐懼，只能將骯髒的財富或奇怪的信仰當作心靈依託，在各縣邊界建築防風高牆，想盡辦法多少遠離死亡的氣息。所以不論去到日本哪裡，都呈現如此共通的樣貌了。

現在，畢斯可等人準備前往的「北埼玉鐵沙漠」，正可說是最明確地展現了鏽蝕之風帶來的毀滅的地區。過去當東京仍是首都時，據說埼玉這一帶乃全日本首屈一指的工業地區，現在卻在從爆炸中心吹出的鏽蝕之風肆虐下，完全化為一片鏽蝕之海。所謂的埼玉鐵沙漠，就是原本工業地區的建築物遭到風化，無法保留原形，化為鐵沙後堆積出來的結果。

而在埼玉以南，也就是在東京爆炸中心更南邊，曾被稱作神奈川、千葉一帶的地理狀況，已經悽慘到遑論城鎮，甚至無法確定還有沒有能讓人類生存的地區。以目前的狀況來說，埼玉是人類交通網能夠觸及到的最南端地區。

若把途中可能需要應對鉛鯊跟單色尾鰆的時間算進去，從群馬南關隘乘著大螃蟹往東走到忌濱縣西門，大概要花上四天時間。

今天正好是那第四天，是個儘管是夏日卻顯得有些寒冷的夜晚。

「你回來啦。」

眼睛睜得又圓又大的老爺爺一邊攪拌著沸騰的湯鍋，一邊對鑽進帳棚的畢斯可問道：

「怎樣？自衛團有來到外面了嗎？」

「不，完全看不到警備，懸賞單好像也還沒傳到這邊。」

「喲呵呵，群馬和忌濱一直以來關係都很差嘛。這可要回溯到前任知事的時代……」

「不用講古啦，我都聽膩了。別說這個，該用藥了。賈維，把衣服脫了吧。」

畢斯可一邊說，一邊脫下外套往旁邊一丟，並制止忽略自己說的話，打算偷嚐一口鍋中的湯的老爺爺，凶惡地說：

「喂！老頭，你要我說幾次才會懂啊！我要你吃飯前先讓我看看鏽蝕啦！」

「只是試試味道而已啊，有什麼關係。你這徒弟真冷淡，竟這樣對待這時日不多的師父。」

「我就是想幫你延長所剩不多的時日啊，少囉嗦了。」

老爺爺賈維拗不過畢斯可不由分說的目光，老實脫下外套與上衣。

畢斯可熟練地解下滿滿纏住賈維上半身的繃帶，侵蝕骨瘦如柴老人皮膚的紅褐色鏽蝕漸漸暴露在外。

「……」

畢斯可稍微鎖了鎖眉頭，用手指抹了一下覆蓋師父皮膚的鏽蝕。鏽蝕從老人的脖子，經過肩膀、擦過上手臂，幾乎覆蓋了整片右胸。

「怎麼，老夫沒事啦，甚至比年輕時還好得多。瞧，手抬得起來喔。」

「別說傻話了，根本沒抬起來吧。光是還活著就很神奇了。」

畢斯可將黃金菇藥水注射在師父的脖子，一邊幫忙換上新的繃帶，一邊小聲嘀咕：

「沒剩多少時間了，很快就會侵蝕到肺部……」

「畢斯可，你別一副哭喪的臉啊，來吃飯吧……哦，好吃！」

治療完畢後，賈維迅速穿好外套，試了下鍋中湯品的口味後，將之舀入碗裡。

「今天的湯很好喝，滿是鐵鼠的油汁喔。你要是不吃飽點，關鍵時刻可就拉不動弓啦。」

畢斯可見賈維一副事不關己的態度談論自身病痛，不禁傻眼，但最終仍拗不過他，嘆了口氣後，在沙地上盤腿而坐，接下湯碗。

今天的晚餐，似乎是將白天沙釣（在沙中射下麻痺金針菇之箭，藉此釣起將之吃下的獵物）時得來的鐵鼠和沙蟲的肉，搗碎之後做成的肉丸，配上乾舞菇燉煮出來的黃土色濃湯。在鐵沙漠捕獲到的獵物，大多都會帶著嚴重的鐵味而難以下嚥，但現在這情況下也沒得挑剔了。

蕈菇守護者之中也有擅長料理與不擅長之分，比方料理沙蟲時，雖然好好泡水使之吐沙比較費工，卻能換得比較好的風味。

「……咕嗯，咳噗！嗯啊啊。為什麼會有苦汁啊？老頭，你真的有去除內臟嗎？」

「誰教你要咬，直接一口喝下去啊。」

「聽你這個沒牙齒的胡扯，你明明就只是沒辦法咬吧。」

「喲呵呵呵呵。」

這種不拘小節的態度，正是這位乾瘦大眼珠老人賈維的風格。他代替畢斯可的父母拉拔他長大，同時以師父身分培育他一流的身段，是蕈菇守護者的英雄。

畢斯可那不符年齡的熟練使弓本領，正是繼承了過去被譽為弓聖的賈維的技術。若是讓賈維親自駕馭螃蟹，至今仍沒有蕈菇守護者能出其右。

但如此老練的戰士，如今也被鏽蝕之風引起的不治之症——鏽蝕病侵蝕……

且死期將近。

「賈維，普通蕈菇已經沒有效用了。我們很快就會需要『食鏽』，得加快旅行的腳步。」

「……」

「只要穿過忌濱就再也沒有關隘擋路，很快就能抵達秋田。」

靈藥「食鏽」。

據傳不論多嚴重的鏽蝕都能溶解，使人取回健康肉身的這種蕈菇，就連在蕈菇守護者中都像是傳說中的存在。過去它曾發揮效力，拯救了差點因為鏽蝕而毀滅的蕈菇守護者聚落。但到了現在，無論其具體的生長地區或生長方式，都只存在於賈維的回憶之中。

「畢斯可。」

「啊？」畢斯可嘴角啜著鐵鼠的尾巴，抬起頭來。賈維面帶微笑，收斂平時有點吊兒郎噹的態度，低聲說道：

「老夫已經把畢生所學教給你了。菌術、螃蟹騎術、弓術……甚至使弓這方面，你已經超越我了。」畢斯可感受到師父的悲壯氣氛，漸漸繃起原本有些放鬆的表情。「但你只有調配藥劑這方面……嘻嘻，完全不行。即使算上這個弱點，無論體能、技術，都沒有蕈菇守護者能與你相比。只不過若要說……老夫的心中遺憾啊……」

賈維先停了一拍，並直勾勾的看向畢斯可，才又開口說：

「畢斯可，如果老夫走了……」

「囉唆。」

「畢斯可，你聽好。」

「囉唆啦，閉嘴！」畢斯可把湯碗甩在沙地上站起來，咬緊牙根，銳利眼神中的綠色眼眸正顫抖著。

「就是因為不希望這樣，我們才闖過十幾、二十個關隘，一路旅行過來啊！你每次、每次都說得一副事不關己的樣子……！你就這麼想鏽到爛光死去嗎！」

「喲呵呵呵……路上每段經歷都很痛快呢。你記得在滋賀比叡山的追逐嗎？纜車的纜繩在關隘前面斷裂……咱們就像泰山一樣盪來盪去呀。」

「我們可不是來校外教學的耶！」畢斯可激動難耐，一把揪起賈維的衣領，用銳利的眼神看過去。但這樣的目光，受到賈維那包容一切的穩重眼神牽引，讓畢斯可只能咬緊嘴唇，丟開般放掉揪起賈維的手。

「……我可不想被一個糟老頭礙事送死。」

畢斯可不悅地丟出這番話，抓起外套穿上，走出帳棚。

「……你下次再亂講話試試看……我會揍扁你……！」

畢斯可瞥了賈維一眼，粗魯地闔上帳棚布幕。灑出湯汁的湯碗，在火光照耀之下，形成搖來晃去的影子。

「……把一個體貼的孩子變成凶神惡煞了呢。」賈維一邊收拾湯碗，一邊低頭嘀咕。

「畢斯可，老夫大概會死。丟下飢渴的你死去。」

（拜託，在那之後來個人吧。來個人把你……）

賈維沒有說到最後，閉上了嘴。接著以那雙大大的黑眼睛，直直地看著搖搖晃晃的火光。

風帶著沙，吹得畢斯可身上的外套甩動不已。畢斯可稍微遮著眼，繞到帳棚後方，看到巨大螃蟹也沒被繫著，百無聊賴站在那裡。

「芥川，你吃飯了沒？」畢斯可看了看飼料桶，裡面果然清潔溜溜。畢斯可不清楚螃蟹這種生物究竟會感受到多少壓力，但總之這大螃蟹芥川無論何時都不會亂了套，是跟畢斯可一起長大的好兄弟。

「……我真佩服你每次都可以這麼沒有壓力，怡然自得啊。」

畢斯可靠到芥川的肚子附近，抬頭看看螃蟹特有的，那種不知道在想什麼的表情。

「我好羨慕你，要是我能生為螃蟹就好了……不，我看我還是不想被人騎在身上。」

也不知道芥川有沒有在聽，只見牠從口中「啵」地吐出一個泡泡。畢斯可笑了笑，拿外套包住身體，在芥川的腳懷抱之下，稍稍閉上了眼。

忽然，身後的芥川動了一下，做了個伸展。

畢斯可突然換回敏銳的獵人神情，毫不大意地從沙漠上躍起，示意芥川伏下。

彷彿劃破空氣的尖銳聲音……

那與其說是聲音，更接近氣息，擅長自然術的蕈菇守護者的感官，認定那明顯是異於這個環境的存在。

「到底是什麼……？」

畢斯可面向傳來氣息的方位，定睛凝神。

某種巨大的東西相當安靜地，從空中滑向畢斯可等人的營地。

突然，「啪咻」一道爆裂聲響刺穿畢斯可的鼓膜。劃破空氣的感覺稍稍增強，且轉化成實際觸感，讓畢斯可的感官變得更加透澈。他連忙拉下貓眼風鏡，就看到某種白色筒狀物體捲著白煙，朝芥川衝了過來。

「這傢伙！」

畢斯可立刻拉滿弓，朝劃開沙地逼近的那玩意兒射去。箭分毫不差地貫穿白色筒狀物體，那玩意兒在空中晃了幾下之後，猛力衝撞沙地，隨著巨響爆炸。

「火箭嗎？」

畢斯可臉上的汗水在爆炸火光照耀下閃閃發亮。

「可惡，這啥鬼啊？芥川，去保護賈維！」

畢斯可將目光從奔出的芥川身上轉回前方，火箭的爆炸火光同時照亮了從另一頭逼近過來的大型軍用機。揚起沙塵前進的飛行物體巨大雙翼中央，似乎有某種詭異扭動的軟體生物，正昂著頭，高舉著兩條觸角。那個生物背上的漩渦殼中央，刻著的場製鐵的星形商標。

「的場製鐵的蝸牛啊……！為什麼這種東西會……？」

「畢斯可喲——」手握芥川韁繩的賈維大喊。「牠要吐了，快躲來芥川這邊！」

幾乎在賈維警告的同時，只見蝸牛柔軟的頭脹了一圈，一舉朝畢斯可噴出看起來毒性就很強大的粉紅色溶解液。溶解鐵沙的「啵吱」、「啵吱」聲，從狂奔而出的畢斯可身後傳來。溶解液溶掉岩石，折彎暴露在外的鐵骨，追逐著不斷奔逃的畢斯可。

溶解液幾乎在畢斯可滑進芥川身下的同時追上他。溶解液噴到芥川背部還冒出了白煙，逼得牠「叭咕噗咕」地慘叫，但最終牠還是憑著自豪的甲殼捱過嘔吐轟炸，平安保護了兩位主人。

黑色影子從畢斯可等人頭頂的天空掠過。

「那是法國蝸牛轟炸機。」賈維瞥了溶解爛掉的營地一眼，並為了不讓聲音被巨大聲響吞噬而大聲說道。「那機體顏色不是忌濱自衛團的代表色，為什麼找上咱們……」

在鏽蝕之風大舉侵蝕精密金屬機械，使之很快報廢的現代，許多縣都會採用將活體引擎裝在異形生物上的所謂「動物兵器」。這是企業將自然進化的生物能抵抗鏽蝕之風的特性，轉用到兵器上並加以改造的產物。

之前對抗的沙河馬雖然體積也相當大，但法國蝸牛轟炸機在動物兵器之中屬於相當大型，是以一種名為白金蝸牛的軟體生物為基底打造的轟炸戰鬥機，特點是能將無窮無盡的生命能量轉化為浮力，藉此配備重量極大的兵器。

「畢斯可，又要來了！你的箭射不穿那玩意兒的厚重裝甲，咱們要撐到忌濱躲進城裡！」

法國蝸牛轟炸機在空中掉頭，再次鎖定兩人，揚起白煙發射火箭。畢斯可側眼看見賈維的箭迅速擊落火箭，咬緊了牙根。

「到底跟我們有什麼仇……！為什麼要這樣妨礙我們！」

畢斯可衝出，拉滿翡翠色短弓，想對法國蝸牛報上一箭之仇。

焦急與煩躁侵蝕久經磨練的畢斯可內心，產生了一點空檔。

「嘩！」一聲，腳邊傳來劇痛。

從鐵沙中躍出的鱘魚，抓住畢斯可的注意力全被法國蝸牛吸引過去的機會，以其利牙使勁咬了上去。

出乎意料的衝擊讓畢斯可不禁放開箭，法國蝸牛則將準星對了過去。雖然畢斯可馬上用拳頭打扁鱘魚的腦袋，但即刻生效的麻痺毒素已經滲透他的腳踝。

（可惡……我、我的腳……！）

在法國蝸牛雙翼上的機槍鎖定畢斯可的瞬間，一道小小的影子以極快速度在沙上跳躍，並在危急時刻一把推開畢斯可的身體。

「啊……！」

機槍在捲起的鐵沙上打出幾個洞，穿了過來。血肉噴飛的駭人聲音混在巨響之中，濺出的血則飛散在沙地上，發出了悶聲。

法國蝸牛的影子從上方通過後，趴倒在地的嬌小影子身上的破爛外套，在月光照耀下被風吹得甩來甩去。

「畢斯、可……快逃……」

「嗚哇啊啊啊——！賈維！」

法國蝸牛朝著恐懼哀嚎的畢斯可再次掉頭，濕滑的蝸牛頭在月光照耀下散發光澤。

一閃。

畢斯可的綠色眼眸閃出更耀眼的光澤。他怒髮衝冠，咬緊牙根到足以咬碎臼齒的面容，充滿連阿修羅都將退避三尺的極強殺氣。畢斯可眨也不眨一下眼，使盡全力拉滿弓，肌肉如鞭子般繃緊，將所有力量灌注在這一箭上。

「你這混帳啊啊啊————！」

箭光隨著咆哮一閃，射出的粗箭畫出一道筆直線條，命中掉頭中的法國蝸牛側腹。鋼鐵毒箭射中法國蝸牛自豪的厚重裝甲上，的場製鐵的星星商標中心，並一舉鑽進裝甲板，最終發出悶悶的「鏗！」一聲貫穿過去。更誇張的是這箭絲毫不減勁勢，貫穿了另一邊後，消失在夜空彼方。

厚重裝甲遭到強行貫穿的軍機身體彎成「く」字形，以側腹遭穿的風洞為中心，彷彿遭到巨大鐵球毆打般凹陷下去。

這一箭已經不是瞄得精準，力量強大的程度。

簡直不像是人能射出的一箭。

側腹被貫穿的法國蝸牛「咕喔」地哀嚎，粉紅色的毒液四處亂噴。意料之外的損傷，以及被蕈菇菌吞噬體內組織的感觸，使牠不斷亂甩腦袋而失控。

蕈菇帶著「啵吱！」、「啵吱！」巨響綻放，穿破裝甲，將法國蝸牛的身體改寫成整片蕈菇後墜落。法國蝸牛像打水漂那樣在沙地上彈跳了好幾下，挖出一道五十公尺長的痕跡之後，才終於爆炸。

「賈維、賈維！天啊，好多血……喂，賈維，你不能死，振作點啊——！」

畢斯可奔往被法國蝸牛熊熊燃燒的火光照亮著，賈維那小小的身體旁。發現自己扶著賈維身體的手上，有著溫熱的鮮血觸感，令他不禁渾身發毛。

「呼嘿嘿嘿……都叫你逃了，竟然還一箭收拾了那玩意兒……你果然是……老夫的……呃咳……咕啊！」

鮮血灑在豐厚的白鬚上。

「賈維，別說話！我馬上去忌濱找醫生！我怎麼可以讓你……死在這種地方！」

「那一箭真～～是漂亮呀～～……」

賈維帶著作夢般的眼神，陶醉地低語。

「畢斯可，那一箭就是你。貫穿一切……飛去……」

與滿眼淚水的愛徒對上眼，他歌唱般繼續說：

「……畢斯可，去尋找弓吧。找到能射出你自己的弓……」

賈維以顫抖的手指溫柔撫摸畢斯可的臉頰，勾出一條血跡。

至此，賈維終於全身虛脫，失去了意識。畢斯可抱著他輕盈的身體，壓抑著聲音痛哭。兩滴、三滴淚珠滾下後，他堅毅地甩開第四滴眼淚，將瀕死的師父綁在背上，跳上已經奔出的芥川背部。

「我一定會救活你……！賈維，你不能死！」

方才表現的傷感已不復見。畢斯可感受著背上師父的心跳，雙眼熊熊燃燒著堅定意志，讓芥川有如射出的飛箭般，朝五光十色的忌濱市區奔去。

2

時間到了晚上八點。

半是化為貧民窟的忌濱鬧區，四處可見「人鏽解脫」、「姦樂往生」等宗教妓院下流的燈飾閃爍。攤販烤著的肉類油香，和娼婦身上廉價香水的氣味混雜在一起，充盈著狹小的通路。

從裝著山柚子、蛇蜜柑橘的籃子中飄出的人工香料氣味簡直噁心，鏡子店和不倒翁店裡的商品則據說可招來好運，還有看起來就是騙人買安心用的蠱毒壺與破魔香爐。旁邊擺了一排不知道從哪裡的廢墟挖出來的漫畫雜誌，封面上滿臉笑容的少年在空中飛翔，號稱擁有百萬匹馬力。

販賣這些商品的攤販叫賣聲此起彼落，熙來攘往的人潮也不得不拉大嗓門交談。這是一個再怎麼樣也稱不上是治安良好的地方。

即使如此，美祿也絕不討厭這喧騰吵鬧的鬧區夜晚。

他低低戴著兜帽，以熟練的腳步鑽過人群，走在街道上，穿過一家、兩家大型妓院，突然往旁邊一轉，就看到一輛小小的貨車型攤販，掛著「包子」的布簾，寂寥地佇立著。隨著蒸騰的熱氣，包子輕盈飄散的香氣令人食指大動。

美祿先在這裡喘口氣，確認一下口袋中的銅板後，一頭鑽進布簾裡。

「晚安。」

「歡迎光臨……哎呀，是醫生啊！」

店老闆摁熄因無聊叼著的香菸，為熟客的造訪高興。

「今天怎麼這麼晚？我幫你留了兩個鱷魚包喔。」

「今天我要……嗯，也給我兩個蝦蛄包。」兜帽之下客氣、溫柔且清爽的聲音如是說。「姊姊的身體狀況還不錯，我想趁她能吃的時候讓她多吃點東西。」

「那真是太好了。」老闆打開蒸籠，熱騰騰的白色霧氣四處散開。

「有你這個醫生看診，再加上吃了我家的包子，沒有好不了的病啦……來，鱷魚肉跟蝦蛄味噌包。」

美祿在兜帽下略顯寂寥地笑了笑，接下裝了熱騰騰包子的袋子，然後彷彿很在意周遭般壓低聲音，在老闆耳邊說道：

「今天有……那個嗎？」

「有喔。醫生，我也真是搞不懂你耶……哎，反正我是不了解醫術什麼的，交給你還是最好的吧。」

老闆嘀咕著，一邊從攤販取出來的是幾株「蕈菇」。他瞥了舉高那些蕈菇觀察的美祿一眼，待他點頭後，才拿紙張包好交出。

「請別被人發現喔。要是連醫生都被抓了，這座城鎮就玩完了。」

「謝謝！拿去吧，雖然沒多少。」

「不行，我不能跟醫生收錢。畢竟之前你免費幫我女兒看診……」

「噓——」美祿笑著舉起食指抵在嘴前，硬是將銅板塞進老闆的胸前口袋。

「藥吃完了記得再過來喔，老樣子在星期三休診之後……」

話還沒說完，一道小小影子突然從小巷暗處衝出，撲往美祿手中裝了包子的袋子，強行奪下。美祿因反作用力而不斷打轉，剛好跟即將離去的嬌小身影對上眼。

那是個小孩，身上穿著破布似的衣服，頭上頂著亂髮，只有目光炯炯有神。小孩直接衝進大馬路，即將消失在人群之中。

「那小孩……！」

「是扒手！來人啊，抓住那小孩！」

美祿不等老闆大喊，甩著外套俐落地鑽進人群之中，追在小孩後方。小孩似乎被美祿敏捷的身手嚇到，撞倒了蜜柑橘的籃子，在攤販的屋頂上跳來跳去逃竄，接著鑽進小巷縫隙。

美祿過了一會兒才追進那陰暗的小巷。

「……死巷？」

美祿稍稍瞇細眼睛，觀察這陰暗的小巷。就在此時。

「喝——」

方才的小孩從巷子內鋪設的電線上方，揮著木棍從天而降。

「砰！」一聲，美祿遭到強力的當頭棒喝，突如其來的痛楚讓他眼冒金星，不禁抱頭蹲下。

「好痛……啊——痛耶……！」

「……！妳是女生……？」

美祿沒有放過小孩瞬間因為猶豫出現的空檔，立刻伸出手抓住那仍年幼的小孩的手臂。

「會打女生的男生最差勁了……！」

接著把臉湊了過去，忿忿不平瞪著小孩……

「哈哈哈！不過幸好我是男生！」

美祿摘下兜帽放鬆神情，開朗地笑著。

他是一位還保有幾分稚氣的美少年。

一對圓滾滾的藍色眼眸雖然看起來略顯膽小，卻充滿深沉體貼與豐富知性。身上有著白皙的肌膚與如絲綢般柔軟的天空色秀髮。

年紀大概十六七歲的他，因為體格瘦弱，加上聲音清秀，就算不是這個小孩，也很容易把他誤認成女生。但他左眼周圍的黑色胎記，彷彿要給他的美貌大打折扣般，給人強烈的印象。配上原本白皙的肌膚，看起來活像熊貓，營造了一種奇妙的不協調可愛感。

這就是貓柳美祿在鬧區之所以被人稱為「熊貓醫生」，受到民眾愛戴的由來。

「你啊，沒有處理被蠍虻叮到的傷口對吧？」

美祿用纖細的手指撩起小孩的瀏海，眉毛上方的瘀青腫起，患部暴露在外。

「果然。我剛剛就看到你的傷口了。蟲刺還留在傷口上，要是毒素擴散，你會失明的……過來這邊。」

「唔、唔哇，放開我，你想幹嘛！」

美祿強行抓了小孩過來，撩起小孩的瀏海，打開熱手術刀開關，輕輕劃過傷口，放掉混著毒膿的髒血。接著用嘴迅速吸出卡在皮膚上的蠍虻毒刺，將一粒固體鯨油放在熱手術刀上融化後，塗抹在傷口上，再覆上遮蔽日光的黑色紗布，才靈巧地在上頭纏好繃帶。

治療精準又迅速，看不出他這個年紀就有這般手法。

「好了！」美祿輕輕拍了拍小孩的頭，笑著說：「如果之後又腫起來，記得來找我。我在熊貓醫院，從這條路穿過對面，走到底右轉，就在鐵器店旁邊喔。」

在這個文明某種程度上稍微找回其形體的時代，儘管在這座都市裡，人類仍屬於一種消耗品，身體一旦壞掉，通常就會被當作廢物捨棄。在這樣的環境之下，醫術變成非常珍貴的技術，而這位名叫美祿的少年醫生，顯然擁有卓越的醫術。

「大、大哥哥。」小孩戰戰兢兢地抬頭看看美祿，抓著他的腿，以圓滾滾的眼睛仰望美祿。

「呃，這、這個……」

美祿輕輕推回小孩遞出的一袋包子，再次摸了摸小孩的頭。

「我最推薦鱷魚包子，很好吃喔。好啦，你快走吧！」

在美祿催促下，小孩回頭看了好幾次，才消失在大馬路中。

美祿一臉爽朗地目送小孩離去，呼了一口滿足的氣，重新戴好兜帽，回過頭去。

就在此時。

彷彿黑洞的一對漆黑雙眼，直勾勾地盯著美祿瞧。

美祿彷彿突然被掐住心臟般嚇了一跳，一口氣喘不過來，往後退了一步。

兩者之間的距離應該有兩公尺左右，對方卻散發一股近在眼前般的壓迫感。

「……一般說來，這種惻隱之心、行善的作為，不過就像有錢人家的肥胖小孩，把起司漢堡裡面的酸黃瓜丟給狗吃取樂一般，有如自慰的玩票行為。」

雙瞳漆黑的男子一邊調整頭上的寬簷帽，繼續說：

「但貓柳小弟，你的作為不一樣。貧窮的你犧牲自己，拯救沒有任何關係的小孩。如果這是電影，就是浮濫到無聊，卻又無比美麗的橋段，甚至可以說是開在這腐敗城市中的一朵花。」

寬簷帽男人的身邊有好幾位貼身保鏢護衛著他，正警戒著周遭。詭異的是，這些親衛隊頭上都戴著忌濱吉祥物「忌濱兔兔」的面具。這些魁梧的大塊頭，竟全都同樣戴著一張虛假的笑臉，即使在這龍蛇混雜的忌濱鬧區，也顯得格外異樣。

男子一副不耐煩的樣子甩甩手，兔子面具的親衛隊便稍稍退下了一些。

「不，我修正一下。用腐敗來形容自己管轄的城市，實在不是什麼好說詞。」

「黑革知事……！」

「別這樣見外……叫我黑革就好了啊。」黑革大步走向美祿，摘下他的兜帽。「哎呀，你真是一直都這樣美麗。不要當什麼醫生了，改去當演員更好啊……不，別在意我說的。是說，新的調劑機……在那之後有派上用場嗎？」

「呃，調劑機的事真是承蒙關照了。」

美祿無法承受眼前男子散發出來的陰沉氣息，只想著要盡可能快點離開這裡。

「我姊姊還在醫院等我，我得快點回去。」

「這是當然，我不能白白浪費忌濱首席名醫的時間。遑論這些時間，可是為了要治療忌濱警衛團長貓柳帕烏的呢。」

黑革的眼神死盯著美祿，持續以低沉的冷靜聲音說道。儘管口氣輕佻，但他臉上沒有一絲笑容。

「但這只是看法的問題。你覺得，跟我一起啃著堅果一邊議論最強的漫畫主角是誰，以及為了無論做什麼都治不好的的姊姊空虛地盡心盡力……哪一種比較沒意義？」

「……！」

美祿在自己那溫柔的雙眼中注入所有憎恨，瞪向大剌剌地闖進自己聖地的黑革。但不論美祿怎麼凝聚心中的憎恨，也無法在黑革那有如黑海的深淵，揚起絲毫漣漪。

「貓柳，你別再做些聖人君子的行為了……」

說到此，黑革首度揚起嘴角（若這樣的表情真的算得上是笑容）笑了。

「你的作為非常美麗，但也非常無謂。不管你怎樣在鬧區奮鬥，窮人就是會死，包括剛剛的小鬼！只會悲慘地被這座城市踐踏而亡……！」

黑革揪起快哭出來般抽搐著臉的美祿胸口，貼近到了跟前。

「貓柳，來縣政府工作吧……！只要有你的技術，我們就可以從其他縣市招攬無數病患，藉此賺到大把大把鈔票……！也能採購鏽蝕病的安瓶，這麼一來……」

這時，美祿濕潤的眼眸出現了些許猶豫。而黑革並沒有看漏這個瞬間。

「你的姊姊也能得救……」

就在這句話要說完之際。

群眾的慘叫聲，從霓虹燈飾閃爍的大馬路旁的電影院傳來。才想說怎麼會有大量觀眾從中奔出，就發現一朵巨大蕈菇，從霓虹燈招牌「CINEMA」上的E與M之間穿破而出，「咚！」

地綻開。

「知事！」

「什麼……？」

親衛隊眾人急忙推開美祿，團團圍在黑革周遭。

蕈菇接連穿破電影院、乾貨店、回收站和妓院的屋頂，從色彩鮮豔的菌蓋隨處灑下孢子，使人們發出慘叫。

這時有一道人影連續躍過蕈菇菌蓋，從黑暗之中穿梭而去。人們一副將之當成幻影般，手指著人影——

「是、是蕈菇守護者。」「蕈菇守護者進城啦！」「別吸到孢子，會生鏽啊！」同時喊著諸如此類的話語，四處竄逃，大馬路瞬間陷入一團亂。

兔子面具的大塊頭撥開人潮，將灰頭土臉的同事抱在腋下，貼近黑革。

「喂！放我下來，我會自己走啦！呀！不要亂摸！」

被抱在腋下的小一號兔子面具用高亢可愛的聲音咒罵著身邊的人，就被一把丟到黑革面前。

「好痛！是不會稍微愛惜一下女生……啊、啊哈哈，黑革叔叔……那頂帽子真帥氣呢。」

黑革臉上不帶感情，一把抓住兔子面具的耳朵，粗魯地摘下。

「噗啊！」

麻花辮子隨著被摘下的面具甩開，垂在左右兩邊的耳朵前。

瀏海與後腦髮際線剪得短短的桃色頭髮，讓人聯想到浮誇的水母。看起來有些小聰明的那張臉上，一對貓兒般的金色眼眸閃閃發光，若光看外表，確實是一位相當可愛的少女。

「呃，就是……說到那個赤星啊。」

就算女孩裝可愛地抬眼，但受到黑革威壓下冒出的汗水，仍滑過了纖細的項頸。

「呃，嘿嘿，我、我失手……讓他進城來了。」

「我看就知道了，白痴。都派出軍機了，卻連一個人也收拾不了？」

「我、我用機槍直接打中他那個老頭搭檔，應該是收拾掉了……咳咳、咳咳！」

黑革努了努下巴示意，兔子面具的其中一人遞出水壺，桃色水母頭的少女貪婪地拚命喝下。

「……咳呼。問題出在赤星身上。不可能對付得了他啦，跟傳聞相差十萬八千里耶！居然說什麼對手的武器不過是一把弓……那可是能射穿法國蝸牛腹部的弓喔，已經不能算是一把弓了吧。會不會其實是奔雷或閃電之類的啊？」

「……喂，妳認真的嗎？赤星的箭擁有擊落法國蝸牛的威力？」

一旁的親衛隊貼近饒富興味地摸著鬍子的黑革，在他耳邊嘀咕了一些話。

「依他的行動看來，應該打算穿過縣政府往北去。我們追，並且收拾他。」

「要是被自衛團搶先就麻煩了，要搶在帕烏抓到他之前殺了他。」黑革邊說，忽然停了下來。接著思考了一下之後，又嘀咕起來：「……往縣政府去啊？……我們兵分兩路，七成人力去縣政府那邊，剩下三成人力去搜索鬧區。」

「搜索鬧區是嗎？」

黑革目光銳利地一眼瞪去，兔子面具畏縮了一下行了個禮，便以有如雜耍藝人般靈巧的身手躍上大馬路的建築物，追著接連展開的蕈菇而去。

「請問，保險會理賠吧？我的法國蝸牛可是個人物品耶。」

「那是當然，我會包個白包給妳。」黑革從懷裡掏出手槍，丟給少女。「妳直接去指揮搜索鬧區的任務吧，我會派二十個人給妳。」

「咦、咦咦？你要我用肉身對抗那、那個赤星？」

「喂喂喂，妳有領薪水吧？我認為這比違反合約，遭到絞刑處分好得多喔。」

水母少女用力咬唇，小聲嘀咕了句：「這個流氓……！」接著振奮起來衝進鬧區。幾個兔子面具撥開人潮，追了上去。

「人資聘用人員之前也該好好用點腦子吧，真是的……所以說，我親愛的上哪去了呢？」

黑革口中的美祿，趁著他的注意力轉移的時候鑽過困惑的群眾，從他的魔掌之中逃脫了。離去的時候，美祿一度回頭，接著急忙想甩開即使隔了很遠，也有著可怕吸引力的黑革的視線，來到大馬路盡頭後右轉離去。

「知事，要追嗎？」

「不了，不用管他。」黑革愉悅地扭了扭嘴角說道。

「我只是稍微捉弄了他一下。話說回來，這個喔，唉唉——」

黑革回頭，看著他最喜歡的電影院，被滿滿蕈菇弄得面目全非的慘狀，發出「咯咯咯」的笑聲。

「真是膽大包天啊。原本明天開始就要連續播映『星際大戰』系列的說。」

「……科幻電影嗎？」

「哎，無妨啦。」黑革連看都不看為了想討好自己而刻意搭話的親衛隊，重新戴好帽子邁步而出。「接下來這段時間，工作應該……會變得挺有趣的呢。」

3

『如同各位所見，在縣西牆外十公里處的埼玉鐵沙漠中，可確認中等規模的蕈菇森林。』

『從六月初起，岐阜縣、田隱縣、群馬縣等地接連發生蕈菇恐攻，目前認為相關案件均由同一人犯下，忌濱縣政府目前正要求群馬縣開示犯人的詳細情報。』

『另一方面，群馬縣數日前才公開表示已經在群馬南牆殺害了恐怖分子「赤星畢斯可」的消息。目前將要追究意圖釋出假情報的責任歸屬……』

陰暗的病房內，電視機的藍光斷斷續續照亮在床鋪上的白皙肌膚。

是一位女性。

穿著一件貼身衣物的高挑身材上，有著結實的肌肉，兼具力與美的軀體，令人聯想到貓科動物。女子臉上稍稍帶著疲憊神色，但意志堅強的雙眼仍熠熠生輝，搭配挺拔的鼻梁，散發一股淒絕豔麗的美。

而在這樣的美麗上布下陰影的，就是覆蓋住女子一半身體，有如燒焦痕跡的「鏽蝕」。鏽蝕從她的左腿向外擴散，延伸到腹部、胸部、頸部……殘酷的是，鏽蝕甚至侵蝕了那端整美麗的臉龐一半範圍。無論誰來看，都知道她是一位重度鏽蝕病患。

女子顫著長長的睫毛眨了幾下眼，將目光從電視移開，拔掉點滴針頭。

她下床後直直站起，烏黑亮麗的長髮順勢滑落。女子光著腳走到牆邊，拿起立在該處的長棍棒。

那是一支鐵棍。是一支呈現六角形，直直長長的粗獷鐵製棍棒。那支長度約等同身材高挑女性的棍棒，重量絕對不止四五公斤，應該不是這位女性的武器。

然而她卻——

霍！地以猛烈的氣勢揮舞起來。

風壓吹得房間裡的窗簾亂飄，明明鐵棍沒有擦撞到任何東西，但房內各處卻傳來嘎吱聲響。

女子調勻呼吸，又一次。

霍！霍！

接連橫掃劃破空氣。長髮如風，鐵棍如扇飛舞，帶著威猛氣勢震盪房內。女子忽然將鐵棍刺向電視機，停在兩公分前的距離。

隨著電視機傳來的緊急插播，播報員快嘴說著插播內容。畫面上反覆出現的是接連開出蕈菇的忌濱大馬路，以及在夜晚的忌濱跳躍穿梭的紅髮蕈菇守護者。

「蕈菇守護者，也就是鏽蝕的元凶啊。」

女子的呼吸絲毫不見紊亂，以略顯低沉的嗓音嘀咕。

「在我鏽蝕殆盡之前，在我還能揮舞棍棒的時候，碰上了呢……」

儘管女性低沉的聲音努力保持冷靜，但在那背後，她對電視機另一頭綻開的蕈菇所抱持的憎恨、憤怒，仍無法壓抑，明顯地表露出來。

一般來說，類似忌濱的自衛團這種武力組織，不僅著重防止犯罪與侵略，同時也大多把撲滅蕈菇與蕈菇守護者當成基本理念。

從人們甚至建設巨大高牆阻擋鏽蝕的心理來看，自然不想讓據說是散播鏽蝕元凶的蕈菇入侵。再加上……

這位女子乃忌濱自衛團團長，名叫貓柳帕烏。

「帕烏！妳又關掉所有電燈了！」

鐵棍「霍！」一地劃破空氣，在打開門闖進來的美祿眼前幾公釐處剎地停下。棍棒造成的壓力捲起風，撫過美祿的天空色頭髮。

「美祿，你好慢。」

女子收回鐵棍，將臉湊到整個人僵住的美祿跟前，伶俐嘴角勾出些許笑意，接著伸出雙手圈起美祿的脖子，強行將他拉入自己的胸膛。

「等、等等啦，帕烏，好難受！」

「你八成又被娼婦纏住了吧？所以我才叫你要戴好兜帽啊。」

「不，我是發現一個被虻螫傷的小孩，所以——」美祿勉強從女性的懷中探出頭，略顯怨恨地看著她。「而且蕈菇守護者就在唐草大道上出現了！他好厲害，瞬間開出好多巨大蕈菇……」

「別讓我這個病人太擔心你。」

女子收緊雙臂，強行讓說到一半的美祿噤聲後，露出彷彿先前的俐落氣勢乃是謊言般的純真笑容。

「更別說，那個病人是你的親姊姊。」

貓柳帕烏既是忌濱自衛團團長，同時是一流戰士。她的弟弟則是熊貓醫院的的天才醫師貓柳美祿。這對美麗的姊弟，被人們戲稱為落在忌濱的兩顆珍珠。

如果姊弟相對，可以發現他們的面孔確實相似，但眼中的神色卻截然不同。姊姊眼中有著凶神惡煞般的凶狠，弟弟的眼睛則散發著慈母般的光輝。這兩人的眼神，彷彿與本人天生的性別對調了一般。

美祿覺得姊姊今天似乎與平常不同，散發著一股難以言喻的悲壯感，所以乖乖地讓姊姊抱在懷中。在帕烏堅韌卻柔軟的肌膚包覆之下，每當鏽蝕的粗糙觸感擦過，就讓美祿的內心陣陣刺痛。

這時，警報聲突然從帕烏掛在牆上的制服口袋傳出。

接著傳出混入雜音的聲音。

『目前已將侵入者逼至西忌濱四區的縣政府大樓。二警三班到八班，請前往負責一級警戒。重複一次……』

「食人赤星，中招了吧。」

「帕烏！」

帕烏立刻放開弟弟的頭，粗魯地取下掛在牆上的自身裝備。

她在覆蓋到頸部的連身皮衣外，套上陶瓷鎖子甲，再穿上自衛團制服，一般的刀槍便無法傷及。接著套上鋼鐵護脛，將一頭黑髮往後甩，紮好覆蓋額頭及頭頂的大型金屬頭巾，忌濱自豪的自衛團長，戰士帕烏的正裝便完成了。

「帕烏！不可以！妳的藥物治療還沒結束。」美祿察覺姊姊的意圖，拚命抓住她。「鏽蝕已經幾乎要侵蝕妳的心臟了！妳難道覺得工作比生命重要嗎？」

「美祿，你最重要。我回來之前，記得鎖好門，不能離開醫院喔。然後，知事的特務隊要是來了……」

「不可以離開的是妳吧！」

聽到弟弟難得發出怒吼，帕烏稍稍睜大了眼。一直以來，都拿姊姊沒辦法，只能被勸退的弟弟，這次卻帶著充滿力量的眼神，阻擋在自己眼前。

「妳每次每次都說我最重要，然後跑去亂來……妳完全沒有考慮我的心情吧！快點回去躺下！我會跟自衛團說明！」

「……無論如何都不行嗎？無論我怎樣拜託你，你都不會讓開嗎？」

「就算我拜託，妳又曾經讓步過嗎？我也一樣！」

「……這樣啊……美祿，我很高興……」

帕烏突然摸了摸弟弟的臉頰，讓美祿不禁顫了一下，停下動作。帕烏就這樣以充滿慈愛跟悲傷的眼神凝視著美祿……

啪！

隨著一道清亮聲響，帕烏一記打在美祿脖子上。這是一種不會造成身體傷害，卻能奪走對方意識的高手技巧。

帕烏抱緊暈厥倒下的美祿，直接將他放在床鋪上。

（我死了之後……誰會保護他？誰能從惡意、暴力、鏽蝕之中，保護這個太過溫柔的孩子呢？）

「美祿，我還不會死。只要我這條命還在……我就會盡可能排除有機會傷害你的毒牙。」

帕烏看著暈過去的弟弟那張美麗的臉龐，並輕輕撫摸他的眼皮。口袋裡的通訊機傳來敗壞興致的警報，但帕烏也沒聽取內容便一奔而出，甩著制服的長下襬，從醫院大門衝了出去。

「……天底下有哪個姊姊會攻擊弟弟要害的啦！」

過沒多久，美祿清醒過來。熊貓醫院的院長看著敞開的醫院大門，不禁憂鬱地嘆了口氣。

確實，現階段的用藥只能對姊姊的病情起到安慰效果。帕烏是在知道這樣的狀況下，決定將殘存的性命奉獻給弟弟。如果沒有能一舉翻轉病情的強力抗體安瓶，甚至無法將姊姊留在醫院當中。

（……不過，今天的狀況不同了！）

美祿衝進調劑室，上了兩道鎖之後，開始翻找大衣口袋。

他在剛剛的蕈菇恐攻中順利地到處遊走，採了好幾種令人眼花繚亂的蕈菇。他將五顏六色的蕈菇碎片放在桌上，眼睛閃閃發光。

「都是些沒看過的品種……！只要有這麼多，一定可以找到！」

美祿將長年使用的皮製四方形公事包放在桌上，解鎖構造複雜的鎖頭將之打開後，配備三支粗壯圓筒，並從中連出複雜管線的粗獷調劑機於焉出現。

美祿在加熱機點火，把手邊蕈菇與溶劑倒入圓筒內，急忙就開始攪拌了起來。

如同縣知事黑革的要脅，為了拯救美祿的姊姊，只能不斷使用政府配給的鏽蝕病安瓶治療，但這必須花上龐大的費用，實在不是一介醫師的美祿能夠拿得出來。

不過，這也是只以正規手段獲得的狀況。

美祿正在進行的，正是「鏽蝕病安瓶調劑實驗」。在未經許可下嘗試分析國家機密製藥法，屬於一級反叛罪，不過基本上沒有高度藥學知識也無法做到。

然而這位熊貓眼的少年醫師，可是這方面的天才。

他一心一意想治好唯一親人——姊姊的鏽蝕病而進行調劑實驗，花費了漫長時間，實驗過無數種材料之後，終於進展到從世間禁忌，據說為鏽蝕元凶的「蕈菇」中找出破解靈感了。

「……完成了，這個如何呢……？」

綠色的黏稠液體正在試管裡面發泡。美祿倒了一點在手背上，稍稍嗅了嗅氣味，滿意地點點頭。

（稍微通個風吧。）

畢竟這是個潮濕的七月底夜晚。美祿用袖子抹去額上汗水，來到窗邊，突然——

（……窗戶開著……？）

晚風吹送進來，撫過他天空色的秀髮。夜晚的微弱光線從窗戶射入，窗簾在風兒吹送下搖擺著。美祿感受到一點點不協調，靜靜地回過頭。

一閃。

他被一股可以讓任何人退縮的殺氣般感覺貫穿，全身都起了雞皮疙瘩，靜立當場。

（……有東西在這裡！）

黑暗之中，閃閃發亮的兩道綠光直直盯著美祿。夾帶殺氣與好奇的那視線，從正面捕捉了美祿的目光，絲毫沒有偏離，持續緊盯著瞧。

「……」

（……）

「……就算調配鴻喜菇進去也不會太有藥效，直接吃掉還比較有用。」

「……啊……！」

「你會調劑對吧？」

對方一個大跨步靠過來，在夜晚的光線照亮之下，一頭紅髮被風吹得亂甩。彷彿野生動物的壓迫感，讓美祿整個人動彈不得。

「喏。」

「……呃。咦？」

「這是蟫菇，它的治療能力最好。你調劑一下。」

紅髮男子將手中的紫色蕈菇塞到美祿懷裡，傲慢地說：

「你是名醫吧？我逼問了三個人，每個人都這樣說。」

「不、不可以，沒有允許之下的調劑可是犯罪……」

「你剛剛就做了吧。」

「啊，唔……！」

「沒時間了。你要是再推託，那不好意思，我會殺了你。」

沙啞的聲音裡透露出些許焦躁。美祿被他的語氣嚇得抖了一下……

但他忽然嗅到男子身後另有東西的味道，於是說：

「這是薩爾摩腐蝕彈的氣味……被法國蝸牛打中了？那個不可以直接用繃帶包紮……！」

「你說什麼……？」

「這想法太天真了，怎麼以為靠用藥就可以治癒呢！」直到方才還被恐懼嚇得發抖的美祿，臉上表情漸漸轉變成認真的醫師表情。「如果薩爾摩槍傷的處理太隨便，會留下腐蝕症狀。只靠用藥是不行的！請讓我立刻動手術！」

「我剛說過，你要是再推託，我會殺了你吧。」

「我會說服你到你殺了我為止。這樣下去，那個爺爺會死！」

紅髮男子看美祿漸漸找回氣勢，有些驚訝地睜大了眼。看來他太小看這個外觀感覺天真柔弱的熊貓男了，美祿表現出來的慧眼與膽識著實令他有些吃驚。只憑聞到些許火藥氣味，就能說中安置在沒有光線房內牆角的老人中了什麼樣的槍傷，似乎真的讓紅髮男子感到意外。

紅髮男子思索般抓了抓下巴……接著再點點頭，說道：

「……嗯，我知道了，但還是先調劑。需要多久時間？」

「會因為材料而有差別，不過至少要二十分鐘。」

「給你十分鐘。」紅髮看著美祿坐到桌前，從窗戶窺探醫院周遭。「……我用聲東擊西的方式讓人都去了縣政府那邊，但這些傢伙的警戒心卻很強。他們不是自衛團嗎？」

「砰！」一發槍彈彷彿要打斷紅髮的低語，從窗戶射入，在門上開了一個洞。

紅髮瞬間抱起倚在牆邊老人，一躍來到美祿身處的桌邊。無數槍彈彷彿掃過他的腳尖般，在窗戶旁的牆壁上開出洞，將之射成了蜂窩。

美祿不禁想要「哇」地大叫，但紅髮男豎起食指，稍稍歪了歪頭。美祿見狀，在莫名其妙的狀況下閉上嘴控制自己，並總之先點點頭回應。紅髮男也許覺得這樣的舉止很好笑吧，只見他臉上帶著大膽的表情笑了。

看似獰猛的白亮犬齒強烈地映在這時的美祿眼底。

『赤星，赤星畢斯可——！鑑於你有蕈菇恐攻犯罪等二十八項前科，忌濱知事已下令若你抵抗就格殺勿論——！在被射成蜂窩之前投降吧——！』

這個赤星畢斯可對著從外頭傳來的大聲公喊話吼回去：

「這裡有人質，不要沒好好考慮就開槍啦！一群智障！」畢斯可先看了美祿一眼，然後接著說：「你們要是敢再開槍，我就讓這個熊貓醫生人頭落地！」

雖然只是喊喊，但美祿聽到這話還是忍不住顫了一下。兩秒、三秒，因為沒有反應，所以畢斯可想看看外頭狀況而探出身子時……

砰嗟嗟嗟嗟嗟！

無數槍彈如風暴貫穿牆壁，在調劑室開出各種大大小小的洞。畢斯可抱著老人和尖叫不已的美祿跳開，順勢踹開調劑室的上鎖門，滾到外面的會面室去。

「這些傢伙毫不猶豫開槍了喔。你明明是個醫生，卻沒什麼人望耶。」

「怎、怎麼會這樣……」

儘管美祿說得喪氣，但他手中仍抱著危急之下也沒放手的調劑機。

「我猜他們馬上會攻堅。不好意思，我可能要在醫院上開個天窗了。」

「好…………咦？你剛剛說什麼？」

「幫我抱著老頭。」

畢斯可把失去意識的老爺爺一把丟給跌坐在地的美祿。就在美祿接下出乎意料輕盈的老人身體時，畢斯可將紅褐色的箭搭在從背後抽出的弓上，朝著方才的門放一箭，接著又朝醫院各處射出第二、第三箭。過沒多久，插在牆上的箭周遭開始冒出某種鮮豔的紅色物體，開始「啪吱」、「啪吱」地粉碎天花板與柱子。

「好，咱們走。」

「啊，等等！我有輪椅！起碼讓這個人……」

「不行，已經要開了。」

「開……？」

「「攻堅————！」」

重武裝的蒙面大塊頭們衝破玄關大門，一舉湧入。畢斯可抱起困惑的美祿踹破窗戶，跳出醫院。就在這瞬間。

啵咚！

隨著巨大聲響，巨大紅色蕈菇從醫院生長而出，直接貫穿整座建築物綻放開來。蕈菇順勢展開菌蓋，建築物的瓦礫從那上頭嘩啦嘩啦落下，摔在地面粉碎。攻堅的兔子面具們，全都隨著蕈菇綻放，慘叫著就被帶上空中。

「是……是蕈菇……！」

被畢斯可抱著，接連跳過忌濱房舍屋頂的美祿，不禁半是陶醉地傻傻看著眼前的光景。前一秒還什麼也沒有的空間，現在已經開滿了巨大的紅色蕈菇，而且還持續朝天空生長。在這被死亡之風的恐懼包圍的現代，美祿也是第一次見識到如此強大的生命奔騰。

（真漂亮。）

美祿覺得很不可思議，自己竟然能悠哉地產生這樣的想法時，忽然看到「熊貓醫院」招牌在空中彈跳了好幾下，接著摔落地面……然後他的臉部才漸漸抽搐起來。

「啊……啊啊————！」

「叫什麼叫啦，吵死了。」

「醫、醫院！」

「嗯。」

「我的！」

「所以我不就先聲明過了。」畢斯可以完全不覺得抱歉的態度，動了動脖子發出「喀啦」聲響，才把不斷掙扎的美祿放在屋頂上。

「雖然我覺得不太好意思，但這也無可奈何。若不那樣做，你也會一命嗚呼。」

看畢斯可態度如此傲慢，美祿再也說不出話，只能傻眼地讓嘴巴開開合合，但這時畢斯可迅速地將他的身體按在屋頂上，下一秒，飛舞空中的直升機探照燈光，就以毫釐之差從兩人身上掃過。

「別亂動。」

聽到這強硬的低語，美祿嚇得只能不斷微幅點頭，現在實在不是抱怨的好時機。

畢斯可彎著身子，用嘴啣住幾支箭，朝著東方遠處市街拉弓，接連放箭。射出的箭勾勒出大大弧線，刺在遠方大樓牆壁上，接著發出「啵！」、「啵！」巨響，開出火紅的蕈菇。

美祿看見直升機的探照燈光一口氣朝聲東擊西的蕈菇照過去……

「很快就會露餡，我們走。」

畢斯可嘀咕完，同時抱起老人和美祿跳到小巷內，接著拿起連接下水道的人孔蓋，讓美祿先進去之後，自己也抱著老人鑽進下水道裡。

「真是危險。」

畢斯可豎耳聽著無數腳步聲從上方人孔蓋通過，低聲說道。

「這下麻煩了，沒想到連縣政府特務部隊之類的都出動了。」

儘管下水道有一股類似發霉的氣味刺激鼻腔，但還不至於到惡臭的程度，加上以相等間距設置的白色照明燈，使得視野意外清晰。畢斯可有點介意從剛才起就格外安分的熊貓醫生，為了觀察他的狀況而從梯子爬了下來。

（……）

畢斯可打算接近美祿，卻在隔了點距離的地方停下腳步，並眯細了眼睛。美祿脫下自己身上的外套與白袍，將之鋪在下水道的地面上，並讓脫去衣服的老人躺在上面。

從旁人的角度來看，美祿正以無比認真的眼神觀察老人的身體，並為他把脈、觸診。他臉上的表情，與方才在畢斯可懷裡發抖的少年完全不同，極其嚴肅。

「怎樣？」

「中了六發……一般來說，這威力足夠讓人死兩次了。」美祿顯得有些興奮，也沒回頭看看畢斯可，逕自說下去：「這位到底是何方神聖……？受了這麼嚴重的傷，呼吸和脈搏竟然沒有一絲紊亂……」

「救得了嗎？」

「就要看這支安瓶能不能生效了。」美祿從寶貝地抱在懷中的調劑機裡，取出充滿紫色藥水的安瓶，將之舉到燈光下。

「我會切開他的傷口，取出子彈與腐蝕部位。之後……只要注射這個，並祈禱他的身體狀況能夠挺過去。」

畢斯可看了美祿的側臉一會兒，接著似乎是理解一般點了下頭，然後站起身子。美祿慌張地攔住他。

「等、等一下！你要去哪裡？」

「如果只是待在這裡，很快就會被包圍了。我出去一下……擾亂他們。這段時間，老頭就拜託你了。」

「不可以！」

看起來跟女人一樣柔弱的男生突然大吼，讓畢斯可也不免有些吃驚地回望過去。美祿先是盯著畢斯可的臉和脖子看了一會兒，接著動手，想要用他纖細的手臂脫下畢斯可的外套。

「你、你、你想幹什麼！」

「你受了這麼重的傷，是想去送死嗎？我先幫你處理一下，在那裡坐好。」

「笨蛋，我無所謂啦！你想辦法治好老頭就可以了。喂，放開我啦。」

「不可以！我怎麼可能放著渾身是血的人不管！」

儘管雙方爭執到臉紅脖子粗，美祿還是在溫柔的雙眼中灌注了無比堅定的意志，直直瞪向畢斯可。

「那不然這樣，你起碼！起碼讓我縫一下臉上的傷口！從剛剛開始血就一直流進你的眼睛裡了。若是放著不管，你就算去了也會直接送死啊！」

美祿沒等因為自己的氣勢而不禁畏縮了一下的畢斯可同意，強行逼他坐下之後，從懷中取出醫療工具包，攤開放好。

他重新審視畢斯可的臉，看起雖然很有精神，但臉上卻滿是割傷和擦傷，而且從額頭上那道深深的割傷所流出的血，正一直流進他的左眼。

美祿以熟練的手法，用熱手術刀切開隨處可見的膿包放血，並迅速縫好特別深的額頭割傷，接著塗抹軟膏，原本想用繃帶包紮，卻因為畢斯可像狗一樣加以抗拒而作罷。這麼一來傷口就算暫時處理完畢，美祿用袖子抹了抹額頭的汗水。

到此，他總算放鬆那張娃娃臉，勾起嘴角露出了一個笑。

「好！弄好了！」

「……」

「……呃，很痛嗎？」

「你叫什麼名字？」

「啊，貓柳……貓柳美祿。」

「美祿。那個……」

畢斯可以奇妙的神情看著美祿。他對上美祿那對圓圓的藍眼睛好一會兒，猶豫了好幾次該說什麼才好，接著才——

「謝啦。」

用有點粗暴的態度說完後迅速起身，登上梯子。

「那、那個！」

「囉唆耶，怎樣啦！」

「我還沒請教患者的名字。」

美祿完全忘記自己曾被眼前的少年威脅過生命，如是問道：

「而且……我也沒問你的名字……」

「那邊那個快死的叫賈維。我呢……」

「……」

「……畢斯可。我叫赤星畢斯可。」

於此，畢斯可又在梯子上俯視了美祿一眼。

綠色與藍色眼眸就像在摸索某種吸引彼此的難解奧祕，兩人互看了一會兒，後來是畢斯可先不經意地別開目光，就這樣打開人孔蓋，衝進忌濱的夜晚之中。

「……赤星……畢斯可……」

美祿嘀咕一次那有如吹襲而來的赤色風暴般的少年名字，並凝視了在燈光照耀下盪漾的水面片刻。沒多久，他才像大夢初醒般呼一口氣，連忙跑到賈維身邊。

4

「團長，帕烏團長——！」

一位斥候喘著氣，衝到自衛團正堅守的縣政府正門前。雙手抱胸，咬著嘴唇，正因為狀況膠著而煩躁的帕烏，擋下身旁的副官，親自奔到該名年輕自衛團員身旁。

「通往縣政府的足跡是欺敵技倆！赤星現在正在西門附近大鬧特鬧！」

「怎麼了？你看到什麼了？喂，拿水來給他！」

「據推測赤星的對手是兔子面具……黑革知事的特務部隊。數量相當多，但儘管如此，他們似乎也應付不了赤星一個人……」

（臭知事，又擅自行事。）

年輕團員沒怎麼好好接受身邊的人照料，對著咂舌的帕烏繼續說：

「帕烏團長，請您……請您冷靜聽我說。」

「什麼事……？」

「我看到一朵異常巨大的蕈菇開在鬧區。」團員害怕得牙齒發顫，但還是一口氣說出來。

「那個位置是熊貓醫院！是團長弟弟的……」

一股熱血竄過帕烏全身，她原本美麗的臉龐瞬間變為凶神惡煞。

帕烏以一道咬緊牙聲代替回應，接著推開團員，大跨步地邁步而出。副團長急忙追了上去。

「團長！」

「降低縣政府的戒備等級。將二、三、四班轉往西門，九班送去北門。」

「您打算一個人先過去嗎！對方可是國家級懸賞的極大惡徒！」

「那又怎樣……？」帕烏沒有隱瞞不斷湧現的焦躁，迅速跨上停在正門前的愛車——一輛重型機車。

「想對我發表意見，就先在模擬戰中贏過我一次吧。接下來交給你發號施令！」

「明、明白了！」

帕烏沒等副官回話，純白重型機車一鼓作氣用最高速度衝出。帕烏從機車上一揮武器鐵棍，粉碎地面，機車同時藉由反作用力躍上忌濱的夜空，落在一棟住宅屋頂上。

（美祿……！）

帕烏的焦躁直接化為穿梭忌濱市街的白色閃光，朝聳立在遠方的紅色蕈菇而去。

畢斯可站在屋頂上，眼觀四面。綻放的朵朵蕈菇散發淡淡光輝，有如路燈般照亮城鎮。孢子如細雪在空中飛舞，撫過他滿是血跡的臉龐。

在他努力奮戰之下，兔子面具軍隊只剩下昏倒在地的人員，其他都倉皇逃離了，大規模喧鬧的忌濱，只有這個中心點被不可思議的寂靜包圍。

（真擔心賈維。我是不是該先回下水道一趟……但自衛團為什麼沒有出動？）

畢斯可陷入沉思，先吸了一下鼻子，然後……一腳踩在從方才開始就一直在腳邊蠢動，打算掙扎逃跑的嬌小兔子面具。

「喵嘎啊！」

畢斯可一把抓起發出尖銳叫聲，整個往後仰的兔子耳朵，摘下對方面具後，粉紅色的麻花辮順勢滑落肩膀。那是一位髮型有如桃色水母的少女。

「等、等一下，等一下啦，我、我可是持反對意見的喔！看起來這麼溫柔的男生，絕對不可能是壞人嘛，對不對？然後啊，那個知事就強行……」

額頭和脖子冒著汗珠的少女，臉上帶著抽搐笑容，稍稍見外地抬眼看著畢斯可。

「喂，你們到底是什麼來頭？全部都來這裡了嗎？自衛團呢？」

「吶，我說，你要是殺了這麼純真可愛的女孩子，不會睡不安穩嗎？我、我們來交易一下吧。我、我今天就不幹這個工作了，然後直接跟你……」

「我看妳耳朵不太好喔。要不要直接在妳頭上開一朵蕈菇啊，混帳！」

「呀啊——！好可怕，這傢伙好可怕——！」

忽然……漆黑的夜晚那頭，傳來某種東西「嘎哩嘎哩」地奔馳過來的聲音。

畢斯可專注地聽，發現那道「嘎哩嘎哩」的聲音躍過數間忌濱鬧區房舍的屋頂，看來似乎正往這邊過來。

（機車……？）

水母少女趁著畢斯可的注意力轉移的一瞬間，立刻像隻老鼠一樣逃脫。畢斯可都還沒來得及追上去，這時車輪刮削屋頂的聲音就突然變大，在照亮夜晚城鎮的光線之下，一輛重型機車伴隨怒吼高高躍起，從另一邊的屋頂一直線朝著畢斯可飛了過來。就在畢斯可戒備的同時，鐵棍「霍」地一閃，朝著畢斯可猛力揮下，直接粉碎了屋頂瓦片。

畢斯可瞬間跳開逃過了死劫，但碎裂的瓦片擦過他的臉頰，旋即噴出鮮血。

銀色的金屬頭巾隔著飛散的瓦片，散發出耀眼的光芒，眼前的女戰士目光直直釘在畢斯可身上。她輕鬆以單手揮舞與自身曼妙的曲線並不協調的鐵棍，調動車體朝畢斯可猛衝過來。

畢斯可向後一退，朝如勇往直前武士的女戰士放了一箭。箭應當確實鎖定了鐵棍戰士，但鐵棍再次「霍！」地劃破空氣，箭影於焉消失。戰士用鐵棍一掃，打飛了畢斯可的猛箭。接下來的第二、第三箭，也都接連被鐵棍擊落，甚至沒給女戰士的衣服造成任何損傷。

（這傢伙！）

畢斯可評估了逼來戰士的氣魄與實力後，反射性將弓朝向下方，在眼前的屋頂射了一箭。以極速衝刺打算壓扁畢斯可的機車，就在此時因為「啵！」地猛力綻放的蕈菇作用力下，一鼓作氣被抬到了空中。

「……！」

「妳這樣亂騎車就該被吊銷駕照啦，蠢貨。」

原本笑著的畢斯可看到騰在空中的戰士已經重新調整好姿勢，於是又斂起了表情。

鐵棍女戰士將飛舞空中的機車當作立足點用力踢蹬，藉此反彈，以飛快的速度朝著畢斯可襲來。

「喝呀啊——！」

戰士的身體與光澤亮麗的黑髮如龍捲風般逆時針打旋，乘著因此造成的離心力揮出的鐵棍，以有如刀刃的銳利度劃破空氣，刺進了舉弓防範的畢斯可側腹。畢斯可的身體就像被一腳踢下的球一樣彈跳，猛力衝撞另一邊房舍的牆壁，開出了一個大洞。

煙塵隨著巨響捲起，女戰士稍稍瞇細了眼，凝神觀察了蕈菇守護者消失的大洞，並如破風般揮舞手中的鐵棍。

（方才那一棍應該已經砸爛他了……原來食人赤星只有這點斤兩啊……）

女戰士的眼中透露些許失望之色……接著迅速睜大。她沒有忽略某樣尖銳的東西在霓虹燈光照耀之下，散發了閃耀光輝。

鏗！

鐵器貫穿鐵器的聲音。反射性舉起鐵棍保護自己的女戰士眼前，一支黑色的箭鏃正閃閃發光。射出的鋼箭貫穿了六角形鐵棍，情勢可說非常危險。

（這真的是人類射出的箭嗎……！）

戰士的額頭上冒出些許汗水，「嘎哩」一聲咬緊了牙根。

畢斯可穿破建築物單薄的屋頂一躍而出，準備與女戰士對峙而落地……

「妳是誰啊？挺強的耶。」並咬牙勾嘴一笑。

「妳那些技巧在哪學的？難道說在忌濱這地方，在新娘修行時都要學耍棍嗎？」

畢斯可的箭不僅威力強大，速度也與一般槍彈無異。而女戰士竟能分毫不差地打下畢斯可的箭，那樣的技巧絕非尋常人能辦到。

遑論對方還是女性。

「我是忌濱自衛團長，貓柳帕烏。」這以女性而言偏低沉的聲色之中，明顯透露出挑釁意味以及些許怒氣。「蕈菇守護者，我勸你乖乖投降伏法。不然下一招就會直接打爆你的頭。」

身材高挑，身上白色大衣隨風飛舞，以正眼姿勢架起鐵棍的帕烏，勇猛的姿態看起來就像西洋的戰爭天使。只不過，她那乍看下正派的身影，卻帶著難以掩飾的凶神惡煞氣魄，這樣的落差引起畢斯可的興趣，促狹地露出犬齒。

「這種事情不是該在動手之前先講嗎？」畢斯可愉快地笑著。

「妳一副就算把我繩之以法也要殺了我的樣子耶，我難道是你的殺父仇人嗎？」

「我警告過你了！」

長髮一直線延伸，鐵棍粉碎畢斯可的立足點。風勢撩起帕烏的瀏海，使她美麗臉龐上遭到鏽蝕的部位顯露在外。

（這個人鏽蝕的症狀真嚴重。都快死了，還能如此迅猛嗎？）

畢斯可儘管內心吃驚，仍一邊避開帕烏的連續鐵棍攻勢，一邊接連跳過一處又一處屋頂，並以誇張的臂力，彷彿四棒打者舉高球棒般，將方才被帕烏踢開落在屋頂上的機車一把舉起。

「嘿喝！」

畢斯可舉起重機當作盾牌，彈開帕烏揮下的鐵棍。接下來兩招、三招交手，眼見機車四處凹陷，最後終於從引擎處噴出火來。

「喝啊——！」

帕烏一鼓作氣出招，揮下的鐵棍帶著強大威力，將自己的愛車一分為二。但這時畢斯可的判斷也是無比迅速，他立刻將噴火的引擎朝帕烏丟去，接著迅速拉弓射箭。

兩人之間引發了一陣大爆炸。

被強大衝擊炸飛的畢斯可，撞在身後遊樂場建築屋頂的巨大保齡球瓶裝飾上，隨著巨響一舉撞飛它，捲起陣陣白煙。另一方面，帕烏也將鐵棍捅進屋頂，捱過這波衝擊，勉強在屋頂上站穩，直直瞪著狂傲地在白煙中起身的畢斯可。

帕烏的必殺鐵棍只消擦過便足以讓人骨折，過去她也未曾有過自己連續出招竟被悉數化解的經驗。她眼中的殺氣依舊銳利，但在那之中也摻入了幾分驚愕之情。

「我看妳鏽蝕成這樣，是很想稱讚妳的本事啦，但妳要是太衝動，只會讓病況惡化得更快喔。」

「你居然好意思說……！不就是你這樣讓沿路上所有城市化為鏽蝕的嗎！」

「我也解釋到嘴快爛了，但蕈菇不會散播鏽蝕。它們會吞噬鏽蝕生長，是淨化鏽蝕的唯一手段。」畢斯可把折斷的臼齒連同口中血水「呸」地吐出後，重新面對帕烏說道：「我只是在經過鏽蝕嚴重的地區時，順手種了幾株罷了。就算不感謝我……也輪不到拿那種玩意兒這樣熱情招呼我吧。」

畢斯可在這樣連續跨越死亡的纏鬥之中愉快地說著。帕烏喘著氣，有點傻眼地回應：

「你以為我會相信這種笑話嗎……？你的目的不就是以蕈菇填滿所有都市，藉此報復迫害蕈菇守護者的仇嗎！」

「不對，我只是在尋找『食鏽』。」

畢斯可正面承受帕烏的目光，處之泰然地回話。

「你說……食鏽……？」

帕烏架著鐵棍，眼神閃爍了一下。對手渾身都是破綻，但沒有辦法別開目光。說著這些話的畢斯可眼神中燃燒著熊熊烈火，那跟惡意、殺意不同的某種強大意志緊緊揪住了帕烏，封鎖了她的鐵棍。

「不管是人還是機械，不管怎樣深層的鏽蝕都能吸收乾淨的蕈菇。我有個需要用到它治療的對象……所以才會不斷旅行。放下妳的棍棒讓我走，我在這個忌濱既沒有事情要做，也對這裡沒有任何怨恨。」

「……你以為到了這個節骨眼，還能用這麼無趣的蠢話逃跑嗎！赤星，擺好你的架勢！我的棍可以直接打中你！」

（……為什麼赤星如此遊刃有餘……？是因為看到我的鏽蝕，打算引誘我動搖出現破綻……不對，蕈菇守護者說什麼都跟我無關。下一棍我就會獲勝！）

畢斯可不知是否看穿了帕烏的猶豫，只見他愉快地勾起嘴角，接著瞪向對準了自己的鐵棍，彷彿發現某個時機已經到來，便以壞小孩的感覺對帕烏說：

「不過呢，我在忌濱也不是毫無收穫。這裡有個好醫生，受了他很多關照呢。」

畢斯可先停了一下，直勾勾地觀察帕烏的臉。

「……剛剛說了妳叫貓柳對吧？你們長得很像。妳認識美祿嗎？」

「你說美祿？」

彷彿詛咒解除後回過神的帕烏，臉上閃過一絲緊張。那對美麗的藍色眼眸閃爍了起來。

「你對美祿……你對美祿做了什麼！你這傢伙，把美祿怎麼了！」

「妳問我做了什麼？」畢斯可這時露出犬齒，對著彷彿瘋狗的帕烏笑了。

「我要是真的做了什麼，妳打算怎樣？妳認為我做了什麼？妳難道不知道世間是怎麼稱呼我的嗎？」

畢斯可的話都還沒有說完，帕烏便以凌厲氣勢衝了過來。完全化身為凶神惡煞的帕烏，以大上段劃破空氣揮下鐵棍，「霍！」地一直線朝畢斯可的額頭殺去，有如切西瓜那樣將之剖開……

理應如此。

鐵棍只是稍微割傷了畢斯可的額頭，直接停了下來。畢斯可滿臉都是從額頭傷口噴出的鮮血，但他仍露齒賊笑。

「唔！」

「笨蛋——」

某種白白又圓圓的物體，好似安全氣囊從擊中畢斯可的鐵棍中冒出，抵銷了衝擊力道。那玩意兒從鐵棍尖端朝握柄處接連冒出。

接著以鐵棍為苗床，「砰！」地如爆炸般綻放。

那是一種表面光滑白皙的球形蕈菇。

（竟在鐵棍之中埋了毒……！）

當帕烏每次大舉揮動鐵棍時，之前正面擋下鐵箭之際深植其中的氣球菇毒便會擴散生根。畢斯可之所以貫徹防守，之所以特地多嘴講了很多話爭取時間……都是為了讓植於鐵棍中的毒素擴散發芽所做的安排。

畢斯可沒有放過帕烏因為蕈菇的衝擊而退縮的機會。他迅速鑽進帕烏的懷裡，一鼓作氣踢在她的心窩上，讓帕烏的身體高高浮起。

「鐵器表面若是出現白色菌絲，那就是即將發芽的記號。」浮在空中的帕烏，眼底映出拉滿弓，滿臉笑容的畢斯可身影。「如果妳沒有陪我閒聊，這次交手將會是妳獲勝喔。」

「赤……星——！」

「妳還是早點退休嫁人去吧。長得這麼美，我很難揍下去耶。」

現在的帕烏沒有任何方法擋下畢斯可邊說邊射出的箭，她看著毒箭深深刺入自己滿是鏽蝕的右肩，帕烏的意識伴隨劇烈痛楚逐漸泛白淡出。

（美祿……！那孩子……就唯獨那孩子……！）

畢斯可跳過一處、兩處屋頂，接住閉上眼，失去意識墜落而下的帕烏。儘管有些失去平衡，還是平安落地。

「這傢伙比看起來還重耶。」

畢斯可扛著帕烏，往下跳到小巷內，正準備奔出時……突然覺得讓帕烏那秀麗的黑髮拖在地上有些過意不去。只好不情不願地將她的身體抱在胸前，同時仔細重新用雙手捧起她的頭髮，然後才有如飛毛腿般穿過小巷。

5

「不准動。」

畢斯可的後頸感到一股殺氣竄過，反射性停下動作。

「放下人質，舉高手。」

對手似乎正從後方鎖定了自己。敵人散發出熟練高手的氣息，讓畢斯可繃緊了臉。

與帕烏交手耗掉不少時間，畢斯可察覺到其他自衛團員漸漸聚集而來，於是接連穿梭過鬧區錯綜複雜的小巷，正準備趕往安置賈維的地下道途中。

雖然他為了保險起見而抱著帕烏的身體，準備當作人質使用，但看樣子盯上自己的對手是個相當老練的熟手，玩弄小把戲的你來我往應該不會管用。

畢斯可按照對方所說放下人質，緩緩舉高雙手……

接著「登！」地重重一蹬地面躍起。藉勢抽出的蜥蜴爪短刀閃現刀光，畢斯可一個扭身，朝散發殺氣的來人脖子揮下。

鏗！

防下這必殺一刀的，同樣是一把蜥蜴爪短刀。

畢斯可看到短刀另一頭的蒙面下炯炯有神的目光，急忙控制自己不要驚呼出聲。

「……啊……！」

「喲呵呵！你對大病初癒的老頭還真不留情呢。」

「賈維！」

畢斯可不禁睜眼大叫，當下不知道該對摘下蒙面咯咯笑著的師父說些什麼，一張嘴只是不斷開開闔闔。

「你……你可以活動了？傷勢怎麼樣？」
「嗯哼，如你所見。身體裡面好像中了六發子彈呢。」
賈維說著，一邊捲起肚子附近的衣服，伸手指了指上面的縫合傷口。
「……你這臭老頭！既然最後死不成，那一開始就不要病懨懨的啊！」
「笑話，你以為那樣還死不了人嗎？要不是有那個熊貓小鬼的功夫，老夫就到此為止了。不過呢，活下來的老夫也是挺了得的吧？」
「……混帳東西……還不是你說了那些像遺言的話，我才……！」
畢斯可凶狠的表情早已軟化，正拚命忍住即將一湧而出的情緒。
追著像隻猴子一樣在小巷內鑽來跳去的賈維，到這裡好不容易才追上的美祿，看到畢斯可臉上的表情，不禁停下了腳步。
食人赤星流下的眼淚，讓美祿感受到沉潛在這名蕈菇恐怖分子內心深處的溫暖少年應有的體貼之情，不禁稍稍放鬆了臉頰。
「……美祿，你成功了啊。」
「不！我只是盡我所能罷了。是赤星先生的安瓶奏效了！」
「蕈菇守護者的規矩是一定要報答恩人之情。只要是我能做到的事情，你都儘管說。」
「不，我只是……」
美祿害羞地從畢斯可身上稍稍別開目光，接著便看到倒在一旁的長髮女戰士。

「……啊啊！帕烏！」

「你果然認識她啊。」畢斯可先點了點頭，接著協助美祿扶起女子的身體，使之倚在牆壁上。「她跟我大打出手，所以我給了她一點沉睡毒，現在只是睡著了。」

「她是我姊姊……赤星，你剛剛說沉睡毒？你打贏她了？」

「蕈菇的藥效還對這傢伙身上的鏽蝕有效，幫她注射剛剛用在賈維身上的東西就好。」

畢斯可說完之前，賈維就踩著小跳步過來，替帕烏注射了剩餘的蘡菇安瓶。紫色藥劑從鏽蝕的肩口吸收進體內，帕烏雖然皺了一下眉，但呼吸過沒多久就恢復穩定與平順。

「好……好厲害……！」

藉助蕈菇守護者的知識製造出來的安瓶藥效之好，即使美祿用上所有才智也無法調劑得出。看著至今睡覺時總是壓抑著痛楚的姊姊那張安穩的睡臉，美祿覺得自己內心湧上一股新的決心。

「畢斯可，沒空發呆了。自衛團的美洲鬣蜥騎兵已經追了過來，不到五分鐘就會抵達這裡。要是我們再被包圍，這次可是逃不掉了。」

「我知道了，北門近在眼前，我們走！」

「嗯，老夫會絆住他們，快走唄。」

「喔……啥？」

畢斯可正準備奔出，聽到師父意外的回應，不禁回頭。

「你說絆住他們是什麼意思？你不一起來就沒意義了啊！」

「你用點腦袋想吧，剛從體內取出六發子彈的糟老頭怎可能有辦法立刻踏上旅程啊。」

「臭老頭，該用腦袋想的是你！調劑該怎麼辦！就算採到『食鏽』，當下如果沒有能夠調劑的人……！」

賈維摸了摸白鬍，一副促狹的眼神看了看畢斯可身邊。

畢斯可緩緩順著賈維的視線看過去，就看到因為緊張而整個人僵住的娃娃臉熊貓醫生。承受畢斯可眼光的美祿嚥了下口水，但仍努力不要別開自己的目光，回望畢斯可的眼神。

「賈維，你是痴呆了嗎！」

「赤星先生！麻煩你！麻煩你也帶我走！」

美祿抓住袖子的力道超乎想像，畢斯可無法甩開他，只能驚愕地張嘴。

「你這傢伙，放開我。一定是這臭老頭跟你灌輸了些鬼話吧。」

「我聽他說了有關『食鏽』的事情！我可以派上用場，也可以調劑，還可以幫你療傷！」

「混帳東西，誰要帶著像你這種一沒注意就可能會死掉的傢伙一起走啊！」

「你剛剛才說過，我有事情都可以拜託你！」

「我可不是神燈精靈！」

畢斯可瞪大了眼，如一把烈火般對著美祿怒吼：

「牆壁外頭可沒有好過到像你這種都市小孩可以活得下去！可不是賠上你那白嫩嫩的一兩隻手臂，就可以解決問題！」

「那又怎樣！」

美祿鼓起勇氣，將所有力氣注入眼光之中，吼了回去：

「那說不定可以拯救我的姊姊，拯救我唯一的親人。不過是條手臂，想要就拿去，就算腦袋分家也無所謂！」

美祿使出渾身解數的怒吼，讓畢斯可的鋼鐵之心上竄過一道裂痕。

畢斯可用力抿著嘴瞪大雙眼，一把揪住美祿衣襟拉了過來，直直看進他的眼。

過去除了賈維之外，從來沒有人能擔任畢斯可的搭檔。不論如何驍勇善戰的蕈菇守護者，都會被他那如暴衝野馬的鋼鐵意志力甩下馬鞍。

遑論眼前這個顫抖不已的少年，似乎孱弱到被鏽蝕之風一吹就會飛走，不僅不會使弓，更不會騎螃蟹。甚至連牆外都沒踏出過一步，是個被保護得好好的都市少年。

唯獨他的眼神——

只有那對清澈的藍色雙眼，儘管因為糾結而顫抖，還是……

強烈地與畢斯可的翡翠色雙眼互相吸引，閃耀著恆星般的熊熊意志！

『二班、三班，散開！繞去包圍北門——』

「畢斯可，自衛團來了！沒空讓你猶豫了喔！」

畢斯可此時先深吸一口氣，閉目思考了三秒。

接著睜開眼，將激動之情化為覺悟，身為一流蕈菇守護者的精悍面容在此出現。畢斯可將自己銳利的目光，對向吐露內心一切，儘管發著抖卻仍持續看著自己的美祿，接著說：

「如果不想死，就乖乖聽我的話。基本上蕈菇守護者的旅途，就是兩人一組搭檔。要是一個死了，另一個就得跟著上路。」

「赤星先生！」

「還有！就是那個，改掉你那煩死人的客套說話方式！搭檔之間是對等的，我是畢斯可，你是美祿！懂了沒？」

「我知道……」

畢斯可立刻狠狠地瞪了過去。美祿連忙閉嘴，接著露出一個開心的笑容，改口道：

「我懂了，畢斯可！」

「喲呵呵呵。」賈維在屋頂上高聲大笑。

「這可是新搭檔誕生呢。好嘍，快走！」

賈維射出的蕈菇箭「啵！」、「啵！」地綻放，阻擋了自衛團美洲鬣蜥騎兵逼近過來的去路，為忌濱的夜晚帶來另一波喧囂。畢斯可張口，原本想對遠遠跳開的賈維說些什麼，但還是放棄了。

「喂，你老姊該怎辦？要讓她就睡在這裡嗎？」

「沒問題！自衛團會好好保護她。我在她的小包裡面放了很多蕈菇安瓶！啊，不過……」

「這一道別可能這輩子都再也見不到面了。雖然我們時間不多，但你去多看她兩眼吧。」

美祿點點頭，跑到正熟睡著的姊姊身邊，將自己手臂上的皮製手環戴到姊姊手臂上。

「姊姊……妳一而再、再而三保護了我，成為我的護盾。所以，換我保護妳一次，為妳受一點傷，也沒關係吧……？」

美祿將自己的額頭靠在沉睡的姊姊額頭上，閉上了眼睛。

「我一定、一定會治好妳。所以帕烏，妳要等我喔。姊姊……」

美祿就這樣抱著姊姊好一會兒，有如確認兩人之間的親愛之情……接著突然像想起什麼般彈跳起來，重新面向畢斯可。新搭檔正以布滿血絲的眼看著手腕上的手錶，非常坐立難安地環顧著周圍。

「畢斯可，我、我、好了！可以了！」

「你這白痴很會拖耶——！還沒踏上旅程就想結束嗎！」

聽了美祿這麼說，畢斯可怒氣沖沖地抓住他的手臂，往聳立的北門奔去。

「你名字的美祿……」畢斯可忽然轉頭問。「是像巧克力的那個嗎？用牛奶沖泡的……」

「對！身強體壯喝美祿。這是媽媽幫我取的名字……」

「哼，身強體壯喝美祿啊。」畢斯可邊跑邊搭起紫色箭，朝城牆前方的地面射去。箭毒立刻張開蕈絲，將周遭的地面漸漸變成紫色。

「……這名字不賴！」

畢斯可抱起美祿的身體，一舉踩在箭上。接著「啵！」一陣強烈衝擊，開出了一朵巨大杏鮑菇。站在杏鮑菇上高高彈起的兩人，躍入忌濱夜空，順勢翻過高聳的城牆，踏上了嶄新的大地。

6

龐大的積雨雲在蔚藍無比的天空上層疊堆積。

碎層雲不時遮掩了強烈日照，乾燥的風吹過，給冒著汗水的身體帶來了清涼感受。

這裡是栃木的「浮游藻原」。

作為這忌濱北方高原命名來源的「浮游藻」，會在每年春夏之間大舉發芽，變成球狀輕飄飄地漂浮於空中。其利用白天大量吸收日照，在夜晚散發柔和光線的模樣相當美麗，能夠給旅人帶來慰藉，但輾轉各處的獎金獵人，大概不能算是會欣賞這種情調的對象吧。

「……太好了，似乎沒有追上來。」

「好熱！我知道了啦，不要再抓著我了！你是海星嗎——！」

畢斯可用袖子抹抹額頭，這樣回應拚命跟在自己身後的美祿。

這裡除了有會發熱的浮游藻，還要加上腳邊冒出的小草新芽，以及四處散落的廢棄汽車、戰車受到陽光照射吸收的熱氣，讓不得不穿著一身厚重裝備的畢斯可，不斷冒出豆大的汗珠。

「照我的評估，多虧有蕈菇安瓶，帕烏應該可以撐上三個月。問題在於賈維，我想即使在城

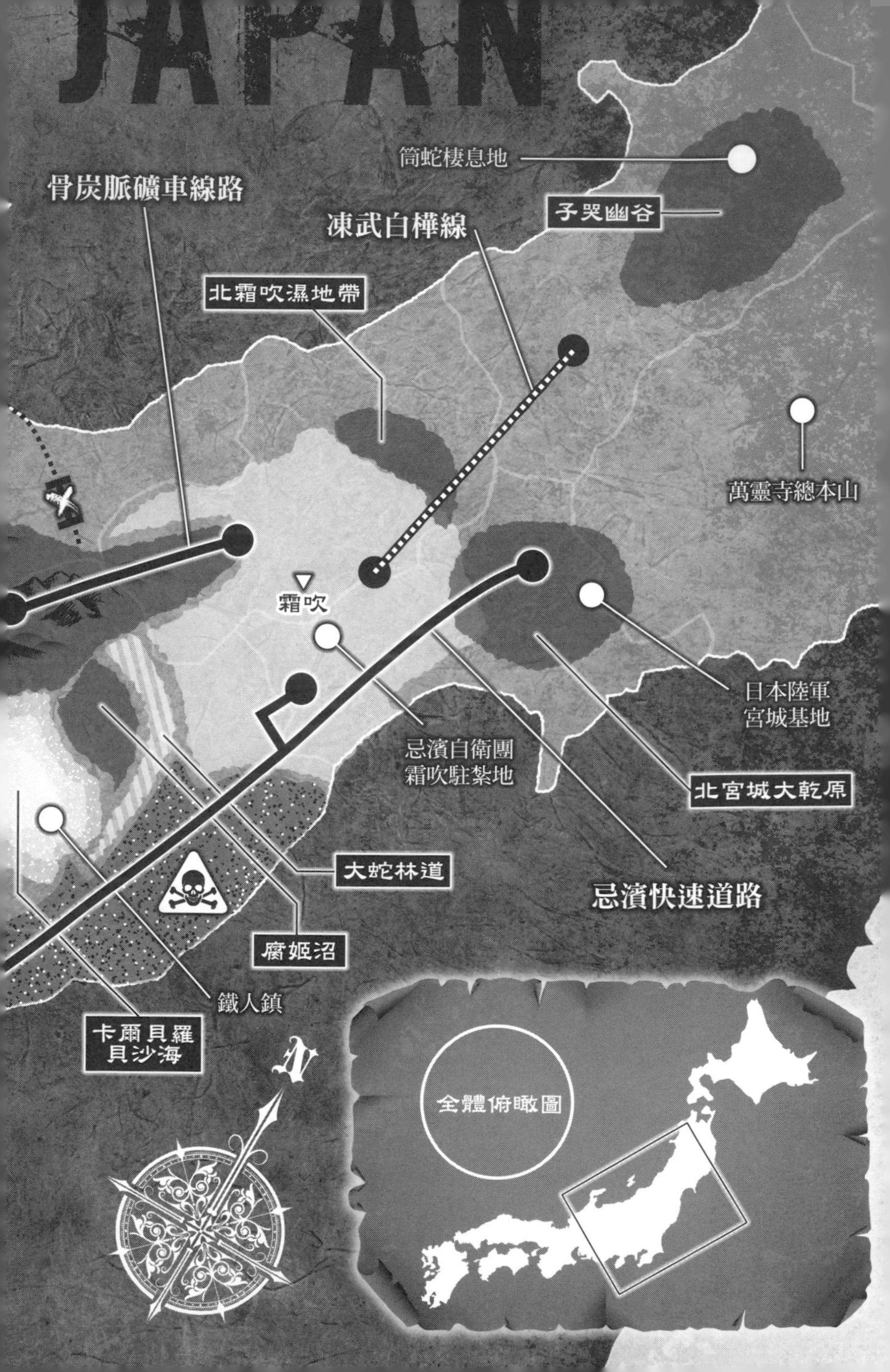
JAPAN
筒蛇棲息地
骨炭脈礦車線路
子哭幽谷
凍武白樺線
北霜吹濕地帶
萬靈寺總本山
霜吹
日本陸軍
宮城基地
忌濱自衛團
霜吹駐紮地
北宮城大乾原
大蛇林道
忌濱快速道路
腐姬沼
鐵人鎮
卡爾貝羅
貝沙海
全體俯瞰圖

MAP O
=縣名
=舊縣邊境
=鏽蝕太嚴重人類無法進入
=高牆
=關隘
=禁止通行
The world blows the wind
erodes life.
A boy with a bow running
through the world
like a wind.
長野
新潟
足尾骨炭脈
田隱
群馬
栃木
北埼玉鐵沙漠
忌濱
浮游藻原
東京爆炸中心洞
茨城
日光戰弔宮
日本地圖
MAP OF JAPAN

牆之內，他大概也只能再活一個月。」

畢斯可瞪了美祿一眼，見美祿嚇得縮了一下肩膀，才點頭要他繼續說下去。

「如果『食鏽』如同賈維所說，位在秋田的仙境之類的地方，那用走的絕對趕不及。話雖如此，這也不是一趟可以開車上路的旅程，要是利用了忌濱高速公路之類的道路，馬上就會被自衛團逮捕……」

「你這傢伙以為我是個只懂打架的老粗是吧。這我知道啊，怎麼可能什麼都沒想就出門！」

「看來你有什麼好點子吧！」

畢斯可這時先輕輕啐了一聲，接著從腰包取出折疊好的地圖，並將滿是傷痕的手滑過地圖，指給探了過來的美祿看。

「足尾的骨炭脈末端，正好延伸到這裡的北邊。炭坑裡面最長的一條礦車線路，似乎可以延伸到山形南部。如果能夠順利轉乘，過這段路應該不用花上兩天。」

「足尾的炭坑……是……」

美祿的表情漸漸變得不敢置信且陰鬱。

「意思是說要穿過骨炭脈裡面嗎？畢斯可，這、這不管怎麼說都太亂來了啦！」

足尾骨炭脈因能夠開採在東京大爆炸之後出現的新興燃料資源「骨炭」而興盛，為日本屈指可數的炭礦地帶。

骨炭是錫或黑炭等礦物，在鏽蝕風吹送下變質後得出的新世代燃料，名稱的由來有一說是因為它如同骨頭的的白色外觀，也有個說法是因為那是以鐵人飛散的骨頭為苗床生出的礦脈等等，眾說紛紜，但總之那是一種現今普遍使用的一般性燃料。

過去為了搶奪廣大礦脈的採礦權，栃木、新潟、福島等縣彼此相爭，並安排了擴大開發炭礦的計畫，卻因炭礦內持續增殖的異形進化生物，以及不斷噴出的毒氣、頻繁發生的爆炸事故等狀況，現在所有縣政府都從這礦脈抽手了。

如今，那裡只是一條被礦車線路鑽得到處是洞的山脈，作為天然火藥庫聳立於此……這就是足尾骨炭脈的現況。

「據說潛藏在骨炭脈裡面的鐵鼠非常凶殘，如果被集團咬上，用不到十秒就會被啃到只剩下骨頭。就算畢斯可真的很強，只有我們兩個，實在無法應付那些……」

「誰說只有我們兩個人上路了？」

「咦咦？因為其他……」

這時候美祿才發現，畢斯可沒有很專心地在聽自己說的話，從剛才開始就一直在東張西望。

「吶，畢斯可，你在找什麼嗎？」

「就是那個第三人……終於找到了。」

畢斯可圈起手指吹了口哨，眼前的土地突然隆起，一隻巨大螃蟹就擋在兩人面前，遮住了陽光。

橘色甲殼在陽光照耀下閃閃發光，高舉的大螯充滿可以輕易粉碎汽車的魄力與強悍。

「嗚哇、哇、哇啊啊！」

「笨蛋，牠是同伴啦。」

畢斯可忍不住用手肘頂了頂躲到自己身後的美祿，接著開心地走向大螃蟹，仔細地拍掉牠甲殼上的泥土。美祿看到大螃蟹乖乖地沒有反抗，才稍微放鬆戒備，接著略顯愕然地向畢斯可問：

「這……這位是畢斯可的……朋友？」

「牠是我兄弟。」大致拍掉泥土之後，畢斯可從螃蟹的大腳往上跳，一舉坐到背部的鞍上。「牠是鐵梭子蟹，名叫芥川。我讓這傢伙從牆壁東邊繞過來。因為牠怕熱……我想說牠應該躲在土裡，所以才在找牠。」

鐵梭子蟹如同其名，是一種擁有非常堅硬甲殼的大型螃蟹。

因其體魄強悍且個性溫順易控制，所以沿海地區的自衛團也會用來作為動物兵器，芥川應該也是這類動物兵器的末裔。能夠揹著大砲跟機槍，橫越山區、沼澤、沙漠等艱難地形的鐵梭子蟹行軍能力確實高強，加上其甲殼與剛猛的大螯揮出的攻勢，有段時間還被視為無敵兵種。

但當沖繩部隊往九州行軍時，因為氣候異常而出現大量鐵梭子蟹最喜歡的小麥蝦，導致所有鐵梭子蟹都衝進海裡，再也沒回來。發生過這樣可笑的插曲之後，現在各大自衛團之中，幾乎都看不到鐵梭子蟹的蹤影了。

「潛藏在炭坑裡面的動物，絕對不會找牙齒咬不動，毒素也不管用的對象出手。芥川不管什麼地形都能跨越，力量也比大型機械強，是我們的王牌。你也要快點跟牠好好相處喔。」

美祿重新看了看芥川的威容，就發現雖然牠的左螯看起來凶殘，但那張像在裝傻的臉孔卻有種可愛的感覺，加上從剛才起就一直百無聊賴地挖著土，更顯得可愛。

美祿戰戰兢兢地接近朝自己伸手的畢斯可，並握住他的手之後，被他一把拉起來，落在芥川右肩的鞍上。

「哇啊——好棒喔……！」

從芥川背上，可以一舉望盡無比遼闊，綠意盎然的藻原草原遠方景觀。美祿已經徹底忘記方才的恐懼，整個人開心不已，將身體往前探，看著芥川那張憨傻的臉。

「我叫作貓柳美祿！請多指教了，芥——」

美祿的自我介紹沒能說完，就被芥川用右螯揪住衣領一把拎起，然後毫不客氣地往前面扔了出去。

「嗚哇呀啊啊————————！」

「啊、啊啊！芥川，笨蛋，你這傢伙！」

畢斯可連忙爬下芥川，追著發出長長慘叫，呈現拋物線往前方墜落的美祿過去。多虧地上的草皮以及布滿此處的柔軟浮游藻成為緩衝，所以美祿並沒有受傷，但看他鼓著一張臉，眼中噙著淚水，咬著嘴唇的模樣，就可以知道精神層面上受到非常大的打擊。

「……牠討厭我。」

「……咕、咕嘻嘻嘻……！」

看到美祿鬧彆扭的態度，就連畢斯可都忍不了笑意，抱著肚子大笑了起來。美祿以憤恨的眼神瞪了過去，畢斯可這才急忙裝咳了兩聲說道：

「笨蛋，別因為這樣就鬧彆扭啦。我想，如果有不認識的螃蟹爬到你背上，你也會想要丟開牠吧？那傢伙也是有身為一隻螃蟹的自尊，你們只能花點時間習慣彼此嘍。」

「意思是說要賭牠先放下自尊，還是我的頸椎先折斷嗎？」

「你這熊貓比我想像中還貧嘴耶。」

畢斯可雙手抱胸思索了一會兒，接著交互看了看走過來的芥川肩上的行李，與美祿的白袍後，點了下頭。

「不管怎麼說，要是不能坐在芥川身上，就無法穿過炭坑。好，總之先從形式開始做起……這麼說來，我記得芥川討厭醫生。」

身上穿著蕈菇菌絲編織的海星皮革長褲與長版上衣，腳套日本蝮蛇皮製的靴子。腰際配上收納蕈菇毒劑試管的安瓶腰包，以及兩把蜥蜴爪短刀，還有兩個收納雜物的小包。接著如同刀鞘般將箭筒佩在腰帶上，最後套上長年使用的鞣製蕈菇外套，就是一套可以保護自己不受鏽蝕侵襲的蕈菇守護者正裝了。

讓美祿穿上這身行頭，看起來比身穿白袍時精悍許多，就畢斯可看來，也意外的合襯。

實際上，美祿也不像畢斯可想像的那樣柔弱，多虧他從小就跟著帕烏一起鍛鍊身體，其實已經具備可以騎在螃蟹上的體能了。

畢斯可如是說，美祿帶著滿臉笑容，欣喜地跳上芥川……

就這樣反反覆覆過了三小時。

「哇啊啊啊————！停下來————！」

已經不知道是第幾次的美祿慘叫聲，迴盪在遼闊的浮游藻原。

畢斯可將拳頭大的水壺架在營火上，側眼看向美祿，給他建議：

「你這是因為轉彎的時候會害怕，反而會加重體重，惹芥川生氣啦！你要相信牠，不要強制牠的動作。」

「我是可以理解你的意思啦——！」

「那就是要習慣了。別擔心，你的頸椎會獲勝……大概吧。」

儘管美祿那張數度被扔到地面，布滿了泥濘與擦傷的臉龐上浮現汗水，仍然以纖瘦的體格爬上芥川的鞍，勉強再次抓住了轡繩。

（你、你就算好好的……來旁邊指導一下也不會死吧！）

美祿以有些怨恨的眼神，側眼看著一直在遠處的營火上煮些什麼東西，採取放任主義的畢斯可，接著把目光轉向前方。

於是就看到一個揹著大行李，直直走在路上的嬌小旅行商人已經迫在眉睫。美祿連忙拉緊轡繩，大聲喊道：

「哇啊！有人！有人啊！芥川，停、停下來——！」

芥川一個緊急煞車，美祿整個人往前飛了出去，差點就要一頭栽在石板地上。幸好途中有一團漂浮空中的浮游藻輕盈地包住他，勉強抵銷了衝力讓他落地。

「好、好痛啊啊……！芥、芥川，你衝太快了……！」

美祿摩挲著摔疼的側腹，想起不知方才的商人是否安好，正打算急忙彈起身子……就在這時，跟一個正在窺探自己狀況的嬌小少女對上了眼。

「啊，你張開眼睛了。我還以為你死了呢。」

「啊，對不起！妳、妳有沒哪裡受傷？」

「我才想問你呢——不過算了。」

商人對美祿露出笑容，回頭看了看芥川的尊容。

「是說你騎的螃蟹好厲害喔！我第一次看到這麼厲害的螃蟹。」

她彷彿要鑽進美祿懷中，以白皙的肌膚蹭了過來，也抬起金色眼眸看著他。那是一個有著刺眼粉紅髮色的嬌小少女，搖晃的麻花辮子讓人聯想到在深海舞蹈的水母。

「仔細瞧瞧，你長得很可愛呢～～！吶，可不可以叫你熊貓弟弟啊？既然你都買得起這麼棒的螃蟹，應該很會賺錢吧～～怎麼樣，你有沒有老婆啊？」

美祿聽著少女在耳邊呢喃的聲音，不禁渾身發毛，急忙搖頭。

「哇、哇啊！不是啦，芥川不是我的螃蟹！是我搭檔的……呃，朋友。」

「什麼嘛，原來你有伴啦？呿——沒意思——」

水母少女很乾脆地放過美祿，凝視著芥川，彷彿在思考什麼一樣，用手指轉著耳朵前面的麻花辮子把玩。然後……瞬間從顯得遺憾的模樣轉化成笑咪咪的表情，與一副覺得很困惑的樣子看過來的美祿對上眼。

「吶，熊貓弟弟，如果你只是想用習慣的方式學會騎在這種大螃蟹上，那你會承受不了喔。剛開始學的時候啊，一般都會在螃蟹眉心的位置點柚子香。這麼一來螃蟹也會比較放鬆，自然就會親近主人了。」

水母少女從懷中皮革包包掏出黃色瓶子，並用纖細的手指拎到了美祿眼前。打開蓋子，一股山柚子的清香便撲鼻而來。

「咦！果、果然有這類方法可以用啊！」

「這是常識喔。你這麼亂來，要是傷了漂亮的臉就太可惜了。我正好有多的香，可以示範給你看！」

「哇！真的嗎？啊，可是我現在沒什麼錢……」

「呵呵……不用錢啦！」少女眯細了那對貓咪般的金色眼眸笑著。

「畢竟這個世道如此艱辛，有困難的時候當然要彼此幫助啊……我的行事準則就是珍惜禮義人情啦！」

在距離芥川約半公里的地方。

畢斯可面帶謹慎表情凝視著眼前的鐵壺，並看準時機，將少許綠色孢子加進眼前正以小火慢慢沸騰著的紅色液體之中。待觀察過一陣子之後，才慎重地將一支鐵的箭鏃浸泡進去。

雖然與美祿相比手法極其原始，這仍是蕈菇毒的調劑方式。

從旁人看來這個方法非常單純，但只要稍微弄錯配方比例，調劑中的蕈菇菌就可能一舉發芽成長，引發嚴重事故，所以其實是一種非常精細且危險的作業。

尤其畢斯可調配的蕈菇毒，幾乎都是徹底提高發芽威力到極端誇張程度的產物，除了他自己與師父賈維之外的人，連碰到都會有危險。

但畢斯可以這樣的高風險為代價，獲得的便是品質非常好，獨創性又高，而且種類豐富的蕈菇毒。尤其是杏鮑菇融合了爆破菇的發芽力與花柄橙紅鵝膏菇的彈性，讓它成為強大的跳台，是連賈維都不禁嘖嘖稱奇的畢斯可代表作。

但另一方面，畢斯可就完全不會調配可用來治療人類或螃蟹傷病的蕈菇安瓶。藥跟毒不一樣，為了在人體上產生藥效，就必須拿捏精細的配方平衡，不管賈維怎麼教，畢斯可就是只能調出足以讓心肺功能停止的極端產物。所以賈維也早早放棄這個領域，並沒有教導他更深入的蕈菇藥學。

畢斯可抓準菌平靜下來的時機，用鐵筷夾出泡在壺裡的箭鏃，試著徒手射向一旁的大樹。

啵、啵、啵！

插著箭鏃的大樹接連開出漂亮的紅色蕈菇，平坦單薄的菌蓋緩緩張開，灑出輕飄飄的孢子。
那是連骨炭礦脈都能侵蝕並綻放的紅平菇毒。
「……嗯——算了，就這樣。」
畢斯可原則上接受了目前製作的蕈菇毒，滅掉營火……
「哇啊————！螃蟹小偷————！」
原本畢斯可只想把隔了一段時間沒聽到的美祿慘叫當成耳邊風，卻因為內容頓了一下。
「螃蟹小偷……？」
畢斯可忍不住往聲音傳來的方向看去，就看到芥川正東歪西扭地亂竄，而牠的鞍上坐了一個沒看過的，揹著大行李的少女。至於美祿，則被芥川的左大螯掐著上下猛甩。
「妳、妳騙我！放開妳的手，把芥川還給我——！」
「你怎麼這樣抹黑呢！熊貓弟弟，錯不在我，是這個世道啊！好啦，你快點死心放手吧！」
雖然當事人是認真無比，但這景象遠遠看來真的很可笑。
「……那個笨蛋搞屁啊！」
大致理解了狀況的畢斯可立刻抽出背上的弓，「咻！」地放出一箭。
畢斯可的箭，射中飄在與奔跑中的芥川背上的鞍差不多高的一大團浮游藻，瞬間「啵！」地生出一大把鴻喜菇。
「嘎喵——！」

水母少女在鴻喜菇強大的發芽威力作用之下，發出彷彿被壓扁的慘叫，整個人被打飛出去，從芥川背上滾落在地。畢斯可則有如追殺她一般，射出第二、第三箭，插在與少女差之毫釐的地面上，爆發出的鴻喜菇阻止少女竄逃。

「喂，妳是想對誰的螃蟹下手啊！想直接變成螃蟹的飯嗎！」

「呀——！哇——！」水母少女慘叫逃跑的腳程快得不可思議，一溜煙就跑到很遠的地方，也不知道她有沒有聽見畢斯可的威脅。

過沒多久，失去鞍上主人的芥川，緩緩走回了畢斯可身邊。

到了畢斯可跟前，總算從芥川的大螯滾下來的美祿，擦了擦被泥土與浮游藻弄得髒兮兮的臉，接著猛咳了幾下。

「你這個笨蛋！到底是怎麼才能搞成那樣……」

畢斯可本想狠狠地怒吼美祿……但看到他臉上滿是傷痕，整個人心灰意冷地垂頭喪氣，就覺得他實在太可憐，也不忍心多說什麼了。

「畢、畢斯可，對不起，我……！」

「夠了！不要道歉……我看今天你已經不行了，我們先前進吧。」

「我、我沒問題！我們沒時間了，我得快點學會駕馭牠……」

「你想用那雙跟剛出生的小鹿一樣抖個不停的腳繼續練習嗎？明天再訓練吧，受的傷至少要治好喔。」

「……嗯，我知道了。」

畢斯可一邊那麼說，便皺起眉頭，開始思考下一步該怎麼辦。

說實在的，與其討論美祿有沒有天分，不如說一個不是蕈菇守護者的大外行想要馬上學會駕馭螃蟹，根本就是天方夜譚。

就算是蕈菇守護者，也不是每個人都能夠自由自在駕馭螃蟹，也有些蕈菇守護者會用藥讓螃蟹陷入催眠狀態，以半強制的方式加以控制。

（雖說這趟旅程必須趕路，但我不想對芥川用藥……）

畢斯可一邊思索著看向美祿，只見他抱著自己的少許行李，直直地……看樣子是往芥川那邊走了過去。

「芥川，不好意思，勉強你了。我幫你擦藥，你要乖乖的喔！」

美祿從懷裡掏出閃爍紫色光芒的試管，走近芥川之後，牠大概是覺得那玩意兒很詭異，於是「刷！」地舉高大螯威嚇美祿。芥川散發出的魄力非比尋常，別說其他動物了，就連情如手足的畢斯可都不禁畏縮。

但是——

「逞強也沒用！要是放著不管，肌肉會退化喔！來，立正！」

美祿完全沒有害怕的樣子大聲說道。畢斯可驚訝的是原本高舉大螯的芥川，竟慢慢放下戒心，緩緩地收斂了威嚇行為。

「對！好乖喔。來，坐下！」

滿臉笑容的美祿摸著芥川的白色肚子低語，芥川終於放鬆了全身緊繃的狀態，彎起腳當場坐下。美祿將手中的藥水緩緩注入芥川的關節，一股清新的香草般香氣飄散而來。

美祿撫摸著芥川，對傻眼地看著自己的畢斯可說：

「對不起，因為我太亂來，讓牠的肌肉受傷了。不過，我用了月魁蒿的重生劑，如果是芥川，就可以邊走邊恢復了喔！」

（……我是要他治好自己的傷就是了。）

畢斯可走到他身邊，以一臉不可思議的表情凝視著平靜下來的芥川跟美祿。

「你明明做得到這樣，為什麼會沒辦法騎在牠背上啊？」

「……？這樣是哪樣？」

「……咯，嘻、嘻嘻嘻……也罷，無妨。」

畢斯可愉快地笑著跳上鞍，抓住美祿的手，將他拉到右邊的鞍上。畢斯可在接收了韁繩指令奔出的芥川身上嘀咕：

「我們調整預定，你不必練習駕馭螃蟹了。你有跟螃蟹打交道的天賦。」

「咦咦？我明明被摔得那麼慘耶……？」

「不過，你跟芥川說話了。我也是第一次看到在騎上螃蟹之前，就可以跟螃蟹溝通的人。」

以巨大的八隻腳向前奔馳的芥川，情緒意外平靜，即使有個騎在右肩而傳來異物感，也因為那一段互動而變得柔和許多。

一對巨大戰車砲有如要穿破即將崩塌的巨大寺院屋頂，朝天空突了出來。像是包圍住神社般折疊堆積的自走砲與戰車殘骸上，長滿了藻類與藤蔓，在夜晚柔和地釋放白天吸收累積的陽光。

「這裡叫作日光戰弔宮。」美祿在芥川背上，隔著畢斯可說道。「聽說以前要一舉廢棄因鏽蝕損毀的戰車時，就會來這間寺院憑弔祭拜。所以你看，這裡的鳥居也是用某種看起來很像主砲的管狀物體打造。」

「那尊像是什麼？鳥居那邊，有三隻猴子並排在一起。」

「那是『不看、不聽、不說』的神像，是自衛團的快攻三原則。據說可能是把當時栃木的軍規打造成雕像得來。」

「喔，你很清楚嘛。」

「學校有教。」

「這樣啊……喂，你是想說誰學力差啊！」

忿忿地低吼著的畢斯可重新評估寺院的狀況。儘管看起來長期疏於保養照顧，但這邊的鐵器仍然很漂亮，沒有嚴重鏽蝕的感覺，而且這裡好歹也是寺院，看起來應該不至於被武裝的山中行者盯上。

「好，今天就先在這裡睡一下，正好足尾的礦脈也近在眼前了。你啊，別只是替芥川治療，也要好好包紮自己的傷口。」

「這點小傷沒事啦，我也是男生耶！」

「血的氣味會引來岩蟎啊，要是被牠們鑽進傷口，可是會癢死人喔。」

「……唔，好，我會好好包紮……」

兩人讓芥川睡在中庭後，踏入正殿。突然，一片漆黑的正殿之中傳來某種煙燻香氣，還有燒過的乾柴正散發著些許火光。

「……有人先來了。你在這裡等我。」

畢斯可用手制止因驚嚇而緊張起來的美祿，架起弓緩緩踏步向前……

好像在哪裡看過的粉紅色麻花辮子，正在黑暗之中不規則地甩來甩去的景象映入眼簾。

「……什麼啊，原來是剛才的螃蟹小偷？喂，妳這傢伙，還真常碰面啊。」

「嗚、嗚咕嗚……喀呼、喀呼、嗚、噁……」

「嗯嗯？話說我好像在忌濱也有看過妳喔。妳這傢伙是不是受到誰的指使在跟蹤……」

畢斯可說到這裡，看到少女緩緩轉過頭來的詭異模樣，不禁噤聲。

睜大的雙眼嚴重充血，滿臉汗水，喉嚨不斷發出奇怪的「呼嚕呼嚕」聲音。不管怎麼看，這樣子都很異常。

「這傢伙……？」

「畢斯可，讓開！」美祿迅速奔到少女身邊，用力拍了她的背部一下。少女接著「咕喔」一聲，接連嘔出混著血液的白色液體。

美祿讓少女反覆吐出幾次這樣的白色液體，保持氣管暢通之後，從腰部的安瓶腰包抽出綠色試管，毫不猶豫塞進少女發白的喉嚨。藥劑被漸漸吸收後，少女的呼吸隨之急促，發抖的狀況也越發嚴重。

「美祿，你小心點！那傢伙身上有東西！」

「有東西在胃裡面！雖然這方法比較粗暴……！」

美祿注射完鬆弛劑之後，先吐出長長的氣，接著一舉吻上少女的唇。

「嗯唔？嗯嗯——！」美祿沒管瞪大了眼睛掙扎的少女，對著少女的氣管吸氣，某樣東西便從少女發白的喉嚨湧出，膨脹起來。

美祿的口中捕捉到某樣會動的異物後，便用臼齒將之緊緊咬住。然後猛力一扭頭，一條約與兩公升保特瓶差不多大的白色蟲子就從少女的喉嚨滑出，表面因為沾滿黏液與血液而散發著濕滑的光芒。美祿將之吐在地上，蟲子便發出「嘎吱」的哀嚎。

蟲子一落地，就以出乎意料的速度在地面爬行準備逃走，卻被畢斯可一腳踹飛，砸在正殿的柱子上，頹軟地折彎身體，一動也不動了。

「這是什麼鬼東西？」

「膨脹蠶。」美祿擦著額頭汗水，一邊跟畢斯可說明。「是以前為了防止奴隸逃跑而使用的蟲。一開始讓奴隸服下蟲卵，並且透過服用藥物的方式抑制蟲卵孵化。現在大多用在囚犯……」

「以及忌濱知事的特務部隊上嗎？」連續咳了好幾下，把殘留的黏液吐出來之後，水母少女總算舒服多了，接著說出怨恨的話語。

「難、難怪他們總是給我吃奇怪的藥。早知道不幹這詭異的打工了，那個老千知事……」

「喏，先喝點水。我想妳應該會有一段時間都覺得想吐，但已經沒事了……」

商人少女因為猛喝水的關係，原本顯得鐵青的臉色漸漸恢復紅潤，也平靜下來了。美祿看著這樣的她，開心地露出微笑。

（這傢伙，面對白天吃了這麼多悶虧的人，竟然還可以這樣真心為她高興。）

畢斯可有點不知道是該傻眼還是該佩服，總之跟美祿對上眼之後點點頭，接著從恢復活力的桃色水母身後，一腳踹上她的屁股。

「咿喵！哇啊，赤、赤星……！你為什麼會……」

「叫什麼叫，妳應該先跟醫生道謝才對吧！」

「……呼、呼呵呵，別開玩笑了。在旅途上出手救助孤單女性，不就是～～……」

水母少女抹抹嘴角，撫摸暴露在外的白皙香肩，得意地說道：

「這～～麼回事吧？畢竟剛剛直接被親了，我還以為要被吃掉了呢。我可是很貴的喔……熊貓弟弟，你支付得起嗎？」

「……咦、咦咦咦？我沒有這個意思啊！」

「呵呵呵，真可愛！意思是說只要是醫療行為就沒關係嗎？醫生啊，我感覺我的肚子裡面，好像還有一條剛剛那種蟲耶……」

少女蹭了過來，美祿紅著一張臉不知所措。為了保護搭檔，畢斯可儘管傻眼，仍高聲怒吼：

「喂，妳夠了！哪有人摸了妳那種跟魚板沒兩樣的身體會開心啦！」

「赤星小弟真不懂女人耶～竟然不知道我有多值錢……呵呵呵，只要剝下一層外皮，食人赤星不過就是一個內向的童子雞嘛。」

「……哇！畢斯可，你冷靜點！」美祿急忙抱緊怒髮衝冠，眼若銅鈴，真心想拉弓的畢斯可，阻止他動手。「眼神、眼神好認真！哇啊，好、好可怕！」

「你不會覺得不甘心喔！被這種個性爛到骨子裡的女人……！」

「噓！……我問一下，妳是要去經商對吧？」

美祿將手指抵在嘴唇前，制止了畢斯可之後，笑瞇瞇地詢問少女。

「我們手邊的糧食不太夠，如果可以，能不能分一點食物給我們？」

水母少女因為這出乎意料的發展而不斷眨著大大的眼睛，愣愣地來回打量被自己誆了好幾次，仍帶著純真笑容的熊貓少年臉孔……

「……你們真的不是覬覦我的肉體？」並狐疑地問。

「既然如此，你們為什麼要這麼誠懇地……救我這種人啊？想要東西的話，等我死了之後全部拿走不就得了？」

兩個少年先是有些驚訝地面面相覷了一會兒，然後才說：

「……這麼一說，確實——」「畢斯可是那種在評估得失之前，會先採取行動的人啊！不可能看到有人快死了，卻還撒手不管嘛！你說是不是，畢斯可！」

畢斯可在外套底下被美祿狠狠捏了一把，只能抿緊嘴，不滿地保持沉默。

水母少女八成是被這對奇妙搭檔的氣氛卸下了心防，只見她深深嘆了一口氣，也不再裝矜持，粗魯地盤腿而坐，一副覺得「你們白痴啊」的樣子手撐著臉頰說：

「看來是個天然純正的爛好人救了我啊～～該說是我運氣好呢，還是沒出息呢……嘖，居然對這樣的小孩賣弄風騷，真是虧大了！」

少女搖搖頭，徹底拋開方才的諂媚態度……一個轉念，點亮自己帶來的油燈，攤開紅色地墊巾。接著手腳俐落地從行李中拿出的品項齊全，甚至壯觀到讓怒火中燒的畢斯可都興致盎然的一件件商品。

「算了，無妨。既然如此，就拿出我的本行跟你們搏感情啦。兩位客人，歡迎來到魅惑的水母商店。」

「水母商店？真有意思，從妳的名字取來的嗎？」

「熊貓弟弟，你真的是個好人耶。現在世道這樣，做商人的可不會隨便告訴別人本名喲。」

水母少女用手指捲著麻花辮子把玩，開心地說著。「我的髮型看起來像不像水母啊？這會讓客人留下深刻印象，店鋪名稱也是從這裡來的啦。」

「……確實都是些沒看過的東西，原來妳不是吹牛啊。哇啊，這瓶葡萄酒上面寫著2017

耶！這是真的葡萄酒嗎！」

「我其實是主打武器和兵器設計圖之類的商品，但食品方面也很豐富喔！要不要試試看這個啊？純度百分之百的蠍子蜜，會讓你的舌頭融化喔！我這邊還有現在已經不存在的所羅門酒窖釀造的香草伏特加……不過對你們兩個少年來說，這個還太早了吧。」

每當商品在少女手中舞動，畢斯可的眼睛就顯得閃閃發光。這時搭檔輕輕拉了拉他的外套下襬，他才猛地回神過來。

「喂，我們不是想要什麼稀世珍品或高級品，只是想要點東西可以填飽肚子就好。有沒有炭粉麵包或鹽餅之類的東西啊？」

「鹽餅——？我才不會揹著那麼窮酸的東西到處跑呢。」

美祿在一臉覺得這些人八成沒什麼消費力的店長面前，開心地到處看著商品，於是注意到了放在角落的零食堆。

「畢斯可，你看！有奶油口味的BISCO夾心餅乾耶！我們跟她拿這個好不好，你應該喜歡吃吧？」

「……不，我沒吃過。」畢斯可一副覺得有點害臊的樣子看了看別的地方，然後才回答。

「我只有看過，畢竟蕈菇守護者不太容易得到這些東西……」

「……明明是畢斯可卻沒有吃過BISCO嗎！」美祿先是誇張地表示驚訝，接著整個人笑開了。「那就更該跟她要了！可以給我這個嗎？」

「什麼啊，只要那個喔？一個四日貨喔。」

「什麼——？都這種狀況了，妳還想跟我們收錢喔！」

「廢話——！如果弓是你的力量，那錢就是我的力量！」少女甩著粉紅色麻花辮子，貼近畢斯可的額頭。

「我只是剛好敵不過你，所以完全損失了賺取你的獎金的機會！不要說這麼小氣的話！」

厚臉皮到了這種程度，意外的就會變得很有說服力。少女從因為自己的魄力而面面相覷的兩位少年手上，迅速抽走兩張日貨鈔票，丟出五盒畢斯可之後，一副覺得很無趣的樣子收起商品，折好鋪在地上的方巾。

「唉唉——這生意好無聊喔～～面對騎螃蟹的又沒辦法兜售燃料……我要先睡了，敢碰我一下就要收一百日貨喔。」

少女不滿地嘀咕，拿起塑膠油桶，把老舊的液狀骨炭灑到地面上。

「碰妳～～？誰會特意去碰毒水母啊？」

「熊貓弟弟的話算你半價就好。」

「別瞎扯了，妳快點去睡覺吧！」

畢斯可氣沖沖地看著單手拿著空油桶就往正殿裡走去的少女。這時美祿拉了拉他的袖子。

「畢斯可，一直生氣很容易肚子餓喔。我們都花錢買了，趕快來吃吃看吧！」

美祿迅速將幾塊從包裝之中拿出來的夾心餅乾，塞到畢斯可的手裡。畢斯可無法抗拒美祿那對如星光閃耀般看著自己的雙眼，只能戰戰兢兢地將之送進嘴裡。

「如何？這就是你名字由來的商品喔！……跟想像中不一樣嗎？」

「……我還以為它咬起來更硬一點，因為說是好吃壯壯嘛。味道也是，原本以為補充營養會是……類似熊肝那樣的味道。」

「啊哈哈！不可能啦，畢竟這是零食啊！吶，你覺得好吃嗎？」

「嗯，好吃。」儘管畢斯可簡短地這麼說，仍以飛快的速度吃著夾心餅乾，已經準備打開第三盒了。「……原來在都市生活的人，每天都有這種東西可以吃啊……」

「畢斯可，你、你等一下啦！你吃太快了，也留一點給我嘛！」

「為什麼啊？我比你高大，多吃一點也是合理吧。」

「赤星先生說過，搭檔之間永遠是平等的耶。」

畢斯可無法反駁美祿促狹的挖苦，只能不悅地一聲不吭，把一半的夾心餅乾遞給美祿，開始小口小口啃著自己手中剩下的份。美祿一副很開心的樣子看著畢斯可的側臉，一塊一塊慢慢咀嚼著餅乾。

到了深夜，美祿為了不吵醒畢斯可，躡手躡腳地悄悄鑽出正殿，來到芥川正在休息的中庭。

無比耀眼的月光，在夜晚之中照亮了芥川的威猛外貌。

「……恢復能力真驚人，原來芥川也不是普通的螃蟹啊。」

既然能作為畢斯可的兄弟，一路跟他一起活到現在，就能理解牠為何擁有如此強悍的體魄。美祿靜靜地摸著芥川的關節，確認肌肉的狀況。

原本睡著的芥川突然醒來，稍稍抬起了身子。

「啊……！芥川，對不起，我不是想吵醒你……」

說到一半，美祿發現芥川的態度跟氣勢不太對勁，於是豎起耳朵聆聽。好像有某種東西「隆隆隆隆……」低吼著的感覺從地底傳來，並漸漸變成明確的震動，傳遞到了腳底。

「地震嗎……？不過這是……！」美祿急忙轉頭看回正殿的瞬間，一陣巨響撕裂寺院的石板地，噴出幾道蒸氣。同時，整間寺院大大震動，看來是整個地面都緩緩地抬升了起來。

美祿不禁發出慘叫，而且因為再也抵擋不住越來越強的地震，整個人靠在芥川身上。芥川迅速以大螯夾起美祿，將他塞到自己的鞍上，接著一蹬戰弔宮的石板地跳起，隨後落在長滿藻的地面上。

在勉強調正姿勢的芥川跟美祿面前。

兩個有如散發黃色光芒燈泡的巨大眼睛，在夜晚的黑暗之中眨了眨。有如粗木的前腳重重踏在地面上，散落地面的車輛廢鐵便如紙片般飛舞空中。

「戰弔宮活著！」美祿在芥川的背上搖來晃去，仍驚愕地發著抖。

「原來這裡不只憑弔兵器，而是寺院本身就是動物兵器啊！」

雖然戰弔宮的外型最適合以寄居蟹形容，但牠威猛的外貌比起有人類兩倍大的芥川，更大了三倍以上。正可謂是戰艦般的怪物。

芥川勉強躲過撥開土壤衝刺過來的那玩意兒。「戰弔宮」也沒有太介意，似乎有什麼明確的目標，毫不猶豫地朝著那裡衝去。

「畢斯可！芥川，畢斯可還在裡面！」

美祿還沒說完，芥川就奔了出去。

還不熟練的菜鳥蕈菇守護者，跟馳騁沙場的老練大螃蟹，兩者的目的直到此時，才同樣聚焦在拯救畢斯可這一項使命上。芥川的速度飛快！美祿甚至忘了自己坐在螃蟹背上，只能像搭上雲霄飛車那樣，緊緊抓住芥川的韁繩。

祭祀在「戰弔宮」的戰車殘骸，接連將主砲指向並行奔馳的大螃蟹。芥川見狀，往旁邊、往前方閃避「砰！」、「砰！」地連續開火的戰車砲。

「芥川，上面！」聽到美祿提醒，芥川用自豪的大螯揮開的一發砲彈，就這樣打回戰車處直接爆炸，擊毀了好幾輛戰車。

「呀————！討厭討厭————！不要丟下我！我還不想死啊————！」

「妳個混帳快放開我啦————！這、這傢伙，哪來這麼大蠻力啊！」

「畢斯可？你在哪裡，畢斯可————！」

正殿屋頂上，畢斯可的一頭紅髮和外套在月光照耀下隨風飄盪。

同時可以看到揹著行李的水母少女，正緊緊抓著他的腳不放。

「美祿！這傢伙的真面目是食炭蛇蟲，會吃骨炭！剛剛水母丟掉的燃料弄醒了牠，要是牠就這樣直接衝進足尾的礦脈，導致礦坑爆炸，我們就會無法利用礦車了！」

戰車的機槍有如呼應畢斯可的聲音般，瞄準他接連噴火。畢斯可抱著不斷尖叫的少女跳開，雖然躲掉了所有子彈，卻因為抱著自己的預料之外力量而失去平衡，從屋頂上滾落下來。

「不行，我得忙著應付這個水母！你要想辦法阻止那傢伙！」

「阻止？要我阻止，是要怎麼阻止啊！」

「打爛牠的眉心！」畢斯可一邊大吼，一邊拉弓射中一發朝自己飛過來的主砲砲彈，利用開出的蕈菇讓之自爆。「只要造成腦震盪，也可以讓這些戰車停止攻擊！芥川！用芥川的大螯打爛牠的眉心！」

「你怎麼可以交給螃蟹新手這種不可能的任務啦！」

這時，一門戰車砲轉向仍打算說些什麼的畢斯可。危急之際護住少女的畢斯可身後留下陣陣白煙，完全擋住了畢斯可的聲音和身形。

「啊啊！畢斯可——！」

面對這樣的危機，沒有什麼比看不到搭檔更讓人不安的了。即使這樣，美祿仍強行壓抑不斷打擊內心的擔憂情緒，先深吸一口氣，再吐出來。

（他之所以叫我阻止那傢伙，如果是因為認為我做得到，因為相信我做得到……那麼，我就要做。畢斯可，我就照著你說的去做！）

美祿睜開雙眼，眼神中點燃了毅然決然的意志。他將臉頰貼在奔馳的芥川背上，用手指輕輕撫過大螃蟹的眉心，低聲說道：

「芥川……那傢伙的弱點在這裡，我們要瞄準牠的眉心，阻止牠繼續前進。這麼一來，畢斯可一定會趕到。芥川啊，你覺得……你能順利完成嗎？」

芥川吐出的一個泡泡輕飄飄地浮在空中，在美祿面前破掉。雖然無法確定這是否代表芥川表達了些什麼，但總之……

這時一發砲彈落地，「砰！」地爆炸開來，美祿則藉著這個機會操控韁繩，讓芥川高高躍起，接著穿破戰弔宮本殿的屋頂華麗地落地後，猛力朝向戰弔宮的入口衝刺，用一對大螯撕碎了聳立的鳥居。

「芥川，衝啊──────！」

芥川一舉躍上高聳的懸崖前方，正好對著食炭蛇蟲的眉心位置過去，並在轉身之際，有如揮動大斧般揮舞拆下來的鳥居，一如所想的，一舉砸在對方的眉心之上！

鋼鐵與甲殼粉碎彼此，引起巨大聲響。這猶如怪獸電影橋段般充滿魄力的一擊，在戰弔宮身上揚起白煙，致使牠大大搖晃了一下，接著高舉前腳想要撐住。

這時一道紅色的影子穿破白煙，衝上了舉高的前腳！

「畢斯可！」

畢斯可甩著一頭紅髮與外套，以皎潔的明月為背景高高躍起，將昏厥過去的少女甩給美祿之後，就這樣腳上頭下地拉滿弓，接著對美祿露齒一笑。
「我不是說過了，你有跟螃蟹打交道的天分！」
在美祿接住水母少女的同時放箭。射出的箭勾勒一條紅色直線，深深貫穿位於芥川敲碎的戰弔宮甲殼之下的腦部……
啵、啵、啵！
蕈菇毒的菌絲以誇張的勢頭猛烈擴散，戰弔宮的身體各處都開出了巨大的紅色菌蓋。
芥川與美祿用鞍接住落下的畢斯可後，急忙遠離痛苦掙扎著的戰弔宮，來到一座小山丘上，看著戰弔宮被紅平菇覆蓋的末路。
「……超危險的。要是就這樣讓那傢伙多跑半公里，礦坑很可能會跟著牠一起炸飛。」
「呼、呼啊、呼啊……吶，畢斯可……」美祿彷彿到了這時候才總算感受到自身的疲累般，整個人無力地垂下肩膀，勉強壓抑著頭暈目眩的感受，向畢斯可問道：
「畢斯可，你、你一直都是跟這類對象……交手嗎？」
「不，再怎麼說，整間寺廟都是敵人的，這還是頭一遭。」明明大鬧了一番，但畢斯可彷彿不當一回事地笑了。「不過，我想明天應該會對上更誇張的傢伙。蕈菇守護者的宿命……應該說生存之道就是這樣。」
「……與其說這是蕈菇守護者，不如說是畢斯可你的吧……」
美祿小聲嘀咕，避免搭檔聽見。畢斯可似乎完全沒有察覺美祿的發言，只見他指向聳立於眼前的足尾山脈炭礦設施。

「從這邊已經可以看到礦坑入口了。那就是骨炭堆積的礦場，裡面應該有礦車線路通過。明天就讓芥川爬上去，然後……」

這時「轟！」地撕裂空氣的聲音突然打斷畢斯可的發言，響徹雲霄。兩人回頭看向聲音傳來的地方，或許是長滿蕈菇的戰弔宮的死前咆哮，讓一門特別大的戰車砲朝著遠方夜空擊發了。

「……啊。」

那黑漆漆的圓形砲彈在夜空畫出一道大大的弧線，就這樣如同一顆隕石，往足尾山脈……現在畢斯可手指著的炭礦設施中的火藥庫衝了進去。

『轟、轟隆隆隆隆隆！』

隨著巨大的爆炸聲響，混著沙粒的熱風灼燒兩人的肌膚，吹動著外套。

「唔喔喔，該死！哪有、哪有、哪有這樣的啦！」

「岩石因為爆炸飛過來了！芥川，我們快逃！」

從跑開的芥川身上所看到的足尾骨炭脈，彷彿想吐出堆積的骨炭般熊熊燃燒，並反覆爆炸向外延燒，簡直像是要將整座山脈都染上一片火焰的紅。畢斯可回頭看著此景咬牙切齒，在火焰照耀下的側臉滲出了汗水。

「可惡！只差一步而已，結果還是這樣嗎……！這麼一來，就沒辦法利用礦車了……！」

「畢斯可……」

將芥川停在安全的地點，美祿不知該跟畢斯可說什麼，只能一臉擔心地看著他。但畢斯可只花了短短五秒猶豫。

「……不過可能性還沒消失。如果這裡行不通，我們走別條路就是了。」

接著先重重呼一口氣，才忿忿地挺起胸，瞪著熊熊燃燒的山脈。

「而且，既然那個大傢伙吃了這麼多蕈菇，這一帶的鏽蝕遲早會消失……比起保住自己的性命，這更能讓老頭開心吧。」

將目光轉到已然喪命，成為大自然一部分的戰弔宮，畢斯可那對翡翠色的眼睛眨了幾下。美祿望著這樣的畢斯可側臉，感受到震撼內心的悲壯，想要出口安慰他幾句……結果還是想不出什麼好話。

早晨的日光照進眼底，畢斯可用帶著鼻音的聲音沉吟幾聲之後，不情不願地爬起來。他睡眼惺忪，搔了搔肚子看看周圍，就看到一大片草原，以及輕輕飄在空中的浮游藻，反射夏日陽光，閃閃發亮。

「啊，畢斯可！早安！」

正在收拾驅蟲香爐的美祿，跑到睡眼惺忪的畢斯可身邊。

「你的傷勢還好嗎……嗯，傷口已經癒合了。如果它腫起來了，要立刻告訴我喔。」

「那個水母女怎樣？她沒有受傷嗎？」

「嗯，她很好。只有一些擦傷，而且我幫她處理過傷口了。我去看看她！」

畢斯可不太習慣美祿包紮的繃帶，只能略顯困擾地摸了摸脖子。這時已經很熟悉的搭檔的「啊啊——！」哀嚎傳進了他的耳裡。

「她好像逃走了，包包裡的錢全被她偷走了！」美祿摸索著芥川身上的包包，發出傻眼的聲音。「天啊……還好我的錢包跟畢斯可的有分開放。」

「她應該還沒走遠，去抓她回來悶燒吧。」

「啊，畢斯可，等等！」

摸索著皮袋的美祿似乎發現了什麼，接連拿出零嘴、炒豆之類的保久食物……最後拿出一張便條給畢斯可看，露出苦笑。

『給食人赤星一行。各式食物費用總計八十七日貨七十錢，確實收到。』

圓圓的字跡寫下的收據角落留有「熊貓弟弟，要是赤星死了，記得來跟我搭檔喔♡」這番話，還附上一個可愛愛心形狀的巧克力。

「原來她幫我們準備了不少東西啊，我還以為她是小偷呢。」

「這不就是強迫推銷嗎？根本一樣吧！」

畢斯可忿忿然從笑著的美祿身後跳上芥川……才忽然發現美祿已經完全習慣芥川，坐在上面四平八穩，也不會被甩下來了。

「……？」畢斯可覺得很不可思議地窺探了搭檔的臉，毫不客氣地觀察起來。

美祿似乎確實有處理自己臉上的傷口，但臉上布滿了各種擦傷，雙眼底下也明顯泛出睡眠不足造成的黑眼圈。

「你那些傷……」

美祿這時才發現畢斯可已經看到自己臉上的傷痕，抽了一口氣，不禁別開視線。

畢斯可看得出來，美祿是起了個大早跟芥川搏鬥，在被甩飛好幾次之後才終於跟芥川混熟。但看到美祿害羞地想遮掩本應是值得自豪的傷口，反而讓畢斯可看穿美祿是個會在奇怪的地方發揮強大自尊心的人，讓他不禁覺得好笑。

「呵、呼嘻嘻嘻……」

「笑、笑什麼啦！」

「沒笑什麼啊～～」

畢斯可一鞭抽在芥川身上。芥川跟心情大好笑著的主人不同，因為一大早就被挖起來陪菜鳥鍛鍊而顯得有些不滿，但還是活力十足地動起了八隻腳，怡然自得地奔馳在夏季的浮游藻原上。

7

急躁的皮鞋腳步聲踏在縣政府的地板上。一群個子高大，一身黑衣的兔子面具快步走在油氈地的走廊上，撞開抱著大量文件的新進員工，讓紙張掉了滿地。

忌濱縣政府現在仍在進行去除赤星留下的大量蕈菇與修繕工作的這座辦公大樓裡，事務人員、自衛團員、科學家、建築業者等各式各樣的人都顧著處理眼前的狀況，沒有比這更忙碌的狀況了。

其中，顯得最是焦躁的兔子面具男，伸手敲了敲某個房間的漆黑門板。

「門沒鎖。」

儘管低沉、穩重，卻不知為何能煽動內心不安的聲音從門後傳來。兔子面具先深深吸了一口氣，才緩緩打開門。

那是一個陰暗的大房間。

閃爍著燈光的投影機，正將說得客氣點也稱不上高畫質的電影，投影到掛在前方牆面的銀幕上。電影裡面，一個西裝筆挺的黑人男子吃著漢堡，高談闊論著莫名其妙的論調，依序殺害了眼前驚嚇不已的白人們。

「你知道天戀糖這種零食嗎？」

坐在離銀幕有些距離桌前的男子，也沒怎麼認真看電影，把玩著手上一個像是水果的東西。

「似乎是拿海豹的糞便醃漬天然蝦夷芒果，使之發酵的產物。據說因為太過甜美，導致來自全國的訂單蜂擁而至，所以我從茨城調貨過來。哎，我這可不是跟風，而是身為一個知事，若沒有品嚐看看，就會跟不上知識人階級之間的話題了。」

知事……黑革接著用湯匙挖起那像是芒果的果實頂端，嗅了幾下從中散發而出的果蜜香氣，一副覺得還不錯的樣子，就將大大挖起一口的果蜜放進嘴裡。

「嗯……嗯哼。」黑革品嚐果蜜般轉了舌頭幾次，露出難以形容的表情仰頭看了看兔子面具。「該怎麼說……這味道好像在吸長頸鹿的腦髓。」

黑革將手中的天戀糖連同湯匙一股腦扔了出去，砸碎了玻璃櫥櫃，芒果爛成一團，香甜腐爛的臭味充滿整個房間。

「別鬧了，立刻停止給茨城的所有金援。」

「知事，有件事情必須稟報。我們推測赤星他……」

「你說還活著？」黑革從抽屜拿出薄荷口味的曼陀珠猛嚼，藉此洗去口中的味道，同時回答。「即使身陷足尾礦脈的大爆炸之中……也可以像魔鬼終結者那樣，從火焰中蘇生，是這樣嗎？嗯哼，很好，這下我就會很在意續集發展啊。」

「那起爆炸並非出自我們特務隊員之手。」

理應面無表情的兔子面具，脖子卻淌著瀑布般的汗水。

「我們確認到巨大砲擊型動物兵器在附近被蕈菇菌殺害，推測應是該生物……」

「誤射而爆炸嗎？」黑革這時張嘴咯咯大笑，甚至碰倒桌上的可樂瓶，讓桌面上的文件都濕透了。

「哈、哈、哈哈，呼——呼——哎呀——原來如此，原本埋伏了五十個特務隊員，打算烤熟赤星一行人……結果反而被烤熟了，對吧？」

「這點真的太過出乎意料……在人手不足的現在，實在很……！」

「橫豎都是會因為爆炸死去的五十個人，這倒是無妨。嗯——埋伏在足尾的確是賭對了。」

黑革先停了一拍，拿起倒下的可樂瓶，喝了一口。

「只是運氣好……？不，感覺有某種不能這樣一言以蔽之的神祕力量牽引啊，赤星……」

黑革的黑色眼眸直直凝視著什麼也沒有的空間，這時——

「砰！」一聲，一腳踹開上鎖房門的白銀女戰士，甩著身上大衣大跨步走進房內。黑革面對來者無禮的態度，卻意外顯得愉快地對女性說道：

「妳起碼敲個門吧，敲個門。自衛團的真的很粗魯耶，如果我跟這個兔子有婚外情……正熱情地緊抱在一起，妳打算怎麼辦？」

「失禮了。不過，從『真面目不明』的傢伙們手中保護知事，是我們自衛團的義務。」

自衛團長帕烏那對美麗的雙眸狠狠地瞪向黑革。接著單手抓住想一把揪上來的兔子面具的手臂，輕鬆地往旁邊一甩，兔子面具便直接撞上黑革的漫畫收藏櫃，虛弱地頹軟在地。

「既然已知道赤星的所在地！」帕烏的聲音堅毅地迴盪在房內。「為何你不同意我們派遣追蹤部隊！那不是一個可以放著不管的男人！」

「妳從哪裡聽說的？是不是嚴刑逼供了我家的兔子？」

黑革從冰箱取出最喜歡的葡萄口味的芬達，並遞出其中一瓶給帕烏。但帕烏只是凶狠地瞪了回去，黑革只能自討沒趣似的聳聳肩繼續說：
「不管怎樣都不行。我們還需要人手清除蕈菇，而且傳聞表示蕈菇守護者還另有一人。現在縣內還沒安定下來，自衛團真的有能夠調派出來的人手嗎？」
「即使如此……！」
「貓柳，別跟我玩這種無聊的討價還價。」
黑革那足以讓場面氣氛降至谷底的低沉嗓音制住了帕烏。那雙黑眼圈極為嚴重，彷彿埋沒在一片漆黑之中的雙眼，蘊含著沉重的氣勢直直盯著她。
「妳為什麼就不肯老實直說了呢……？因為妳想去救一個人吧，想去拯救那個被擄走的親愛的王子……」
黑革把玩手中的開關切換影像，銀幕上映出一個躍出圍牆之外的紅髮男子，以及一個有天空色頭髮男子。利用蕈菇發芽力高高躍起的兩人，剛好被圍牆上設置的監視攝影機拍到。黑革側眼瞄了眼倒抽一口氣的帕烏，接著喝了一口芬達。
「我跟他本人說過好幾次，但我還是要再強調，你弟弟真的長得很漂亮啊。」黑革操作手中開關，拉出美祿的臉部特寫。「如果沒有這個胎記就完美了，真是可惜。不過……呵呵，該怎麼說呢，他的表情看起來可不像是被誘拐的公主啊。」
這確實是帕烏深有感觸的一點。被畢斯可抱著跨越圍牆的美祿，表情雖然帶著一抹不安，但整體來說是徹底信任身旁這位食人恐怖分子，散發出將自己託付給對方的安心感。

（美祿……你為什麼……！）

「視狀況而定，妳弟弟有可能被認定為幫助恐怖分子的同夥。」黑革壓低聲音，毫不留情地對帕烏這麼說。「妳弟弟的事情完全是他要自己負責，不管妳來幾次，我都不會派人追蹤。」

「知事！」

「不用擔心，遲早會找到的……只不過可能會全身長滿蕈菇就是了。哎，但這樣倒也是個不錯的擺設，不是嗎？」

到了這時候，帕烏按捺的怒氣似乎終於超過沸點，她勉強壓抑差點要高舉起來的手，緊咬嘴唇到發抖的程度。血從被她咬破的嘴唇流到下巴，一滴又一滴落在地面。

看到這樣的帕烏，至今說話輕佻，卻完全沒有笑容的黑革大大勾起嘴角。

「咿嘻嘻……」

那是個非常邪惡，足以讓見者徹底發寒的惡魔笑容。

「失、陪、了。」

黑革帶著笑，對步履蹣跚準備離去的帕烏說：

「貓柳。要是忌濱自衛團的公主將軍離開，我們可會很頭大啊。畢竟這麼一來，就也得認定妳是同罪了，妳應該明白吧？」

黑革看著重重關上的門，一副覺得很可笑的樣子努力地壓抑著笑聲笑了一會兒。然後才在喘了幾口大氣之後，拉出畢斯可的臉部特寫，仔細地，半是陶醉地凝視著。

「那個死小孩……已經長這麼大了啊，赤星……看看你這張臉，很強悍的樣子。應該很強吧，相信我一定是望塵莫及。」

黑革那深深黑眼圈之下的黑色眼眸，直直釘在畢斯可散發年輕活力的臉上，動也不動地看著他。自言自語地嘀咕出來的聲音之中，帶著既不是憎恨，也不算陶醉的複雜情緒。

「最強的蕈菇守護者，來得好，你真的出現在我面前了。赤星，我一定會殺了你……我會確實割了你的喉，然後搔搔你的腋下，確認你不會笑了之後……接著再……」

黑革用顫抖的手一把抓住桌上的藥瓶，手忙腳亂地將藥丸塞進嘴裡，咬碎之後吞下去。

「然後我就不用仰賴這種會讓我血尿的鎮靜劑，也可以安穩地沉沉睡去了……」

接著有一段時間，黑革似乎忘了方才所發生的事，只是不斷看著畢斯可的照片。

「赤星，你等著啊……」

他的模樣，就像痴迷地看著心儀少女照片的少年那般。

8

這是一個晴朗無風，寧靜的八月初早晨。

鋪了一層細碎貝沙的水面反射著陽光，熠熠生輝的模樣有如一面鏡子倒映著湛藍天空，與色彩繽紛的鮮豔貝沙之美相輔相成，給人一種簡直走在寶石天空中的感覺。

卡爾貝羅貝沙海。

這裡距離忌濱北牆以北約五十公里。穿過浮游藻原之後，就可以看到一片被美麗貝沙覆蓋的廣大湖面，從栃木縣北部綿延到霜吹縣南部。

原本有一家名為卡爾貝羅珠寶的福島大公司，將美麗的合成貝當作新世代寶石，取代被開採殆盡的天然礦物。而這裡就是新世代寶石相關工業地區。

而無獨有偶，這邊同樣遭到鏽蝕風肆虐，將工業地區侵蝕殆盡，唯獨留下化為細沙的寶石貝形成地表，成了一片偶爾會有高樓大廈的殘骸灑在貝沙上的地區。

這裡與埼玉鐵沙漠不同之處，在於貝沙排出的些許鹽分與水分，在一大片地表上覆蓋一層水薄膜，好巧不巧地讓這塊已經毀滅的大地，展現了難以言喻之美。

儘管如此。

坐在向前行大螃蟹背上的兩位年輕蕈菇守護者，並沒有餘力欣賞這樣的絕世美景，正被空腹與焦躁侵襲。

「芥川，我會想辦法弄點吃的給你……拜託你撐住。」

原本打算途經足尾礦脈礦車線路，但現在計畫受阻的一行人，沒有迂迴繞行貝沙海，而是選擇將會直接穿過霜吹縣這邊的路線。考量到賈維剩下不多的時間，他們也別無他法。

（嗚嗚，肚、肚子好餓……）

美祿在嘴裡面嘀咕。穿過貝沙海的行程與它美麗的外表相反，其實是一段非常嚴苛的路途。覆滿整面大地的美麗水面上，根本找不到任何可以當成人類食物的東西。

就算能開出食用蕈菇果腹，但蕈菇本身幾乎沒有熱量，結論就是達不到填飽肚子的效果。就連可以邊走，隨便什麼東西塞進嘴裡都能轉化為營養的鐵梭子蟹，也因為這塊地區沒有任何東西可以吃，而跟著放緩腳步，減慢了速度。

好巧不巧地，水母少女在浮游藻原強行推銷的保久食品，就在這時派上了用場，雖然延續了兩人的生命，但因為絕大多數全進了芥川肚子裡，所以沒多久之前也已經見底了。

（……畢斯可……）

美祿側眼觀察原本眼光就很銳利，但現在因為焦躁而幾乎要噴出火來的搭檔側臉。想來他一定也很餓，但師父賈維的大限即將到臨這點，更是煎熬著他的內心，讓他散發出足以灼傷人的熱氣。

而不習慣旅行的美祿同樣受到強烈的飢餓所苦。只不過他在旁邊看著這樣的畢斯可，也無法出言埋怨，只能盡可能地表現得開朗。然而……

「……美祿，你餓了嗎？」

「……啊，嗯！」

下一秒「啪！」的一聲，一個巴掌拍在美祿後腦勺上。

「下次再敢說你肚子餓，我就賞你兩掌。」

「你不問我，我才不會說呢！」

「……喂，那是什麼……？」

畢斯可手指的方向，一種有著寬闊葉子的低矮植物長在貝沙上，正以葉片撩撥著水面。中央長了四個碩大的紅色果實，看起來散發著動人的光澤。

「是、是西瓜。」

「西瓜！」

方才那快死了般的表情一掃而空，整張臉亮了起來的美祿無比欣喜。畢斯可則是覺得總算可以給芥川吃點像樣的東西，而開心地用力抓緊了韁繩。

這時候。

某個小小的影子踩著小碎步，接近那個西瓜……也就是紅玉瓜。

那個小傢伙在傻眼的兩人跟前靈巧地割下四個大瓜，隨意將之丟進背上的籃子裡，接著又直直地往來時路回去。

那小傢伙戴著某種捲貝貝殼當成頭盔，身上穿著儉樸的罩衫與褲子，看起來是一個年紀不大的孩子。

「這種地方竟然有小孩子出沒，難道附近有城鎮嗎？吶，畢斯……」

美祿轉過頭看見搭檔的表情，不禁嚇了一跳整個人僵住。

「混帳小鬼————！放下你的籃子————！」

因為飢餓而化身為凶神惡煞的畢斯可一舉驅策芥川，追上了那個小孩。以小孩子的立場來說，看到一個騎著巨大螃蟹，彷彿紅鬼一樣的傢伙以猛烈的衝勢朝這邊奔來，當然是嚇壞了。只見他「呀——！」地慘叫一聲跳起，動如脫兔地在貝沙上拔腿狂奔。

「畢、畢斯可！住手啦！這樣嚇唬人家太可憐了！」

「食物被奪走的我就不可憐了嗎？喂！」

即使美祿出言勸誡，畢斯可仍抓著韁繩準備加速。就在此時。

「砰！」一發步槍子彈從空中射來，打進貝沙裡，迫使芥川停下腳步。

「……！」

這下讓畢斯可繃起臉，目光從逃走的小孩身上轉向子彈飛來的方位。

「臭流氓！連小孩都打算毫不介意帶走嗎！」聲音從高處傳來。那聲音雖然強而有力、充滿霸氣，卻略顯高亢，聽起來是年輕少年的聲音。

「今天我一定要把你們射成蜂窩，送回去黑革那裡啦！」

槍管從聳立於眼前，外觀看起來類似某種巨大人偶的奇妙建築物各處伸出，對準了畢斯可與美祿。因為飢餓而忽略戒備周圍的赤星一行人，竟如此湊巧地陷入即將爆發衝突的場面。

「我沒想要對那小鬼怎樣，只是想要吃的東西。」畢斯可彷彿要藏住臉色嚇得鐵青的美祿，將他的頭按進芥川的鞍。「我聽不懂你說什麼，但我跟你們沒有仇。會通過這邊也只是偶然。」

過了一會兒，少年的聲音才傳了回來。

「那麼請回吧，局外人。要是敢有什麼奇怪舉動，我會轟爛你的腦袋。」

「你這小鬼好衝動啊。我們需要食物，能不能分一點給我們？」

畢斯可仍不死心。

「總之希望能給這隻螃蟹和這個醫生吃一點飯，錢我還是有一點。」

「少廢話，快點回去！卡爾貝羅的漁民說要開槍，就是真的會開槍喔！」

「看來正值叛逆期啊。」畢斯可顯得有些傻眼，從美祿背上的包包取出一張紙。「也罷。還好我有收著一張。」

「你說收著一張是指……」美祿戰戰兢兢地看了畢斯可舉高的那張紙，沒想到他舉著的玩意兒，竟然是畢斯可自己的懸賞單。

「赤星畢斯可，食人赤星！我可是現在最熱門的通緝犯。要是你們能活捉我送回忌濱，就可以得到八十萬日貨的高額獎金。從此再也不必住在這種荒郊野外，可以在城牆內蓋十棟房子！」

「哇、哇、哇哇哇哇，畢斯可，你這是幹嘛啦！」

這讓美祿原本的恐懼全部不知飛去哪了，只見他臉色刷白地抓著畢斯可的脖子猛搖。

「你在想什麼啦！要是被抓了就沒辦法繼續旅行了啊！這一切都會泡湯了！」

另一方面，坑坑洞洞的人偶城鎮那邊也傳來陣陣騷動。

「赤星？」「食人菇赤星！」「是本人嗎？」「他說有八十萬日貨耶。」

諸如此類的聲音在城鎮此起彼落。但令人介意的是聽起來幾乎都是少年少女的聲音。

「要讓芥川有飯吃，只有這個方法了。」

直到方才都帶著壞小孩笑容的畢斯可，抓准這個空檔對美祿嘀咕：

「既然這裡都建立了一座城鎮，他們應該有儲備糧食。只要芥川吃飽了，我們就可以伺機逃脫。雖然能多帶點東西走是更好，但畢竟這裡是一群小鬼群聚的集落，也不好太狠心地搜刮。」

「……好，我知道了。」

看了畢斯可一眼之後，就有種即使這麼胡來的點子，好像也變得沒這麼胡來了的感覺，讓美祿大感不可思議。

「所以我該怎麼做比較好？有沒有什麼計畫？」

「沒有，反正事情一定會順利啦。」

兩人說完之際，分別戴著各種貝殼頭盔，配備武器的年輕少年集團，踏著貝沙來到芥川的跟前。領頭的是一位戴著鯊魚面具的龐克蠑螺少年，看樣子他就是方才聲音的主人，也是這些人的領袖。

「……竟、竟然真的是赤星，你為什麼會在這種地方放棄求生？」

「我忘了就算是通緝犯也會肚子餓啊。麻煩給這隻螃蟹、熊貓和我，三人份的食物。在那之後，你們可以把我交給忌濱處置。」

「就算綁住你，也無法保證那隻白熊貓不會暴動。」

「他屬於比較溫順的品種。如果他暴動了，你們儘管開槍。」畢斯可一副覺得交涉很麻煩的樣子，擺出等得不耐煩的姿勢。「喏，不是要把我五花大綁嗎？動作快點。」

蠑螈少年見畢斯可儘管被槍口指著仍處之泰然，雖然有些被震懾到，但仍勉強找回原有的威嚴，俐落指揮起部下少年們。

「普拉姆、康介！過來扣押赤星，記得拿走他的行李。至於這螃蟹……唔唔，好大隻啊，要是真的綑綁起來，可能會暴動。叫丘比過來照顧牠。」

「那茲，只讓丘比照顧牠好嗎？這傢伙看起來很強耶，是不是讓牠吸一點麻痺毒之類……」

「啊，不、不用擔心！只要我跟畢斯可下令，芥川就會乖乖的！」

一道過於開朗到不合時宜的聲音，介入有些緊張地交談著的少年們之間。美祿笨手笨腳地準備下來，結果誇張地跌了個狗吃屎，整張臉埋進色彩繽紛的貝沙裡面。他接著抬起臉，像條狗一樣甩甩頭，細小寶石從他濕潤的藍色頭髮甩出，在陽光照耀下閃閃發光。

美祿覺得很害臊地乾咳了一下，然後撫摸芥川的肚子低聲呢喃：

「接下來，我們要稍微叨擾人家一下。別擔心，不會有事喔……」

其中一人的槍口被美祿溫柔的行徑感染，漸漸放下。

「這……這個人好棒喔……」

「普、普拉姆，妳搞什麼啊！會、會被那茲聽到啦！」

「我全聽到了，你們這些笨蛋！」蠑螈少年的怒吼讓兩個隨從嚇得縮起身子。看來「那茲」是這個少年的名字。聽著他們之間的一連串對話，可以得知在這樣嚴苛的生存環境之中，這些人還是沒有喪失少年少女該有的感情。

「是、是的。啊，赤星已經綁好了……會、會、會不會綁太緊啊？你、你會不會很難受？」

「笨蛋！對方可是十惡不赦的大壞蛋，綁緊一點只是剛好而已！好啦，快走！」

「咕嘻嘻嘻……這些小鬼真有精神。看來日本的未來是一片光明啊。」

那茲為了不要被笑得爽朗的畢斯可壓過氣勢，而踹了他腰部一腳。另一方面，名為普拉姆的女孩，仍沒辦法順利將手銬拷在美祿伸出的手上。

「我想，應該是要把鑰匙插進中間這個洞裡面。然後我這樣手背朝上……」

「這、這樣嗎？」

「嗯，接著上鎖……啊，太好了，拷起來了！」

美祿舉高扣在自己手臂上的手銬，對普拉姆露出笑容。在蜘蛛螺帽子底下，普拉姆的可愛臉龐瞬間整片泛紅，接著低下頭強行帶走了美祿。

上方樓層有好幾個少年轉著手動握把，畢斯可等五人搭乘的鐵籠便緩緩上升。即使在這個文明本身已經嚴重衰退的時代來看，這座城鎮還是以相當落後的方式搭建而成。

「吶，這座城鎮的外型很神奇……是以什麼建造成的啊？」

美祿低聲向康介詢問，避免被那茲聽見。

「是鐵、鐵人。」康介似乎不太擅長控制音量，只見他回答美祿時，謹慎到不禁令人同情的程度。「在、在東京那場……大爆炸時，飛到這裡的鐵、鐵人。掏空它的身體……之後打造出……城鎮……之前大、大人們是、是這樣說的。」

（……這就是鐵人。竟然是用鐵人的殘骸打造城鎮……）

確實，仔細看看就會發現巨大的身體上，有好幾條肋骨從脊椎處橫向延伸出來。那上頭掛著一些帳棚或吊床，分別構成了各自的生活空間。而最頂端，則是早已看不出表情的鐵人臉部，呈現略略歪斜，張著嘴的狀態。

過去曾在大東京中心爆炸，產出鏽蝕風的元凶，鐵人。作為一度毀滅了日本的可憎象徵，鐵人長年為日本人所忌諱，但現在，並未親身體驗過東京爆炸災害的世代，已漸漸失去這樣的觀念，只把這當成歷史教科書中的一頁內容。

美祿看著過去帶給人類死亡的墓碑，現在卻成為人類生活的城鎮而生生不息，不禁沉浸在一股難以言喻的感慨之中，甚至暫時忘了眨眼，看著這座城鎮到了出神的程度。

「普拉姆，白熊貓交給妳照顧。赤星，你來這裡。康介，你也一起來。」

「可以給他吃飯嗎？」

「我們是這樣說定的……記得也要這樣告訴丘比。」

吊車來到落足處，那茲就拉著畢斯可的繩子，往更上面的樓層去。康介晃著頭上的田螺帽子，一副很擔心的樣子回頭好幾次，才慌張地跟上那茲。

「……來這邊，我弄點東西給你吃。」

普拉姆畏畏縮縮地說，領著美祿來到配有簡單料理器具的帳棚一角，讓他在那裡坐下。過沒多久之後，一盤看起來像是昨晚剩下的貝類牛奶濃湯送到他面前。

「哇——！好棒喔！是、是濃湯——！」

「不過是蛤蠣牛奶濃湯，你的反應也太誇張了……啊啊，你啊，灑出來了啦！」

「嗯咕、嗯、嗯……呼哈！哇，這個好好喝！」

拷著手銬，笨拙地喝著湯的美祿，臉上欣喜的表情沒有任何虛假。畢竟他已經持續了一大段沒吃沒喝的行軍生活，原本就顯得瘦弱的他，現在身體甚至讓人覺得好像一折就要斷掉一樣。就連在他面前的普拉姆，都能明顯看出這盤湯是如何填滿了美祿的身體。

普拉姆看美祿這麼笨手笨腳，猶豫了一會兒……結果還是解開了他的手銬。

「謝、謝謝妳……呃，但這樣好嗎？」

「沒、沒辦法啊，畢竟你這樣看起來很危險……吶，你如果真的這麼餓，我弄一點海牛生魚片給你吃吧？正好有一些再放下去就要爛了。」

「妳願意再弄一點東西給我吃嗎？」

「你等等，我馬上去處理……」

美祿看著普拉姆從冰箱取出色彩鮮豔的海牛，拿菜刀處理起來的背影，放眼望了一下整座城鎮的景觀。少年們雖然統一配備著危險的槍枝武裝自己，但看起來其中有大半已經鏽蝕得非常嚴重，能不能正常運用都很可疑。

「那個，這座城鎮的人們為什麼都要配備武器？是因為有盜賊出沒嗎？」

「……以前忌濱常派遣類似軍隊的人過來，跟大人起爭執。但現在幾乎不會對人類開火了。」

「也就是說，有某種生物湧現了？」

「嗯，冬天會有飛河豚冒出來，而且很大量……然後我們的人數也會逐年減少……畢竟槍也老舊了，不知道撐不撐得過今年……」

飛河豚是一種可以利用體內積存的氣體，在空中飛翔的空遊魚。體型偏大，有著可愛的外表，卻是一種能以強而有力下顎輕易咬碎並吞噬人類的凶猛進化生物。

「……如果大人們還在，如果他們可以回來，這座城鎮一定就……啊，好痛！」

因為激動而手滑了一下的普拉姆，失手在自己手上劃了一刀。美祿靠到她身邊，捧起她僵住的手，將從懷中掏出的水母油塗在她的手指上。

他在這個時候，發現普拉姆手指之間的部位是一片呈現灰色，並且顯得粗糙乾燥的皮膚。

「謝、謝謝你……」

畏畏縮縮地抬起眼的普拉姆，與美祿對上眼。他的眼神是這麼認真，彷彿剛才那股軟弱是騙人的。被這星星般的眼眸近距離凝視，普拉姆的臉就像火燒起來一樣整片泛紅。

「啊，我、我沒事了……快點，放開我的手……」

「妳的這個。」美祿握著她的手，穩重地低聲說。

「手指這邊這個，是貝皮症吧。發病很久了嗎？」

「……呃！」

普拉姆抽了一口氣，雖然猶豫著到底該說到什麼程度，但她的內心已經徹底信任了眼前這位男子，因此很自然地說出口的話就再也停不下來。

「這、這個……一直都這樣。不只是我，部落裡面幾乎所有小孩子都有……這就叫作鏽蝕病吧。大人們為了小孩，想要治好這個病……但因為藥太貴了，為了保護我們，只好去忌濱賺錢。然後在那裡被忌濱知事，一個叫黑革的傢伙……強迫戴上奇怪的面具……」

普拉姆一臉悲痛，硬是慢慢地擠出話語。平常總是無比溫柔的美祿雙眼，現在有如熊熊燃燒著蒼藍火焰般，因憤怒而閃爍。

「……黑革，那傢伙竟然對小孩做這種事……！」

美祿迅速從懷裡的安瓶包抽出幾支，接著將液體倒在布上，仔細地擦拭患上貝皮症的皮膚表面。很神奇的，這些灰色皮膚沒多久便取回原有的潤澤，帶著新鮮皮膚該有的膚色，在陽光照耀下閃閃發光。

「騙人……不會吧！這、這是！」

「你們的這種病症，並不是鏽蝕病。」

美祿抱著混雜了體貼與憤怒的奇妙情緒，繼續對普拉姆說：

「只要有一些藥學知識，很快就可以治好貝皮症。其他發病的孩子在哪裡？我希望妳找他們過來……我今天可以一起治好大家。」

這時，在鐵人頭頂，剛好是那茲拿來當作自己房間的地方，有著利用鐵人牙齒做成的簡易牢房。雙手被鐵鍊緊緊捆住，關在那裡頭的畢斯可，從鐵欄杆探出頭，觀察著這個房間。

「以一個小鬼的房間來說，這裡挺豪華的啊。不過房裡備有牢房，有點讓人不敢恭維耶。」

「大壞蛋，你少廢話！可惡，要不要我賞你的腿一槍啊……！」

「掛在那裡的魚叉是哪來的？看起來很殘暴啊。」

畢斯可的視線那一端，有兩把尖銳的魚叉彼此交叉掛在牆上，在陽光照耀下閃閃發光。那茲本來想再對著畢斯可怒吼……卻停下來重新想著他的提問內容，平淡地開始回答。

「……那是我老爸的魚叉。他這是這一帶最優秀的漁夫，也是這裡的領袖。但因為反抗忌濱的軍隊，落得腦袋分家的下場。我為了提醒自己不要忘記這件事，才會把魚叉掛在這裡。」

那茲的聲音從原本充滿緊張的感覺，逐漸帶起了悲壯的情緒。

「那是一對出色的魚叉。只有這個，只有這個跟我的憤恨，不想被鏽蝕掉……」

那茲最後一句話因為千絲萬縷的情感交纏而顫抖，甚至不成聲音。畢斯可在戴著田螺帽子，以尷尬的表情看著領袖的康介旁邊，像個壞孩子一樣露齒而笑。

「我不在乎你的回憶怎麼樣，但那對魚叉很棒，讓給我如何？」

「……你、你說什麼？」

「我說把那個給我啦。畢竟拿來當裝飾品沒有意義……就算想用，像你這樣的小不點，也只會被牽著鼻子走。給我用才是最好的。」

「你、你、你這傢伙——！」

就在那茲怒髮衝冠地舉起步槍的瞬間。

「那茲、那茲——！」

洋溢著喜悅的聲音從樓下傳上來。一大群孩子鬧烘烘地闖進不知道發生了麼事而回過頭的那茲房裡，甚至推開了家具。

「你、你們幹嘛，很吵耶！監視白熊貓的工作怎麼了！」

「我就是要說這個，那茲你看！我的手！右手臂長出正常皮肉！也可以動了！你看，還有耳朵！右腳！」

「我的眼睛也是，那茲，你看看我的眼睛！我看得見了，能像之前那樣看得一清二楚！你可以再派我去站監視崗了，就算是之前沒做過的工作，我一定也可以完成！」

「你、你們到底是……？」

小孩們分別開心地述說著，自己身上原因不明的病症都已治好。仔細一看，他們原本泛白乾硬的皮膚確實恢復了潤澤，取回原本健康的皮肉狀態。

「那個白熊貓是佛祖，是耶穌啊！他用了好厲害的藥，一瞬間就把我們全部醫好了耶！那茲啊，你也讓他幫你醫治嘴巴嘛！」

「你們胡說什麼……！別說傻話了！他一定是耍了什麼小把戲騙你們開心。我去！喂，帶我去熊貓那裡！」

那茲邊喝叱制止小孩們，邊走下樓梯，並對著打算行動的康介說：

「康介，你看好赤星！小心點，他不知道會做些什麼！」

丟下這句話，就奔下了樓梯。

「咦咦——！怎、怎麼只留我下來啊……那、那茲，你好過分！」

儘管不滿地大叫也得不到回應，康介一副覺得很沒意思的樣子地低下頭，一時之間也不知該做什麼好……後來才從口袋掏出一張折好的紙，一臉疼惜地看著。

「……那是鐵路路線圖嗎？」

康介的身體顫了一下。

「你、你、你看就知道這個是……什麼嗎？」

「看得懂一些啦。我跟賈維……我師父在旅途中要穿過關隘的時候，也利用過地下鐵。從奈良穿到三重……好像是叫京炙紅橋線吧。」

「竟、竟、竟然啟動了廢、廢棄線路嗎……！好、好、好厲害呀……！」

康介此時東張西望，觀察樓下的狀況，確定沒有人過來之後，才親暱地摸近到畢斯可身邊。

「大、大哥哥，你是蕈菇守護者對吧？真、真、真的旅、旅行過很多地方吧。好、好厲害喔，好羨慕你喔。」

「怎麼，原來你跟那個蠑螺小子截然不同啊。你不怕蕈菇守護者嗎？」

「我、我、我爸爸說過，以前、以前蕈菇守護者治好了因、因為生病而差點喪命的我。所、所以，從那之後，他就、就變得最喜歡蕈菇守護者了！」

康介這時用手指搓了搓可愛鼻子上的雀斑。

「所、所以，我也一直想跟蕈菇守護者說、說說話。畢、畢竟是我的救命恩人啊！那、那個，大、大哥哥，你打算去哪裡？」

「往北邊去。秋田有一種我無論如何都想採到的蕈菇，所以我才會踏上旅程。途中芥川……我的螃蟹肚子餓了，所以才繞路來到這邊。」

「既然如此！」康介的臉上滿臉喜色，閃閃發光。

「這、這、這張地圖給你！我常常跟爸爸一起看，想著總有一天要跟大家一起旅行……這張地圖記、記載了東北地區所有地方的地下鐵。但、但因為是很久很久之前的地圖，所以我覺得有很多路線應該都荒、荒廢了，但、但是，我想一定還有可以行駛的列車！」

「我說你啊，我可是囚犯耶，你真的完全不適合做這個工作啊。」畢斯可面對眼前孩子這樣的天真不禁傻眼，但仍在無可奈何之下將他塞過來的地圖收進懷裡。

「你要多學著懷疑別人。我在跟你一樣大的時候，就已經認為別人說的話，有九成都是謊言了。」

「沒、沒問題！我、我已經看太多次了，那張圖我、我都會背了。」

康說著莫名其妙的話，也不知道是不是要當成回答，接著重新戴好田螺帽子……並以閃閃發光的雙眼凝視著畢斯可。

「爸、爸爸一直告訴我，總有一天、總有一天要報答蕈菇守護者的救命之恩。我、我爸爸雖然死了，但、但是我代替他，報答了恩情！」

康介說完，就像想起什麼一般，奔上通往屋頂的樓梯。看他這麼毛躁的樣子，反而是關在牢房裡的畢斯可擔心起來了。

「喂！你不用監視我嗎？你會被老大揍喔！」

「一、一下就好了，我去尿尿！」

聽到聲音從樓下傳來，畢斯可也完全失去了一向有的銳氣，傻眼地呆坐了下來。然後瞥了收在懷裡的破爛地圖一眼，發出「咕、咕嘻嘻……」的聲音笑了。

「竟然把地圖交給牢裡的囚犯，是要我怎樣啦……」

畢斯可感慨著康介這點也是挺可愛的，緩緩地在被五花大綁的手上，像萬力那樣灌注力氣。

「這、這究竟是……！」

取下鯊魚面具的那茲摸了摸自己的嘴角，感受到那裡已經恢復成普通細嫩的皮膚，以及充滿潤澤的嘴唇了。那茲一副不敢置信的樣子，重複看了好幾次鏡子。

「忌濱賣給你們的藥是胡謅的假貨。」

美祿在溫柔之中混著對忌濱的靜靜怒氣，從行李中取出幾根黃色藥瓶，接著在紙上寫了一些注意事項附上，輕輕招手示意普拉姆過來，並將之交給她。

「普拉姆，妳來一下。這個是治療貝皮症的特效藥。若有症狀特別嚴重的孩子，就不要吝嗇，儘管用到治好為止。我想這些藥足夠你們用上一段時間，若是用完了，我這邊有寫調劑方法。我想這裡面用的材料都可以在這一帶採集到，但採集的時候一定要小心喔。」

「你是天使還是什麼嗎……？好像假的……居然真的治好大家的病了。」

「吶，那茲。他把鎮上的病患都治好了，我們好歹該答謝他吧。大人們不都說，卡爾貝羅的漁民最重情重義嗎？」

「就是啊，那茲！要是沒有他，我們遲早會整個身體變成硬梆梆，然後死去啊！我們應該想辦法跟他道謝！」

「……」

那茲聽著身邊少年們的聲音，雙手抱胸，繃著臉呆站了一會兒，有如承受不住沉默般開口：

「……你有沒有什麼想要的？我們這裡沒什麼了不起的東西就是了。」

「……有喔，只有一樣。」

美祿原本溫柔的眼神立刻染上策士之色，輕描淡寫地說：

「釋放我的搭檔赤星畢斯可，把他交給我。」

「！」

「啊！」「對喔……！」「把赤星……！」

這下周圍戴著貝類帽子的孩子們面面相覷，一同騷動了起來。他們完全忘了這位有如療癒使者的溫柔男子，其實是那個大壞蛋赤星的伙伴。話雖如此——

「如果赤星可以乖乖的，倒是可以考慮……」「畢竟是恩人說的話。」從孩子們諸如此類的反應來看，他們已經完全站在美祿這一邊，場面大半處於肯定的氣氛之下。

普拉姆悄悄走到雙手抱胸的那茲身邊，對他開口說：「吶，如何……」

「這可不行。」

「那茲！」

「我不可能釋放赤星！熊貓，選別的！」

（……哎、哎呀？居然是這個反應……我是不是評估錯誤了……！）

相信小孩們本性為善的美祿聽到這個答案，流下了一點冷汗。雖然在治療過程中，他有感受到那茲凶惡面貌下老實且重情義的一面，但現在的那茲似乎因為某種使命感影響，完全封閉了內心。

「那茲，赤星是這個醫生的伙伴，一定也不是壞人。吶，赤星對這個人來說是重要的伙伴，放了他吧！」

「這兩件事沒關係！我是著眼在錢這方面！」

那茲像是要強行擺脫普拉姆的聲音般粗暴地甩頭。

「八十萬日貨可是足以翻新整座城鎮武裝配備的金額。我們的槍幾乎鏽光，也沒子彈了。如果冬天來之前沒辦法調度新武器，整座城鎮就要被飛河豚吃掉了，難道你們覺得這樣也好嗎！」

那茲一喝之下，所有少年都閉嘴了。

那茲當然是個比一般人更重情義的少年，只不過他想要保護伙伴性命的單純想法，強迫他做出殘忍的決定。

「如果話說完，那我要先走了……我們已經餵飽螃蟹了，你盡快離開吧。」

那茲刻意不看美祿的臉一個旋踵離去。美祿則以拇指指甲摳著嘴唇，思考下一步該怎麼做。

就在那茲的腳踏上樓梯的瞬間。

「是河豚——！河豚出現了——！」

「？康介！上面嗎！」

康介的慘叫傳遍整座鐵人城鎮，讓少年們再度騷動起來。那茲奔上通往廚房的樓梯，來到從鐵人胸口向外突出的廣場。

抬頭一看，在鐵人頭部那邊，張著大口，彷彿準備吞噬一切的飛河豚膨脹身體，正以特寫出現在那茲眼前。

「為什麼會在這樣的盛夏出現！是一隻離群的河豚嗎？」

「那、那茲……」普拉姆顫抖的聲音傳進舉起槍的那茲耳裡。

「那不是離群河豚……這、這傢伙有一大群。比、比去年還多好幾倍……！」

大吃一驚的那茲順著普拉姆的視線看過去，就看到許多飛河豚的圓滾滾身體從低矮的雲層間鑽出來。姑且不討論究竟是不是因為氣候變化導致牠們的食物減少，總之方才為止的和平狀態立刻產生大轉變，鐵人城鎮陷入前所未有的滅絕危機。

「哇、哇啊啊，那茲！一口氣來了好多！比我們的槍還多！」

「子彈、子彈射不出來！可惡，偏偏在這種時候壞掉，混帳！」

聽到伙伴們哀嚎，那茲整張臉都扭曲了。平常的他會怒斥大家要冷靜下來，但現在這個狀況下等於是叫大家靜靜等死。侵襲那茲的深刻煩惱，終於迫使他說出「唔唔，該如何是好……！」這樣的軟弱話語。

「……有一個很簡單的方法可以救助所有人。」

這時一道不合時宜的無比穩重聲音，讓那茲和普拉姆同時回頭看向美祿。美祿這回帶著一臉認真的表情，正面對上那茲的眼神。

「那、那是什麼？有什麼方法！」

「我知道有個人可以像吃飯一樣，輕鬆撂倒一兩百隻這種程度的動物，所以只要交給他處理就好。這麼一點數量，他不用十分鐘就可以打退。」

「那、那個人是誰？哪裡有這種人！」

「不就關在你房間裡嗎？」美祿先對不安的普拉姆微微一笑，一舉貼近那茲，稍稍加重了語氣。「那茲，放了畢斯可！能夠打破這個困境的只有畢斯可。你想為了八十萬日貨，害所有伙伴都被河豚吃了嗎？」

那茲的額頭冒出猶豫的汗水。在這一瞬間之後——

隨著「砰咚！」一聲巨響，鐵人頭部的某些部位已經被啃破了。抬頭一看碎片四散的天空，能發現河豚厚厚的嘴唇上，叼了一個小小的人影。

「哇啊———！那茲———！」

康介慘痛的哀嚎從高空貫穿所有人的耳朵。他因為外套下襬被河豚的嘴唇鉤住，無法扯開而掛在空中，眼看就要被河豚吞下。

「康介———！」即使瞄準了，那茲的手也因擔心是否射中摯友的壓力而不住顫抖。他的手指無法扣下扳機，不禁閉上了雙眼。就在此時——

啵、砰！

一道紅色影子飛躍於晴朗的空中，如流星般刺中叼著康介的飛河豚。在著地的同時，把手中所握的某種長槍般物體刺進河豚眉心，接著以強大臂力將之一舉貫穿到尾巴處。

貫穿飛河豚的，就是那茲珍藏的「魚叉」。

『咕喔喔喔喔喔。』

飛河豚的身體隨著憨傻的咆哮縮水。紅色影子迅速揹起康介，一蹬飛河豚背部躍起，再次於鐵人頭頂落地。

「蠑螺，這下你懂魚叉要怎麼用了嗎？」畢斯可的眼光強悍卻溫柔地貫穿那茲，將手中的魚叉拋給了他。「如果這是你老爸的遺物，就更該如此。別因為仇恨將它高高掛在牆上……而是應該好好用到它損毀了，送去給人在另一個世界的老爸啊。」

「赤、赤星……！」接下魚叉後腳步踉蹌的那茲顯得驚訝。

「你的枷鎖怎麼了？牢房呢！只有我有鑰匙耶！」

「你如果真的想困住我，這種玩意兒派不上用場啦。」

畢斯可手臂上被扯斷的鐵鍊，在陽光照耀下搖晃著。

「還有那生鏽的牢房也一樣。哎，不過以小朋友玩家家酒的角度來看，是滿可愛的啦。」

「你、你、你說什麼！」

「美祿，弓！」

「拿去！」

美祿不管在一旁悔恨得咬牙切齒的那茲，將翡翠弓與箭筒拋給畢斯可。畢斯可猛一拉弓，讓一頭紅髮飛舞空中，有如一面飄盪的戰旗。

「康介。我看了你的地圖，但那張有缺失喔。」

「咦、咦？應、應該沒有吧！」

畢斯可這時有些難以啟齒，好像想要掩飾自己的害臊般，不悅地回應康介：

「……車站名稱沒有標音啦，我看不懂漢字啊。這樣好了，用我的弓交換你的情報，你每告訴我湅武白樺線的一個車站名，我就射一箭。」

「咦、咦、咦咦咦？」

畢斯可對著緊緊抓住自己脖子的康介，露出一個壞小孩的笑容說道：

「喂，所以呢？再磨蹭下去朋友就要被吃掉嘍。照順序說，你應該全部記得吧？」

「我、我、我知道了！白樺線的起、起站是，呃……」

飛河豚眼見同伴之死，一舉改變目標，直直朝著畢斯可撲過來。

「啊、啊啊～～不好了，會被吃掉、會被吃掉啊～～」

「我、我想起來了！第一個是狐坂！」

「唸『狐坂』啊，原來如此。」

下一瞬間，畢斯可射出的箭有如一道閃光劃破天際，貫穿飛河豚的身體。

飛河豚抽搐一下停止動作，接著身體各處「啵！」、「啵！」地開出深灰色的蕈菇，倒栽蔥地墜落地面。

那是擁有可怕重量的蕈菇，「錨菇」毒素造成。

「喂，你就想起一站？河豚還很多喔！」

「呃、呃呃！第二站鏡星，第三站杖沖！」

兩道閃光飛出，錨菇炸裂，飛河豚應聲墜落。

「飛成山、龜越、生姜岩、兜橋！」

畢斯可的強弓呼應康介的話語，接連擊落了飛河豚。原本數量多到絕望的飛河豚群，轉眼便減去了相當數量，終於只剩下最後一隻。

「好了，剩下最後一隻了。」

「正、正好是最後一站了……終點站是——子哭之谷！」

畢斯可順著康介的聲音放箭。最後一箭開出的錨菇讓河豚整隻砸在地面，鎮上歡聲四起，讚嘆畢斯可的技術。畢斯可本人只是顯得有些無聊地動了動脖子，發出「喀啦喀啦」聲響，然後對著在他脖子旁邊，雙眼熠熠生輝的康介露出一個壞小孩的笑。

「嗯。康介，我學到很多了……不過反正我會丟給美祿看就是了。」

「我、我、我一輩子都不會忘記今、今天發生的事……！大哥哥，你、你好厲害……！」

「如果之後還有其他蕈菇守護者需要你的幫助——」

畢斯可將目光對著因為興奮而雙頰泛紅的康介說：

「你就像今天這樣幫助那個人吧。所謂緣分就是這樣延續下去的……我師父也是這樣講。」

畢斯可將因為太感動而說不出話，只能點點頭回應的康介，放在鐵人的喉嚨處位置……

他自己則是任憑乾爽的風舒服地吹動自己的頭髮。

「……芥川————！」

接著大喊一聲，腳下一蹬鐵人頭部，就這樣躍入空中。少年們倒抽一口氣看著畢斯可，此時從地面高高躍起的螃蟹抱住了他，落在貝沙上打了好幾個滾。

「美祿！繞路到此為止！我們走！」

「嗯！」

當美祿準備奔出時，一條溫柔的手臂抓住了他的衣服下襬。一回頭，就看到普拉姆拚命的眼神正緊緊追著美祿不放。

「拜託你留下來，這座城鎮需要你。大家都很尊敬你，就、就連我……也一樣！所以請你留下來，多教導我們藥學知識……」

美祿用溫柔的眼神看了看普拉姆，牽起她的手。

「普拉姆，這座城鎮需要的不是我，是妳。在這麼悽慘的世界裡，還擁有體恤他人的溫柔內心……要論有沒有醫術資質，其實有這樣的心就夠了。」

「拜託，告訴我你的名字……我們還有機會見面嗎？」

「美祿，我是貓柳美祿。」美祿說完，靜靜摸了摸普拉姆的臉頰。

「妳一定還會遇到……比我更棒的人。再見了，普拉姆，保重……」

美祿就這樣跟畢斯可一樣，一蹬鐵人的下巴躍入空中，接著被再次跳起的芥川接住落地。這麼一來，芥川背上的兩個鞍才總算坐了一如往常的兩人。

「噗哈！今天真是充實啊，畢斯可！填飽了肚子，情勢大翻轉呢！」

「我一開始就說過了吧，我要做的事情沒有失手過。」

「真厲害！還有啊，呵呵！畢斯可果然是愛護小孩的類型呢。」

「果然是什麼意思啦，這很正常吧，我沒有特別愛護啊。」

「真的就跟超級老套的不良少年漫畫一樣喔。像那樣蹲下來對上小朋友的視線啊，說什麼如果之後還有其他蕈菇守護者需要你的幫助……啊！好痛好痛，我又不是在批評你！」

「赤星——！」

一把尖銳的魚叉「嚓！」地刺在邁步而出的芥川身邊，那正是裝飾在那茲房間裡兩把魚叉的其中一把。

「喂，幹嘛，結果你要給我喔？」

畢斯可回頭，就看到那茲一臉忿忿然地瞪著畢斯可。

「別搞錯了，我只是覺得這一槍可以射死你啦，白痴——！」

那茲高亢的聲音響徹晴朗的貝沙海。

「我絕不會忘記這份屈辱！赤星，在我抓到你之前，你不准死——！」

「……為什麼就不能老實地說，謝謝你拯救了城鎮呢？」

撿起魚叉，看起來凶猛強悍的那玩意兒，正被陽光照得閃閃發亮。

「這小鬼真不可愛，我看那樣不會長命吧。」

「啊哈哈哈！也是夠不老實的了。」

「就是說啊…………嗯？喂，你是在說誰？」

填飽肚子的芥川聽著飼主更勝以往的吵鬧對話傳來，以強而有力的腿精神飽滿地奔馳在貝沙海上。

9

「喂，芥川，讓我幫你洗澡啦！都長一大堆藤壺了耶！」

畢斯可正在鬧著脾氣的芥川身上煞費苦心地勸說。要去除附著在殼上的貝沙，就必須先卸下鞍和行李那類的東西。但因為芥川討厭身上的東西被拿掉，所以正以平常難以想像的堅決態度抵抗。

「畢斯可，我就說不能這樣啦，你硬來只會讓芥川害怕啊。」

「害怕？這傢伙會怕？」

看不下去的美祿來到芥川身邊，輕輕跳上了鞍後，一邊撫摸著芥川的背部，一邊嘀咕著「乖喔乖喔」。

「鞍跟包包對芥川來說是穿著打扮的一環啊。就算是兄弟，你也不喜歡突然被扒光身子吧？」

「你的比喻方式為什麼要這樣切身啊。」

「芥川，別擔心，我們不會拿走你什麼，只是要幫你清理身體……」

雖然不覺得芥川能聽懂美祿說的話，但接觸到美祿那有如沒有任何漣漪的水面的體貼之情，原本鬧個不停的芥川也漸漸平靜下來，最終彎起腳乖乖地坐下來。

「好！很乖很棒！」

「唔喔……」

畢斯可悔恨地抬頭看著美祿那張笑得開懷的臉，一邊卸下芥川身上的鞍。雖說原本都是賈維在照顧芥川，但對於自認跟芥川情同手足的畢斯可來說，芥川如此信賴才剛認識沒多久的美祿，讓他心裡有些不是滋味。然而同時又不得不佩服美祿這麼快就能掌握人心（蟹心？）的才華。

「……有沒有什麼……就是訣竅之類……」

畢斯可一邊摩擦芥川的殼，一邊不甘心地問向美祿。

「咦？畢斯可，你這是怎麼了——！怎麼這麼乖巧！感冒了嗎？」

「小心我打爛你的鼻子喔～」

「沒什麼訣竅啦！做你自己就好了。螃蟹跟我們人類不一樣，很純真的。如果你緊張，芥川也會跟著緊張喔。」

「緊張……？我嗎？」

「是啊，因為你一直一個人……滿腦子想的都是『食鏽』吧。」

畢斯可凝視著一臉平和地撫摸芥川硬殼的美祿。

「芥川很清楚你溫柔的地方，不過牠一定很害怕……現在這個有如被逼上絕路，像一把出鞘的刀一樣的你。因為畢斯可，你好像變成了另一個人……」

「……害怕我嗎……」

「刀一直裸露在外，總有一天會折斷。」美祿靠在芥川腹部，對著畢斯可說。「我知道你沒時間，也知道你很強大。但就是因為這樣，我更不希望你陷入孤獨……雖然我還很弱，但至少可以為你分擔一半煩惱。就像賈維至今……不曾拋下你一個人一樣。」

「……」

「……既然我們是搭檔，你就多依賴我一點嘛。儘管艱苦，但只要兩個人一起面向前方就夠了。我想這樣芥川也不會再怕你了。」

「……我知道了。」

「咦——！你怎麼這麼聽話！一定是發燒了對吧？露出你的額頭給我檢查一下。」

「囉唆——！不要碰我！」

目送幫芥川裝好鞍之後，不知為何怒氣沖沖回到營地的畢斯可，美祿露出了無聲的笑。給畢斯可用起弓，他就是橫掃天下的無敵瘋狗。但每每看到他稚嫩的一面，美祿心中就會湧出一股認為不能離開他，混雜了擔心與信任的奇妙情緒。美祿目送著畢斯可離去，確認了自己的心情，接著回頭看了看已經平靜下來的芥川……才快步追上搭檔。

兩人與一匹發現一座巨大展望塔橫倒在地的廢墟，於是在這裡設置今晚的營地。建築物本身的強化玻璃被鏽蝕風溶解，只剩下骨架，所以沒辦法遮風，但至少落腳處沒有浸泡在海水之中，總是比較好。

「來！這是飛河豚肝煮鴻喜菇湯喔！」

把意外獲得的飛河豚肉交給美祿，他馬上俐落地處理完畢。在營火上煮得滾滾冒泡的清爽白湯散發芳醇香氣，刺激了畢斯可的食慾。

「喔喔！這什麼啊？好喝得要命耶！」

「喂！怎麼沒說開動呢？」

畢斯可像個孩子一樣埋頭猛吃，先是啜了口肝湯，又馬上舀起來狼吞虎嚥。美祿看著畢斯可這麼開心地吃著自己做的料理，他當然也開心，但要是自己的份被畢斯可吃光可就不好了，於是有如爭奪般出手舀起湯來。

晴朗的貝沙海夜晚，有著與白天不同的情趣，而且同樣是令人讚嘆的美景。天上的星座就這樣倒映在寂靜水面，繁星寄宿於水中。肚子裡塞滿了河豚肉的兩人，讓自己暫時沉浸在這彷彿飄盪於宇宙之中的神祕感覺裡。只聽得到芥川忙手忙腳地撈著剩下的河豚吃的和平聲音。

「……終於可以穿越這片煩死人的貝海了。雖然只要有弓，不管什麼怪物我都可以一箭幹掉，但這海風跟餓肚子的感覺實在太難受了。」

「才不是難受而已！我不久前還在牆壁裡面生活耶。」美祿大嘆一口氣，彷彿很感慨般低聲說道。「我完全不知道牆壁外的世界是怎樣……沒見過那樣龐大的生物、沒看過自然景觀，也不知道有像是文明殘骸的東西。我這麼一個人，只要被鏽蝕風一吹，很快就會抹滅了……」

「你說得太誇張啦。別擔心，只要這趟旅程能治好你姊姊，就能回到原本的都市生活……」

「畢斯可，不是這樣！」美祿在黑暗中探出身子，觸碰畢斯可的腿。

「不是這樣。我覺得很開心……覺得真的很美麗！無論景色、空氣、水，甚至那座大寺院的蛇蠱都讓我覺得……該怎麼說……充滿生命的力量！這些跟忌濱那種弱肉強食的沉悶氣氛完全不一樣……」

「……你……」

「我一直待在那座填滿視野的城鎮裡……究竟都看了些什麼啊？我被城鎮庇護著，但另一方面，剛才那些小孩卻被黑革知事蠶食，有著悲慘的遭遇……」

「笨蛋，你想太多了。你身為一個醫生，已經盡全力做到最好了吧。每個人都有極限，能夠強行突破的事情，頂多就一兩件吧。」

「……呵、呼呼……啊哈哈哈！畢斯可有資格這樣說嗎！」

美祿原本憂愁的表情瞬間展露笑容，而且笑得很開心。畢斯可不知道搭檔是在笑什麼，只能在黑暗中稍稍歪頭。

「不管怎麼說，我們才來到半路，過沒多久就輪不到你說景色美麗了。穿過這座湖泊就是霜吹縣，不好好想想如何禦寒，可是會凍死人。」

「畢斯可，我剛剛看了一下，康介的地圖應該是真的。確實，若白樺線裡還有可以運行的列車也不奇怪，如果能順利找到車站，或許能夠一舉抄到捷徑！」

「嗯……我是很想這樣認為，但那畢竟是個小孩說的。我最擔心因為期待，結果浪費太多時間的狀況。我打算不要太專注尋找地下鐵，而是走地面路線。比起賭一把，我比較想把力氣用在更確實的方案上。在我的生命力還能延續的時候……」

「……畢斯可，賈維他……」沉默了一會兒之後，美祿清爽的聲音彷彿介入般詢問畢斯可。「是你的師父？……還是你的父親？」

在這一片黑暗之中，美祿看不清畢斯可的表情。面對美祿的問題，畢斯可彷彿要再確認自己的狀況般……一點一滴，說了出來。

「……該怎麼算呢。是我師父，也是我老爸……但賈維就是賈維。」

夜色之中，只有綠色的雙眸眨了眨。

「他教了我很多……包括弓、包括求生技術。現在雖然是那樣虛弱的糟老頭，但以前非常嚴厲。我好幾次都差點要死了。」

「那個賈維嗎？」

「你不相信？」畢斯可笑了。「我想過好幾次喔，要是我比老頭更強了，第一件事情就是要海扁他一頓。不過，現在我已經沒有這樣的念頭。那老頭真的很卑鄙耶，等我變強了，他就一副完成任務的樣子，縮水成那樣小小一個了……」

此時畢斯可先停了一拍，靜靜地凝視著深藍色天空。

一旁的美祿也能感受到，彷彿在內心深處回憶些什麼的畢斯可的心跳。

「畢斯可，那個……我覺得賈維他其實是很愛……好痛！」影子忽地伸過來，在美祿額頭上賞了一記漂亮的彈指。

「別說這麼噁心的話啦，白痴！」畢斯可在痛得呻吟的美祿旁邊笑了。「……哎，那樣一個臭老頭，對我來說是唯一的……那樣的臭老頭。」

他又停了一下。

「我想救他。」

美祿被畢斯可這沉靜穩重的聲音打動。

這是至今為止全身充滿堅定意志，只是朝著目標前進而緊繃的畢斯可，首次表現出來的軟弱。雖然美祿覺得不管說什麼都只會壞了氣氛，但還是忍不住鼓勵搭檔。

「會得救的……畢斯可，賈維一定會得救。你是蕈菇守護者的第一把交椅……而我是醫生，只要我們攜手合作，一定可以……」

「沒想到會是你這麼說啊。」

畢斯可這時找回一貫的壞孩子氣勢，放聲大笑。接著在黑暗中面向美祿，以綠色雙眼直直看著他。

「那是當然，一定會得救。無論賈維還是你姊姊，都一樣。」

「畢斯可……」

「睡吧，明天要早起喔。」

畢斯可就這樣蓋上外套，翻身背對美祿，再也不說話。在滿天星空之下，美祿卻遲遲無法入眠，只是一直看著畢斯可的背影。

10

一般來說，對在一座都市裡出生，並在那高牆中死去的現代日本人而言，忌濱是文明的最北端。再往上走的北方地區實情，頂多只有位在岩手的萬靈寺總本山比較有名，除此之外幾乎都認為是一大片未開化之地。

原因不僅出在貝沙海、腐姬沼、大蛇林道等難以突破的地區彼此接壤，連越過之後的霜吹縣本身也是一個主因。

為了淨化鏽蝕風而著手開發劃時代的新技術，冰淨回路的實驗設施，才運轉不到三天就發生了重大事故，在福島縣南端留下大規模永凍土這份大禮。這塊地區後續則演變成為霜吹縣。

與周邊縣完全沒有交流的該縣別說關隘了，甚至也沒有一個統管整個縣的單位。不過因為即使在夏天也不曾停止的風雪不斷吹送，導致此地比較不受鏽蝕風影響，所以也有不少人在風雪之中過著儉樸的生活。

「唔噠，儂安捏港馬唔得。日貨唔嘚使。」

「日貨唔嘚使咩？」

「唔噠。」

一輛大大的貨車停在風雪之中，兩頭巨大強壯的綿牛，將紅黑色的舌頭伸到幾乎蓋住整張臉的毛之外，舔掉附著在臉上的雪片，發出「咘嚕嚕」的叫聲。

美祿在貨車前面跟老闆用霜吹語溝通，拿著日貨回頭看向畢斯可，困擾地縮了縮脖子。

「他說日貨不能用。然後說想要東京爆炸前的酒或罐頭，以及棉被之類的東西。」

「哼，怎可能有那種東西啊，我們又不是做打撈的。」

畢斯可說完，為了隱藏眼神中對美祿的尊敬之色而別過臉去。

「是說你竟然會說霜吹話喔？我聽起來只像熊在低吼耶。」

「我有治療過從霜吹來的患者，多接觸幾個人之後，就學到不少了。」

「哦……這樣就會了嗎？」

「而且學校也有教。」

「你應該只要告訴我跟患者學的就好了，白痴！」

跟美祿交談的霜吹旅行商人，穿著圓滾滾的蓬鬆保暖衣，頭部也套著某種膠囊，再從外頭覆蓋牛毛兜帽。那模樣就像很怕冷的太空人，看在旁人眼裡很是可愛，但這位旅行商人本身卻與外觀相反，其實非常貪婪。

「爪八。爪八俾俺，掐响儂。」

「咦咦？不、不行啦！」

「喂，他說什麼？」

「就說想要螃蟹……如果給他芥川，他可以用整輛車跟我們交換。」

「這、這傢伙怎麼這麼惡劣。」畢斯可大概覺得這樣下去沒完沒了，於是粗暴地翻找芥川身上的行李，取出幾塊珍藏的大鱒肉乾，丟在商人面前。

「這是我為了這趟旅途獵來保存的肉。這些就是全部了！要是還不夠，那就算了。」

商人完全不受畢斯可的氣勢影響，品評了一下擺在雪上的鱒肉，接著站起來，點了一下頭……

「呢個响儂。」說罷，從貨車裡面接連翻出商品來。

「真的嗎？好耶！」

「好個屁啦，白痴。」畢斯可顯得不太高興。「居然這樣趁機敲竹槓……我們又得重新打獵了。」

兩人穿上從商人那裡換來的霜吹熊大外套，在霜吹縣向北前進。

對於不太習慣雪與寒冷天氣的畢斯可來說，這不是一個想要久留的地方。畢斯可放任芥川不斷前行，一直看著從田螺少年康介手中獲得的地圖。

「這附近應該有地下鐵喔。是凍武白樺線，對吧？呃……可惡，放眼望去都是雪，根本搞不清楚啊……」畢斯可瞇細眼睛，用手指撫過地圖。

「如果廢棄線路可以運轉，確實可以節省好幾天的時間。但沒有地標很麻煩耶。」

這時畢斯可往旁邊一看，發現美祿正拉滿弓，瞄準遠處雪地。他的臉相當威風凜凜，姿勢也很有氣勢。瞄準的對象，似乎是一隻中等大小的霜兔。

「咻！」一聲射出的箭命中正在挖雪的霜兔——旁邊一點點，插進雪地裡。

「咕嘻嘻嘻……熊貓醫生，真可惜啊。」畢斯可笑的格外開心，頂了一下美祿的側腹。「你太在意風的影響了。聽好了，在風雪中射箭要……」

正當畢斯可打算半挖苦半講解的瞬間，以插在兔子旁邊的箭為中心，一團像白色棉花的東西「啵！」地炸開，灑在周圍地上。灑落的棉花層層疊在打算逃跑的霜兔身上，使牠無法動彈，當場跌倒。

「我利用調劑機，將爆破菇跟鋼蜘蛛的毒調和在一起。」

美祿側眼瞥了一下傻眼的畢斯可，得意洋洋地說道，並且因為無法隱藏喜悅而露出笑容。

「就算箭射不中，我也可以用別的方法達到目的！畢斯可同學，你懂了嗎？」

「我不認同～～～～！」

「咦——！為什麼啦——！」

剛開始旅行時是個都市菜鳥的美祿，現在已經展現高度成長，甚至可以表現出讓畢斯可吃驚的一面。

製作藥品和調配獨特蕈菇毒方面自不在話下，之前穿過大蛇林道時，美祿甚至採用了將醫療機器的電流衝擊傳導在蜘蛛網上，藉以擊退來襲的大群鋼蜘蛛的離譜做法。面對跟人差不多大的殺人蜻蜓抱晏蜓攻擊時，也毫無畏懼地站在畢斯可身邊，並以十足長進的射箭技術從畢斯可手中搶下最終的致命一箭。

透過畢斯可培養的勇氣，讓美祿原本就擁有的獨特智慧泉湧而出，促使他身上獨一無二的蕈菇守護者才華漸漸開花。

（……嗯——確實是很厲害的毒……）

落地之後，當畢斯可想拎起被蜘蛛網纏住而掙扎不已的兔子時。

「嘎喵！」

隨著一股出乎意料的沉重手感，一個大東西撥開雪堆，被畢斯可拎了起來。

兩人都有印象的粉紅色頭髮露出，就是在浮游藻原的水母少女，那個小個子女商人。

「啊、啊啊！是她！」

金色雙眼忿忿地看著驚訝的兩位少年。每當上下顛倒的頭髮搖晃一下，堆積在上的雪就「嘩啦嘩啦」落下，其中一團直接命中小巧的鼻子，少女大大打了一個噴嚏。

「不好了，她凍僵了！為、為什麼會埋在雪地裡啊？」

「躲避霜豹追殺的方法之一就是埋在雪堆裡面，因為那些傢伙鼻子不太靈敏。不過呢，我想她是運氣不好，碰到霜豹賴著不走……所以沒機會出來吧。」

「畢、畢斯可，你要拎著她到什麼時候啦！快放她下……哇，不要甩啦！」

雖然是一趟跟時間賽跑的旅程，但也不能放著眼前快凍死的女孩不管。畢斯可不情不願地抱起僵硬得跟冰雕沒兩樣的少女身體，驅策著芥川，總之先找個可以遮風避雪的洞穴。

「哼，為什麼我們要做這種事……不論上次還是這次，這女人狗屎運真好。」

「真的，只能說這是命運的安排了。要是再慢個十分鐘就不妙了。」

在深度偏淺的洞穴中，美祿正在折斷好幾根骨炭暖爐棒。將散發橙色光芒的那玩意兒塞進少女衣服底下之後，原本凍僵的身體漸漸恢復應有的體溫。雖然少女仍不斷發著抖，但總算放鬆下來，悔恨地「哼」了一聲，從探頭看過來的畢斯可身上別開目光。

「……又是你們？怎麼老是這樣多管閒事……哈啾！你們真的很閒耶。」

「你看看她，這什麼態度啊——做到這種程度，也不懂得低頭向救命恩人道個謝嗎？妳該不會是那種跟人低頭致謝，心臟就會停止跳動的體質？」

「誰要道謝啊，不管說還是被說都只會礙事。只會換到人情啦、緣分之類的無用長物跟著自己……哈啾！」

「妳還好嗎？這是蜜火酒，慢慢喝吧，對……應該馬上就會起效用了……吶，我們很想盡快趕路，所以想問妳是怎麼過來這裡的？」

少女面對美祿誠摯的目光，沒有餘力裝模作樣，低下頭，用下巴努了努雪地的遠處。那個方位上，可以看到插在地面上，冒著黑煙的小型直升機殘骸。

「我修好了附著在那個寄居蟹寺院上的直升機，然後原本想往宮城過去……」這時少女又「哈啾！」打了個大大的噴嚏，並吸了吸鼻子。「但被霜吹駐紮地的高射砲打下來，成了這副慘狀。行李也全都燒光了……嘖，運氣真是夠背的了。」

「不就是因為妳用欺騙他人的罪惡深重方式過活，才會遭到這樣的報應嗎？」

「不然你說說看啊，我該怎麼生存下去？」平常只是奸巧的金色眼眸，這時卻狠狠地瞪向了畢斯可。「為了求生存，我什麼都做了，包括骯髒的事情、沒出息的事情，甚至連你們兩個小孩無法想像的事情也一樣！誰會自願背負這些罪惡啊？我只是做了能做的事情而已……！」

與一直以來的蠱惑態度不同，她的聲音顫抖著。畢斯可收斂差點脫口的抱怨，凝視低著頭的那頂粉紅色頭髮。美祿也在畢斯可身邊，等待少女繼續說下去。

「……不過，我覺得累了……如果今後也只能過著騙人、被騙，然後拖著越來越沉重的自己而活……這麼無聊的人生，我覺得也差不多夠了……所以才說你們多管閒事。要是沒有你們，我就可以在這裡好好告一個段落的說……」

嬌小的身體之所以顫抖，是因為寒冷所致嗎？美祿正溫柔地要將自己的外套披在少女身上，這時畢斯可就從他的背後走過去……

接著將火熱的骨炭暖爐前端按在少女的後頸上！

「好燙燙燙燙———！」甩著麻花辮子彈起來的水母少女，在傻眼的美祿身邊繞著圈圈跑，接著來到露出賊笑的畢斯可面前放聲怒罵：

「你這王八蛋，是想殺了我啊———！哪有人這樣對待柔弱女生的———！」

「總之，我看妳現在是還不想死吧。」畢斯可咯咯笑著。

「妳剛說的那些話，聽起來實在不像用一股蠻力死抓著我，大喊著不想死的人會說的啦。我還以為妳被什麼附身了耶，有沒有啊？」

水母少女聽到畢斯可這番話抽了一口氣，回顧自身軟弱之後不禁紅了臉，一把從畢斯可手中搶下新的暖爐，以金色雙眼由下而上瞪著畢斯可。

「哼！我只是希望熊貓弟弟多關心我！你走開啦！」

「有沒有聽到？」畢斯可傻眼地回頭，就看到美祿回給他微笑，將從芥川身上卸下的一個皮囊，放在少女眼前。

「我們也沒有什麼儲備……但這裡面有雪具與食物，往南方過去會碰到商人營地，妳可以拿這些去那邊交換所需物品。」

看著少女睜大眼睛，急忙摸索懷裡的美祿，帶著微笑出手制止她。

「我們不需要錢！妳不是說過嗎？這個世道如此艱辛，一定要珍惜禮義人情啊！」

總之這件事算是結案了。畢斯可對回過頭來的美祿點點頭，在雪中往芥川處走去。這時一張折疊好老舊的紙張，從他懷裡飄落到白色的積雪上。

「……等等！有東西掉了！」

聽到聲音回頭一看，水母少女發出「沙沙」的踏雪聲，不悅地走了過來。接著仔細地看了沾滿雪花的老舊紙張，才將它塞回給畢斯可。

「這是白樺線的路線圖吧。你們打算利用地下鐵穿到北方嗎？」

「算是吧。不過我們沒時間去找車站，已經決定放棄搜索，直接從地面……」

「我知道在哪裡喔。」

「……什麼？」

「我說，我知道白樺線的廢棄車站在哪裡啦！」

少女顯得有些不好意思地承受兩個少年的目光，鬧彆扭般別開視線。

「想在這麼大風雪中只靠螃蟹前進也太亂來了！……真拿你們沒辦法耶。如果放著不管害你們死了，我可是會作惡夢……」少女邊把玩麻花辮子邊嘀咕。

「如、如果你們相信我，我也是可以……幫你們帶路啦……？」

在少女的指引下前進了約一公里，撥開看似什麼也沒有的積雪路，接著讓芥川砸碎厚厚的一層冰，就發現通往地下暗處的一道石砌樓梯。

「這裡是狐坂站。有段時間在旅行商人之間傳開，大家好像都會來用。」

「怎麼，妳沒用啊？妳的伙伴應該在這裡賺錢吧？」

「天曉得？在那之後我都沒有收到消息，說不定已經在裡頭化為白骨了。」

聽著少女的說詞，面面相覷的兩位少年總之走在前面，往一片漆黑的樓梯下去。雖然風雪吹不到這裡，但刺骨的寒冷仍充滿整個空間。濕氣很重，某種類似青苔的氣味刺激著鼻腔。

「這麼黑的話，芥川可能會害怕，不肯進來。」

「嗯——雖說點亮這裡也不太好啦……」

畢斯可從懷裡掏出裝滿某種宛如細緻金粉的袋子，隨意含入口中，再像噴霧一樣朝天花板吐出。過沒多久，會發光的小小橘色蕈菇叢生，很快就長滿一整片天花板，將之覆蓋。

「哇啊……好漂亮！」

天花板的小蕈菇所散發的光芒照亮了車站的月台。雖然隨處可見粉碎的地板，以及附帶歪七扭八時刻表的柱子殘骸等，但這裡意外地保持得還算不錯。

「這是燈火菇，雖然亮度不算太夠就是。」

畢斯可又吹了兩三口噴霧，接著一副覺得口中殘留的粉末很難吃一般吐掉。

「這孢子不是會附著在牆壁上生長嗎？畢斯可嘴巴裡面沒問題嗎？」

「這有訣竅的啦，你以為我是誰…………唔。」

發著淡淡光亮的燈火菇，從咳嗽了幾下的畢斯可嘴巴裡掉出來，照亮車站地板。

「這不是長出來了嘛。」

「走了啦。」

「你沒有掌握到訣竅對吧？」
「你真的很囉唆耶！閉上嘴巴跟我來啦！」
美祿一邊笑，一邊對門口的芥川招手，讓牠進來地下鐵車站。水母少女也戰戰兢兢地靠著芥川，來到地下，往兩人所在處跑過來。
「在、在發光……！你們真的可以靠蕈菇做到任何事情耶。」
「這並非萬能啦，我頂多也只能就做到這樣。」畢斯可回答少女同時，拉下頭上的風鏡，窺探洞穴深處。「蕈菇守護者也各自有擅長的領域，尤其在菌術這方面更是顯著。我家老頭的菌術很不得了喔，地藏菇根本就是他的傑作。」
「賈維的傑作？那是怎樣的蕈菇？」
「如同其名，就是……發芽之後，會開出很像地藏菩薩的蕈菇，而且非常精緻，精緻到每次的表情都不一樣，大家都嚇死了……」
「好、好厲害……可是，那個要用來做什麼？」
「咦？」畢斯可發出彷彿完全沒料到美祿會這樣回問的憨傻聲音。他將耳朵貼在地下鐵的鐵軌上，一邊感受著有沒有任何動靜，一邊沉思了一會兒。
「不就是中元節之類，要拜拜的時候……很方便吧？馬上就可以開出地藏菩薩。」
畢斯可有如想閃躲美祿繼續追問般站起來，迅速往前方過去。
「……搞不懂耶，蕈菇守護者是賢者還是笨蛋啊？」

「啊哈哈！說得也是，就我對賈維和畢斯可的觀察……我想一定兩者皆是。」

「……熊貓弟弟，我問你。」水母少女此時略略低下頭詢問美祿。

「赤星老頭應該活不了多久了吧。你的姊姊也是，一旦開始鏽蝕，就理所當然會死吧。為什麼要為了他人做到這種程度……甚至賭上自己的性命呢？」

「妳問我為什麼……」

美祿面對少女的疑問，好似被偷襲一樣思考了一會兒……然後才說：

「……我想，因為我們都愛著他們……這是理由之一。第二個是——」美祿顯得有點害羞地難以啟齒。「因為我們都……非常笨拙吧……大概！」

「……你們喔，真的很笨耶……」

美祿笑著牽起少女的手，追著一邊吹出燈火菇一邊前進的畢斯可而去。

「……畢斯可，你看！有好多列車！」

順著約有七八條鐵軌並排的寬敞路線往前，就走到一處簡直是列車墓場的可怕地方。或許經歷過強烈地震，眼前的列車彼此折彎、重疊、壓潰，簡直像被痛哭流涕的小孩徹底破壞的玩具。

「興號、俊通、震風……全部是華北製鐵的列車。」美祿看著扭曲變形的列車上面的字樣嘀咕。

「這類型的列車應當能用自助服務的方式啟動，但前提是它們還能動……」

「喂——美祿，康介的地圖確實就是指這條線，這個列車看起來還能動嗎？」

畢斯可的聲音從洞穴深處傳來。往聲音的方向跑過去，就看到一輛外觀比較完整的粗獷貨車停在鐵軌上。

「好厲害，這個或許可以動！我試試看喔……呃，將把手扳到規定位置……這樣嗎？打出運轉燈號，投入行車費三百日圓，按下紅色按鈕……」

「好貴喔，不過也沒辦……等等，日圓？」畢斯可把手伸進懷裡，不禁反問美祿。「怎麼可能會有日圓啦！又不是古幣商。」

「啊——夠了！讓開讓開！真是看不下去！」

就算在一片漆黑之中也非常醒目的粉紅色頭髮少女跳上列車，推開兩位少年，抽出懷裡的鐵撬，往收費箱上一敲，取下凹陷的上蓋，看了看裡面。

「哎呀，結構很單純嘛。感覺只要能動就好了。哎，這樣我也比較好處理，是很輕鬆啦。」

「妳看得懂這麼古老的機械構造啊！妳真的只是一個旅行商人？」

「就只是一個旅行商人，不過前一份工作是機械工程師罷了。」

少女迅速剪斷盒子內的排線，再把黑色的像是絕緣膠的東西咬爛之後，將它延展開來纏在替換的排線上。她的手法精準熟練到令少年們不禁面面相覷。

「這技術絕對是專家級……！妳說前一份工作，難道是在哪間企業高就嗎？」

「……當時的待遇雖然跟奴隸差不多，但薪水還不錯。不過，某天突然接到修復出土鐵人的工作……」

「鐵人是那個鐵人嗎？在東京開出一個大洞的元凶那個？」

水母少女沒有回頭，直接頷首表示肯定，並持續做著手上工作回答畢斯可：

「我不確定那是不是真的就是了，總之接到要修復它的命令。天下第一的的場製鐵難道想毀掉哪個縣嗎？只會讓人覺得有毛病吧，但他們是認真的。施工人員一個個因為鏽蝕病死亡，等到地位最低的我當上施工負責人的時候……我拚了老命偷走公司的一台法國蝸牛逃出來……這已經是很久之前的事了。」

少女嘀咕著做完，頂著一張滿是煤灰的臉伸了個懶腰，然後重新扳好美祿剛剛動過的把手，接著用力一踹收費箱中間。

「轟隆隆隆隆！」

整輛列車震動起來，燃料庫的骨炭熊熊燃燒，發出「啵噺啵噺」的聲音。

「啟、啟動了！畢斯可，這個好厲害喔！」

「喂——！芥川，快過來！我們可以一口氣衝到秋田了！」

原本在一旁覺得很稀奇般，拿著列車殘骸玩耍的芥川聽到畢斯可呼喚，於是「咚咚咚」地跑了過來。只見牠漸漸加速跳上列車，恰恰好塞進龐大的貨台。

美祿穿過欣喜的畢斯可身邊，抓住想靜靜地下車的那個人的手臂。

「……吶，我想跟妳道謝，但我還沒問妳叫什麼名字。」

美祿的目光與驚訝地瞪大眼睛的少女對上，誠懇地說：

「我是美祿，貓柳美祿。那邊那個凶巴巴的是赤星畢斯可！要是沒有妳，我們說不定在這裡就玩完了。吶，告訴我名字好嗎？」

「叫、叫我水母就好了。我、我一向不說自己的名字，因為每次都會被笑……」

「我們的名字不也很奇怪嗎？別擔心！我絕對不會笑妳！」

被美祿強而有力的目光盯著，水母少女抽了一口氣，低下頭，抬眼看了一下美祿，接著才低聲嘀咕：

「滋……滋露。大、大茶釜滋露……已、已經很久沒人叫我的名字了，但既然熊貓弟弟……美、美祿你想知道……」

「謝啦，茲露。多虧有妳的幫忙。」

開口致謝的是畢斯可，這讓滋露更是吃驚，與畢斯可對上眼。

「確實，既然我們這麼有緣，應該早點問清楚妳的名字才是。不然要是在旅途中碰到妳掛了，會不知道該在墓碑幫妳刻上什麼名字才好。」

「囉唆！先死的會是你們啦！要是被我發現了，會幫你們倒頭埋葬啦！」

「滋露，我們一定會再見！」美祿對著跳下列車的滋露大喊。「我們一定會常常聊到妳，會一直想朋友現在在哪裡做什麼！妳一定要保重！下次再會！滋露，謝謝妳，再見！」

「……你、你說朋友是……」

在遠處目送對自己大喊的美祿，以及凝視著自己的畢斯可，滋露彷彿被什麼控制了般往前一步，發出連自己都驚訝的大聲音回應美祿：

「赤……赤星！美祿——！」

「謝、謝…………！」

「…………謝謝你們……」

滋露彷彿把無法傳達給兩人的這句話，很寶貝地從上鎖的盒子裡取出般嘀咕完，接著確認自己真的有說出口般，緊緊地握住了胸口。

然後……

一時之間顯得委靡的金色眼眸總算在黑暗之中閃閃發光，滋露揹起皮囊，回頭看了地下鐵線路一眼……接著彷彿野兔般從原本過來的路奔了回去。

「焦紅頭伯勞……應該不是。乾蟲、鬼茴香……這邊的也不一樣耶。」

「你在讀什麼？從霜吹商人手上買來的嗎？」

一朵大大的燈火菇以方才用蜘蛛網收拾的兔子為苗床，正散放著光芒。美祿貼近燈火菇，好像在翻閱一本破破爛爛的書籍。

「據說這是子哭之谷的生態圖鑑。你看，全部是手寫的……寫的內容也非常粗略。你看這邊，『體長』的項目旁邊只寫了很大二字。」

這是之前交易的霜吹商人見美祿有興趣就塞給他，省得自己還要想辦法扔掉的玩意兒。從美祿的角度來看，這是可以理解食鏽獵場生態系的寶貴資料，內容看起來卻像是小孩寫的暑假作業，使他不得不對裡面內容的可信度抱持懷疑。

「……不，我想可以採信。這是蕈菇守護者寫的。」

「咦咦！這、這樣嗎？既然如此！不過為什麼？」

「賈維也會畫那種圖，形式是一樣的。而且這張圖……你不覺得有種特殊的風格嗎？明明是在畫圖鑑，卻好像加入了某種藝術感。只要給蕈菇守護者畫圖，基本上就會這樣。」

儘管美祿對於蕈菇守護者奇妙的特質感到困惑，卻意外地覺得很有說服力，仔細觀察起蕈菇守護者所繪，充滿玩樂心態的的動物圖。

「可能是東北地區的蕈菇守護者畫的，上面有沒有提到蕈菇的種類？基本上這類圖鑑一定會寫哪種動物身上有什麼基因，例如鴻喜菇或木耳之類。」

「啊，有耶，有！右下角還有蓋章！如果是這樣，呃……」

美祿迅速翻頁，打開方才留意過的某種動物頁面。右下角畫著一個可愛的鴻喜菇角色，旁邊則寫上了蕈菇的名稱。

「……食鏽……竟然是用注音寫？」

「因為食鏽兩個字很難寫吧……你那表情是什麼意思啦。吶，大部分的蕈菇守護者啊——」

「如果是這樣！那果然是這個！『筒蛇』……俗稱竹輪蟲，是一種超級巨大的雙頭蛇。會飛，只對大型食物有反應，常會吃掉直升機或戰鬥機……」

「嗯，真要謝謝這本圖鑑了。因為賈維只有告訴我，就是那一帶最大的傢伙。如果有當地蕈菇守護者畫的圖，狀況就完全不同了。」

美祿在行進的列車上點頭同意畢斯可的發言，正打算再從這些粗略的資料之中找出有用的內容時——

噗吱！

「哇啊！」美祿大叫。某種像是嘔吐的黑色物體滴在頁面上，把整個頁面塗黑了。這時有個軟體物體蠢動著觸手，撲到情急之下護住美祿的畢斯可臉上。

「咕啊！」

「畢斯可！」

黑色飛沫往四周散開。畢斯可掏出腰際短刀一揮，削過自己的臉部。

「該死的傢伙！」接著一甩短刀，那玩意兒整個被砸在貨車地板上，黏答答地扭動著。牠身上有好幾個在黑暗中散放黃色光芒的眼球，胡亂地不斷眨著。

「噁，呸！是重油章魚。」畢斯可低聲說。

「我們應該是在哪裡經過牠們的巢了，會沿著牆壁追過來吧。」

隨著隧道的寬度越來越窄，周圍的牆壁也越來越亮，才看出覆蓋牆壁的黑暗真面目並非黑暗，而是一大群一大群重油章魚時，美祿因為覺得太可怕而毛骨悚然。列車應該是以相當快的速度前進，如果這些章魚能夠追得上來，那麼牠們追殺獵物的速度確實非常了得。

「瞄準跳過來的傢伙們就好，沒跳過來的就別管了。」

「畢斯可，我的射箭技術還……！」

「你可以！」畢斯可擦掉沾在臉上的黑油，以雙眼看著美祿大聲說道。「你可以射箭，而且會中！我知道你做得到，我的背後就交給你了！」

「畢斯可……！」

「回話！」

「是！」美祿如答道。重油章魚們似乎把這當成開戰的信號，一舉從岩壁上跳過來，撲向兩人。

背對背的兩人手上的弓像閃光一樣閃爍，接連擊落飛撲過來的章魚。美祿特製的蜘蛛網箭直接纏住一群章魚，將牠們打落鐵軌上，但漏網之魚還是貼上了貨車，這時美祿急忙丟出腰際的火焰菇榴彈，帶著高溫的煙捲走剩下的章魚腳，使之滑落地面。

「做得很好！」畢斯可邊笑，邊放開如同萬力般拉滿的弓，射出一箭。

帶著強大威力的粗箭貼著岩壁飛行，一口氣掃下了幾十隻重油章魚。

另一方面，芥川正毫無顧忌地在車頭附近發威，只見牠的大螯一揮就能打掉一堆章魚，甚至還抓起來痛快享用。而那些被從牠口中「啵啵」地吐出的黏性大泡泡包住的章魚，全都摔到了列車下。

儘管一行人如此賣力奮戰，重油章魚的攻擊行動不僅沒有要停止的跡象，反倒變本加厲持續增加襲擊而來的數量，現在甚至是有章魚從章魚身上跑過來的狀態。

「沒完沒了啊！」

「沒辦法，看來回程這條路是行不通了……！」

畢斯可咬牙下定決心，從箭筒抽出一隻帶著銀線的箭射出。插在牆上的箭，接連在漆黑的岩壁上開出蕈菇。

這些是帶著非常黏稠黏液的銀色蕈菇，擁有驚人繁殖力的它們瞬間長滿隧道的整面牆壁。強烈的酸性氣味充滿周圍一帶。

「唔嗯——！這是什麼啊！」

「銀酸光滑環銹傘。」畢斯可邊咳嗽邊吼著回覆美祿。「別吸太多氣！趴下！」

強烈的酸燒溶掉追殺過來的章魚們，阻止牠們繼續前進。溶解後的章魚變成普通的重油，眼珠子掉出來，堆積在鐵軌上。原本那樣大群撲來的重油章魚被銀色光滑環銹傘牆阻撓，漸漸遠去。

「好、好耶！牠們沒有再追上來了！」

「嗯，呸！該死。這東西真的是有夠難聞。」

畢斯可看著越來越遠的洞穴，先呼了一口氣，突然盯住了黑暗深處的某個位置。

某種細長物體「咻咻」地爬在牆上，一瞬間突然變粗抬起，接著像一條柔韌的鞭子捲住因為大意而發著呆的美祿的身體。

「嗚、嗚哇啊啊！」

「美祿——！」

畢斯可立刻拉弓朝觸手放箭，但面對觸手上面又黑又厚的皮膜，儘管箭矢刺進去了，卻無法順利散播蕈菇毒，無法開出蕈菇。美祿拚命抓住貨車邊緣，以防止自己被捲走，但被捆住的肩膀和身體卻不斷發出「嘎吱嘎吱」的慘痛聲音。

「咕哈、啊、呃……！」

美祿的碧藍雙眼因為劇痛而睜大。畢斯可當機立斷，一邊用短刀切下襲向自己的幾條觸手，一邊將短刀插進纏住美祿的觸手內，接著垂掛般抓住觸手，張大嘴一口咬下去。

畢斯可全身的肌肉膨脹到超越極限的程度，他的手臂與下顎分別使出渾身解數扯開觸手。觸手發出「啪吱啪吱」的聲音慘遭撕裂，終於被扯成兩半，放開了差點喘不過氣的美祿。

「美祿，你去找芥川，一起去子哭之谷，懂了吧！」

「啊啊！畢斯可——！」

已經被其他好幾條觸手纏住的畢斯可無法動彈，就這樣像打水漂的石頭一樣在地上彈跳好幾下，被拖進了黑暗的洞窟深處。

畢斯可甩了甩在鐵軌和牆壁上撞擊好多下而渾沌的頭，讓意識恢復清醒，接著看向黑暗最深處。

在生出幾條巨木般粗壯的觸手的中心位置，黏液從一個有如地獄大鍋的洞流出，反覆收縮著。洞穴裡排排長著鋸子般的牙齒，上面沾滿了紅黑色的重油章魚內臟。

（這傢伙就是老大吧……！）

那隻重油章魚的大小，和之前甩開的那些人類頭部大小的傢伙根本無法相比。說起來，因為牠實在太大，所以畢斯可只能看到牠的嘴，目前呈現整條隧道都被牠的肉塞滿的狀態。畢斯可左腳被抓著，垂掛在這個地獄大鍋之前。

大章魚先觀察了暈過去的畢斯可一會兒，接著大概是判斷一動也不動的畢斯可已經死了，漸漸將大嘴湊了過來，打算生吞畢斯可。

（……如果是內臟，蕈菇毒就可以叢生！）

畢斯可的眼睛一亮，從背後抽出弓放箭。強弓一閃，必殺的毒蠅傘箭朝大章魚口中飛去，深深刺入內臟。毒蠅傘的毒因為吸收到豐富的營養而欣喜地暴衝擴張，發出「啵！」「啵！」的沉悶聲音在大章魚嘴裡恣意綻放，啃噬牠的內臟。

大章魚「嘎喔喔喔喔喔喔」地大吼，肉壁蠢動膨脹，彷彿要粉碎整座隧道。仍然呈現倒吊狀態的畢斯可「咯咯」笑了。

「記得仔細挑選獵物啊，我可是很毒的！」

畢斯可吼回去。但他本人在這隻對疼痛遲鈍的大章魚，因中毒死亡的漫長時間過去之前，究竟能不能順利活下來這點，也是只能賭一把了。

抓住畢斯可的觸手飛舞，憑藉一股死前蠻力將他重重砸在天花板上。畢斯可還來不及吐血，又立刻一甩將他打在地上、側面牆壁、天花板，發瘋般的觸手傾注全力不斷重擊畢斯可。這些衝擊讓鐵軌和岩壁出現裂痕，有如地震持續撼動整座隧道。

即使全身肌肉受創、骨頭碎裂，持續承受著足以致命的衝擊，畢斯可的雙眼仍在流滿了血的臉上熠熠生輝，熊熊燃燒著。

畢斯可彷彿要擠出自己的生命力量般怒吼一聲，再次拉滿無論如何絕不放手的弓，擺出準備射出拚死一箭的架勢。這一瞬間，某種格外強大的衝擊撼動大章魚的觸手，把原本抓著的畢斯可甩到洞窟的地板上。

某種像熔礦爐一樣的火紅大鐵塊，捲動著自身的車輪嘎吱作響，順著鐵軌直直往大章魚猛衝。美祿以軟弱無力的腿拚命向前奔跑，抱起渾身是血的畢斯可，逃到鐵軌上。

「啊啊，畢斯可，怎麼這樣，好慘……」

「咳哈，美、美祿，還、還沒完。」

大章魚非常執著地又將觸手沿著牆壁伸過來，準備抓住兩人。美祿應該也是認為逃不掉了，於是抽出背上的弓，以顫抖的手搭上箭拉滿。

美祿用來衝撞大章魚的，是芥川憑著一身蠻力扯下的列車骨炭爐。鍋爐已經失控，現在也燒得火紅膨脹，即將爆炸，但散熱閥門正不斷噴出蒸汽，勉強阻止爆炸發生。

（只要能夠射穿那個……！）

瞄準的美祿額頭上冒出汗珠，焦躁使他肺部縮緊，導致呼吸急促了起來。幾條觸手往美祿這邊逼近過來，打算把他連畢斯可一併捲起。

這時。

畢斯可將手放在美祿顫抖的左手上，弓便神奇地在這時候停止顫抖，拉緊弓弦的右手也能夠直接灌注力量。

「拉弓只需要注意兩點。首先，要看清楚。」

畢斯可低語的話，彷彿落在乾燥沙地上的水珠，滲透進美祿內心。

「還有……堅定地相信。」

儘管好幾條觸手逼近過來，緊緊纏住美祿的身體，他仍然毫不動搖。

只是靜靜地，在藍色雙眼內燃燒著熊熊火焰，瞄準骨炭爐。

堅定地相信。

他甚至開始認為「會命中」。

畢斯可扶持著美祿的手上傳來的血流溫度，化為力量傳遞過來，讓他全身感受到某種東西正燃燒擴散。

「射得中嗎？」

「——嗯。」

靜靜地、簡短地點頭，放箭。美祿的藍箭化成一道直線，吸入骨炭爐的閥門內，並分毫不差地將之彈開。橘色光芒先是微微縮了一下，接著開始增強，膨脹的空氣扯掉觸手，讓兩人的外套不斷飛揚。後來，那東西化作強烈閃光吞噬兩人，隨著巨響將他們炸飛。

那是一股非常強大的衝擊力道。畢斯可跟美祿有如棒球的球般被炸飛得老遠，就這樣在地上滾出隧道。在一片藍天之下，差點從鐵軌中斷的山崖處摔落。幸虧有芥川的大螯抓住兩人，才勉強停了下來。

這是一座綠意盎然的溪谷。鳥兒們發出的可愛啁啾，迴盪在晴朗無比的天空上。爆炸的骨炭、重油章魚的油、血或汗還是疲勞之類，總之渾身沾滿各式各樣東西的兩人就這樣被芥川抱著，躺著休息了一會兒。

「……唔噁。」

美祿突然摀住嘴，在芥川腳邊吐出了黑漆漆的炭。

「……嗯嘻嘻嘻。」

「你、你笑什麼啦。」

「我還以為你是害喜呢，呼嘻嘻……嗯？嘔噁噁。」在還沒挖苦完美祿之前，畢斯可也吐出了炭，把一片美麗的綠地染成黑色。在那之中，一隻重油章魚寶貝地抱著畢斯可的牙齒的一角，活力十足地跳開，逃跑似的從懸崖滑了下去。

「畢斯可才真的生了耶。」

「……處子懷胎啦。」畢斯可吐掉剩下的炭之後，正經八百地面重新向美祿。

「我可沒有被捅過喔……等等，就算被捅過也生不出來吧……」

這下美祿終於忍不住「噗嗤」笑出來，一邊拍著畢斯可的背，一邊笑到流眼淚。

芥川將不知為何大笑著的兩個主人丟到自己的背上。

兩人勉強在鞍上坐下……然後不禁因為從懸崖上俯瞰的景色而抽了一口氣。

「畢斯可，這裡就是……！」

「嗯……子哭幽谷。跟我從賈維口中聽到的景色一樣，不會錯。」

平原上是一片青蔥的響麥，高度跟人的身高差不多，在風兒吹拂下搖擺。每當風一起，那些麥子就像打到海岸上的浪頭一般蕩漾，規律地反射陽光，讓整座山谷有如寶石一般，美麗地閃閃發光。

「……美祿，我們走吧，就差最後一段路了。」

出神地欣賞了一會兒景色之後，畢斯可淡淡地說。美祿點點頭，直直地看著手握韁繩的畢斯可側臉。

然後，伸手摸了一下大大裂開的畢斯可脖子上的傷口……

「畢斯可，能不能請你控制一下芥川，不要這麼搖？」

「喔……差不多這樣嗎？」
「嗯，別動喔……」
美祿一副早已習慣在螃蟹背上治療傷口的樣子，靈巧地著手消毒，並用針幫畢斯可縫起了傷口。

11

子哭幽谷。
這座山谷的名稱由來自隱藏於平原的草下，彷彿巨人爪痕的好幾條深邃山谷。另外也推測，每當風吹過深深的山谷之際發出像是嬰兒哭泣的詭異聲音，是導致此處冠上「子哭」之名的來由。
清澈的藍煙時而從山谷吹出，讓整座山谷包覆在薄薄的藍色霧氣之中，這樣的景色讓兩人更覺得這裡充滿了神祕氣息。
「……雖然很漂亮，卻是個有種寂寥感的地方呢。」
「是嗎？喂，你看看山谷。」
畢斯可邊控制著芥川的韁繩，邊靈巧地窺探山谷深處。

斷崖絕壁上四處群生著散發藍色光芒的蕈菇，微微照亮著深不見底的山谷。

「啊啊，是、是蕈菇！那麼，這些藍煙是……」

「孢子吧。蕈菇守護者們來過，然後採到了『食鏽』……在十五年前。」

「是賈維他們嗎？」

「如果那個老頭沒有因為好面子說謊，就是了。」

畢斯可回頭，露出一如既往的壞小孩笑容。但美祿並沒有忽略看起來健康的畢斯可的臉色，略略顯得鐵青的事實。

美祿盡可能不讓畢斯可察覺自己的心情，回給他一個微笑。

畢斯可傷得很重。

突破章魚的威脅，穿出洞窟之後，美祿雖然極盡所能地治療，但畢竟他斷了很多根骨頭，別說肌肉，連內臟都受到相當嚴重的損傷。

如果是一般人，這樣的傷早就足以致命，絕對不是可以正常活動身體的狀態。

「『食鏽』的基因似乎太強，不管埋進怎樣的蕈菇毒，好像都會以『食鏽』的形式發芽。所以剩下該做的就是釣魚，畢竟我們已經獲得圖鑑上所說的『大餌』了。」

「吶，我們真的今天就要打獵嗎？是不是該等你的傷勢好一點……」

「別說傻話，餌會腐爛啊。好，芥川，到那邊去。」

畢斯可說著，把走到這邊的路途上一路拖行過來的巨大烤章魚（兩人一度折返回去，將之前打倒的重油章魚老大帶出來）從芥川身上卸下。在一片青蔥的草木香氣之中，突兀的烤章魚香氣緩緩飄散。

「接著就是等了。如果過了十五分鐘還沒反應，就換個地方。」

「……吶，畢斯可，我還是很擔心。不管怎麼看，你都出現貧血症狀了耶。」雖然美祿盡量避免挫了畢斯可的志氣，但他還是無法完全隱瞞擔憂之情，拉了拉畢斯可的外套。「我想起碼幫你輸血。若血型吻合可以用我的血……畢斯可，你是什麼血型？」

「……？血型是什麼？血不就是血嗎？」

「別開玩笑了！好歹會知道自己的血型……」

美祿說到這裡，想起了在忌濱治療賈維時的狀況，陷入沉思。

當時是用了塞在白袍中的濃縮血液輸血，但賈維的血很神奇，不論接受哪種血型都不會產生排斥反應。賈維自己對於血型這種東西，似乎也完全沒有概念。

（……難道蕈菇守護者都沒有血型的概念？甚至應該說他們的血本身——）

「……美祿，後面！」

畢斯可為了保護大意的美祿而往旁邊一撲。一隻有著紅色身體，黑色斑點花紋的誇張巨鳥，從谷底一舉展翅升天，以爪子擦過兩人。

「嗚哇啊！好大啊，這是鳥？」

「不妙，章魚會被牠搶走。」

若自己是巨鳥，主要的目標想必不是跟豆粒一般大的兩個人類，而是那邊的大章魚。面對以強而有力的爪子一把抓住獵物，接著扶搖直上的巨鳥，就算是芥川也無可奈何。

「可惡，哪能放你走……！」

畢斯可的雙眼一閃，架起抽出的弓箭，緊緊拉滿沉重的弓弦。必殺的一箭正準備瞄準巨鳥腦門的瞬間。

一陣強勁的風「轟轟轟轟轟」捲起，某種白色長條物體從谷底往上鑽，衝到遙遠的天際，露出其腹部。帶著濕潤光澤的皮膚旁，長了無數隻彷彿人類手指的腳，在身體側邊蠢動著。那白色長條物體就這樣有如打旋在天空繞了一圈，「嘩！」地張開那長滿白色柱子般牙齒的大嘴，朝巨鳥咬去。巨鳥無從抵抗，被強韌的牙齒咬碎後吞下，烤章魚也就順便收進那東西的肚子裡。

白色長條物體在傻眼的兩人面前「唔喔喔喔喔喔」地吼了一聲，扭動身體，帶著巨響往另一座山谷飛去。

兩人的頭髮被剛剛捲起的風吹得倒豎，發呆了片刻之後，畢斯可才連忙甩頭，伸手一指白色東西鑽入的山谷。

「就是那個，筒蛇。」

「也、也太大……了吧……！」

確實，那東西的外觀如同在隧道中翻閱過的蕈菇守護者圖鑑所示，是巨大、雙頭、沒有眼睛也沒有鼻子的蛇。然而親眼看過之後，光是其超乎規格的大小，就與小孩子塗鴉感覺的圖片相去

甚遠，擁有足以使人全身虛脫的魄力。

「那、那才不是蛇吧，根本就是龍了！」

「我管牠是龍還是虎，只要箭射得進去就一樣。我們追！」

畢斯可驅策芥川奔向筒蛇飛入的山谷，從腰際拿出鋼索箭搭在弓上，朝山谷對岸射出。

「咦咦，畢斯可，你打算怎麼辦？」

「畢竟不知道對方會怎樣行動，總之我從對岸下手！你跟芥川從這邊追！」

畢斯可還沒說完，鋼索已經鉤住對岸，他整個人跳了過去。

就在美祿打算向對岸大聲抗議的瞬間，白色的巨大身軀「剎！」地從山谷竄出，好似要遮住畢斯可，並使美祿的外套隨風飄揚。

美祿說得沒錯，對方的分量簡直可與龍相比。白色筒狀物身體兩旁的觸手胡亂擺動，挖開山谷的土地，花費相當久的時間之後，又鑽進同一座山谷下。

美祿壓抑般地緊緊抱著自己因為恐懼而畏縮的身體……腦中浮現將自己緊緊擁入懷中的姊姊眼神，以及沉浸於回憶賈維的畢斯可側臉。

（……可以獵到。只要是畢斯可，只要是我們，不管什麼都做得到！）

美祿溫柔的雙眼湧現力量。不知是否他決心揮下的鞭子感染了芥川，只見大螃蟹一鼓作氣鼓舞起來，為了獵捕大型獵物猛然奔出，追著白色筒狀物而去。

「怎麼會這麼大啊……！」

畢斯可有許多獵捕大型生物的經驗，但在他目前的獵人生涯裡，眼前這筒蛇也算是最龐大的敵手。剛才他趁著擦身而過的機會朝對方背部射了兩箭，但蕈菇毒只開出幾朵小蕈菇，以筒蛇的龐大軀體來看，甚至連傷口都算不上。

「鱗片很厚，連肉都不能上毒。看來只剩下嘴裡或腹部……可惡，該怎麼做！」

忽地，畢斯可的耳朵聽見了——

某種挖削地面的「嘎哩嘎哩」聲音。

為了避免背面受敵，所以貼著岩壁站著的畢斯可應該沒有視線上的死角，但那「嘎哩嘎哩」聲漸漸伴隨猛獸般的低吼，看樣子已經貼到畢斯可附近來了。

（這是什麼？不是筒蛇。這是……機車的聲音……？）

畢斯可想到這裡，不禁冷汗直流，回頭一看背後山崖的瞬間——

「赤——星——！」

彷彿女修羅的怒吼貫穿畢斯可耳膜。

白色機車有如咬著幾近垂直的岩壁，以強勁的氣勢朝畢斯可急降而來。從銀色金屬頭巾下伸出的黑髮，在天空畫出一條直直的黑線。

抽出的鐵棍閃爍著殺意的光芒，來人正是忌濱自衛團長帕烏本人。

「現世報——！」

「妳是從哪裡冒出來的啦——！」

白色機車就像隕石一樣朝著畢斯可落下，捲起草堆，揚起沙土。畢斯可在危急之際躲開後射出的一箭，卻直接被鐵棍一揮打落。瞬息之間鑽過沙土出現的機車上，帕烏充滿殺意的眼光對準了畢斯可。

帕烏以華麗的鐵棍技巧揮開畢斯可射出的第二、第三箭後，揮出必殺的一擊。畢斯可以弓代盾，在機車往返之際接下兩三招，並在撥開第三招棍擊時，以手中的弓狠狠地打中了帕烏美麗的臉龐。

即使如此，帕烏的身體還是緊緊抓在機車上。她擦掉嘴角的血，在風呼嘯而過的草原上，與畢斯可對峙。

「妳的動作比之前更刁鑽了呢。」畢斯可說道。這不是挖苦，額頭冒著汗水的樣子，很不像平常的他。「明明長途跋涉應該很疲勞，真虧妳可以做到這樣。傻眼耶，妳究竟是騎著那輛機車穿哪邊過來的？為什麼知道我們在哪裡？」

「我在美祿的戒指上裝了追蹤器。從他十四歲開始，我就一直叮嚀他不可以拿掉。」

帕烏以美麗的聲音，毫不介意地說出畢斯可聽了傻眼的事實，「霍」地揮動鐵棍，將之對準了畢斯可。

「食人赤星，你的命運到此為止了，把我弟弟還來。」

「……我說妳啊，深愛家人是沒什麼不好啦，但美祿是自願跟著我一起來的耶。」畢斯可一邊抽搐著眼角，一邊為了說服這個跟烙鐵沒兩樣的女人，而盡了他所能做的最大努力。「這一切都是為了要拯救妳那鏽蝕的身體與性命。這不是佳話一樁嗎？為什麼想幫助他實現願望的我，非得被妳用鐵棍招呼啊？」

「聽你在放屁……！不就是你用『食鏽』什麼的流言誘惑我純真的弟弟！」

帕烏丟下這番話表示多說無益，架起鐵棍。

「成為弟弟護盾的是我，絕對不能顛倒。赤星，廢話少說，快擺好架式！」

「妳確實需要吧！妳說的那些才不是什麼護盾，而是牢籠！妳稍微認同他一下好嗎？妳沒聽過親子之間都需要對彼此放手嗎！」

「……美祿是我弟弟……！」

「……啊，是喔……不過這是妳不好，誰教妳長得一張老臉，我還以為妳是他老媽。」

「我宰了你！」

正當機車引擎發出怒吼，準備朝畢斯可衝去的瞬間。

白色的巨大筒狀物從兩人身旁的深邃山谷鑽出飛舞，在空中扭身。白色筒狀物以身旁無數的觸手挖削山谷土壤，準備捕捉兩人的身體而逼近過來。

「這、這是……什麼？」

「笨蛋！丟掉機車趴下，這傢伙是——」

筒蛇的觸手打中因出乎意料狀況而走神的帕烏。強大的威力甚至不許帕烏發出慘叫，直接把那失去意識的身體連同機車捲起飛走。

「混帳，都是妳不會挑時間找麻煩啦！」

搶在急忙架起弓的畢斯可之前，一個龐大的橘色甲殼刷地飛過他頭頂。

「美祿！」

那是美祿駕馭的芥川。美祿鎖定被擄走的姊姊，讓芥川高高躍起，踩著峭壁做出三角跳，緊緊抓住筒蛇身體側面。

「畢斯可，我會讓芥川打掉帕烏！你在下面接好！」

畢斯可對著凌亂的天空色頭髮回了一聲：「知道了！」

大螃蟹呼應美祿的韁繩控制，如斧頭般揮動大螯切下觸手，昏厥過去的帕烏與機車擺脫束縛，被長滿了草的地面吸引而去。

畢斯可呼應此舉，有如天狗般躍起，抱住帕烏與機車之後，在山谷深淵落地呼喊美祿。

「美祿，快點放開！要是再往上飛會下不來！」

「嗯！」美祿這麼說著，在暴風中打算讓芥川的腳朝白色筒狀物踢蹬，以藉此跳落地面。這時某種帶有黏性的巨大粉紅色物體襲擊過來。

「！芥川！」

芥川迅速做出反應，將大螯如斧頭般砸出，卻只能切進筒蛇的舌頭一半。還保有力量的舌頭一舉捲住芥川。

「美祿———！」

雙頭白色筒狀物瞬間飛舞至空中，帶著畢斯可的搭檔與大螃蟹，一路衝到他的呼喊傳不到的高空去了。

「……！啊、啊啊啊！怎麼會……美祿、美祿！」

剛清醒過來的帕烏在咬牙切齒的畢斯可眼前茫然自失，不住顫抖。看起來就像目睹比自身性命更重要對象的危機，而因為混亂無法正常思考。

「混帳東西，快點扶起妳的機車，要是被牠鑽進山谷裡就玩完了！」

「你能怎麼辦？對手……對手可是那樣的怪物耶！」

「不管怎樣的怪物，我們都一路獵到現在了。這次也一樣。」

畢斯可瞪大雙眼怒斥帕烏。

「動作快！還是妳想對弟弟見死不救！」

帕烏根本沒時間生氣或懷疑。

她在畢斯可催促下發動引擎，待畢斯可上車之後瞬間催出最快速度。一邊勉強地閃開時而像陷阱般掉落的岩石，找回原本鋼鐵般的專注力，以駭人的速度猛追著天空的筒蛇而去。

「我會射錨箭弄成滑車！妳要以跟筒蛇同樣的速度與之並行，做得到嗎？」

「還說什麼做不做得到……只要能讓錨穩定下來就可以吧！」

「妳很懂嘛……危險！妳啊，前面是山谷啊！」

「這點小事！」

在逼進到眼前的山谷大開口深淵之前，帕烏以鐵棍重重打擊地面。重機以撐竿跳的訣竅彷彿被彈飛一樣高高飛上天，旋轉一圈後，沒有甩下車上兩人，順利於對岸落地。

「唔嘿，技術真好啊！」

「閉嘴！從這邊可以瞄準到嗎？」

畢斯可看著逐漸接近到錨箭射程範圍內的筒蛇，深呼吸一口氣。

瞄準在空中扭來扭去的那玩意兒，這一箭稍稍遲疑了。

如果射出像剛才那種半吊子的箭，只會落得被鱗片彈開的下場。連畢斯可都難掩焦躁，拉弓的手加諸了不必要的力量。

「赤星……！」

「幹嘛？」

「拜託你了……！」

畢斯可這時才首度跟回過頭來的帕烏對上眼。那噙著淚水，無力地顫抖的雙眼，彷彿跟當時只能緊抓著自己，不住發抖的美祿重疊了。

（果然很像啊。）畢斯可不禁這樣心想，先放鬆了架勢。這麼一來，很神奇地，他知道自己的專注力默默地，但令人訝異地大大提升了。

（……既然箭射不穿，那麼——）

畢斯可先呼一口氣，伸手摸向背上的武器。他腦子裡想到的點子正可謂乾坤一擲的大賭注，但這種事情一直以來都是這樣，畢斯可一直以來也都相信自己會獲勝。

被逆風衝撞，幾度差點要失去意識的美祿，仍拚死抓著筒蛇的側面不放。

筒蛇的舌頭纏住芥川，美祿於是急忙將手邊的麻痺菇箭射進舌頭裡，到這裡是還好。他沒想到的是筒蛇非常堅持，仍然用麻痺了的舌頭捲著大螯，不肯放開。

美祿勉強爬在筒蛇體表緊抓不放，將手中短刀猛力插進纏著芥川的舌頭裡。

但厚實的筒蛇舌頭非常堅固，連短刀都刺不進去。

（再這樣下去，芥川會被吞掉……！）

面臨死線，美祿腦中靈光一閃，從腰際取出閃爍銀光的藥管，先吞了口口水，才跟芥川說道：

「芥川，對不起……我想你應該會很害怕，但你願不願意相信我？」

芥川是螃蟹，根本看不出牠的表情。

但芥川就像平常抱緊美祿時那樣，「啵」地吐了一個泡泡。

美祿點點頭，先吸了一口氣，一舉將銀色藥管捅進芥川鋼鐵甲殼之間的縫隙內。沒過多久，那個位置咻咻冒出白煙，將大螯的根部溶解。

這是將銀酸光滑環銹傘的酸性，搭配重油章魚的黏液調劑而成，提升了其威力的溶解劑。美祿立刻拉滿弓。瞄準漸漸溶解的大螯根部，射出鐵箭。

大螯「啪吱！」一聲跟芥川的身體分離，芥川因此擺脫舌頭糾纏，就這樣打了好幾個轉往下落，靈巧地控制身體在草原上平安落地。

（太好了……！）

與因為安心而放鬆了表情的美祿相反，筒蛇的舌頭漸漸從麻痺毒中恢復，將纏著的大螯吞掉，收進牠圓筒狀的身體裡。完成一項工作的長舌頭捲著黏答答的黏液，逼近美祿眼前。

美祿拚命壓抑因打顫而嘎吱作響的牙齒，搭起下一支箭。

即使會恐懼，也不能被恐懼吞噬。美祿的表情已不見以往的天真，相對地換上了凜然的戰士風範。

（如果是畢斯可……）美祿緊緊拉滿弓。打算射出在這既短暫又漫長的旅途中，射過好幾次的箭。

（直到射出最後一箭為止，都絕對不會放棄！）

舌頭往上一揚，朝著美祿撲過來。就在美祿即將射出渾身解數一箭之前——

一股彷彿鐵樁貫穿板金的劇烈衝擊「鏗！」地竄過，將粗壯的舌頭釘死在筒蛇身體上。鐵樁在傻眼的美祿眼前連同舌頭一起貫穿厚重鱗片，鑽進筒蛇體內，最終貫穿了整條巨大的筒蛇。

「啊……啊……！」

美祿拉滿了弓，整個人僵住，承受衝擊的手和臉頰仍然發著麻。一道美祿最想聽見的聲音，從地上傳進他的耳裡。

「美祿——！我射了魚叉！順著鋼索滑下來！」

畢斯可搭在弓上射出去的不是箭，而是那茲給的「魚叉」。若是用箭，將會無法承載畢斯可的臂力被筒蛇的鱗片擋下，但若是有魚叉的重量與貫穿力，畢斯可就能將自己所有的力量灌注上去。這真的是超乎常理的強烈一箭。

「那、那、那把弓是怎麼回事……！」儘管帕烏靈巧地控制著機車，仍無法掩飾驚訝地凝視著貫穿筒蛇的魚叉。

「居然能射出魚叉！為什麼可以用弓射出魚叉啊！」

「因為我覺得可以射啊，老頑固。」畢斯可說得一派輕鬆，將連著魚叉的鋼索繞在自己身上。

「美祿，要是被牠鑽進山谷裡就完蛋了，快過來！」

「我知道了，馬上過去！」

美祿抓著鋼索，在強風吹打之下，迅速滑了下來。

「啊啊，美祿……！」就在帕烏略略安心下來的瞬間。

兩顆頭其中之一被封住的筒蛇，突然在空中大大甩動身體改變姿勢。然後張開那空洞般的大嘴，準備咬下在空中飛舞的美祿。那過於龐大的規模讓人無計可施，只能在空中任憑牠甩來甩去。

「美祿！你絕對不可以放手！」

鋼索被筒蛇扭動身體的動作牽扯，畢斯可的身體也被甩離機車。筒蛇的舌頭有如一條鞭子，撲向像玩具一樣在空中甩來甩去的美祿與畢斯可。

帕烏為了保護兩人躍入空中，儘管她手中的鐵棍命中筒蛇舌頭，但鐵棍卻反被舌頭強行纏繞住，力氣比不過舌頭的帕烏因而鬆手，鐵棍就被巨大的嘴吞了下去。筒蛇「霍」地一甩頭打飛了帕烏，並順勢一回頭吞下了在空中飛舞的兩位少年。

「咳……啊……！」帕烏整個人被砸在地上，痛苦地咳嗽，仰頭望向正在空中飛舞的筒蛇。接著將視線從悠然遨遊空中的筒蛇身上挪開，發出泣不成聲的嗚咽。

就在此時。

「唔喔喔喔喔喔喔喔。」

巨大的咆哮聲傳來。帕烏才發現這似乎是筒蛇的哀嚎。接著。

啵！啵！

飛舞空中的筒蛇身體各處生出巨大蕈菇，貫穿了筒蛇。筒蛇在空中痛苦地扭動，漸漸降低高度，在空中滑行。

某個長長的物體從筒蛇頭頂刺出，將皮膚切開一道裂痕。

那是帕烏的鐵棍。

「美祿！」

切開筒蛇皮膚，從濕滑黏液中流出來的正是畢斯可與美祿。兩人抓著穿破筒蛇腹部的鐵棍，彼此支撐著對方，站在那裡，並齊聲呼喊：

「「芥川──────！」」

大螃蟹有如回應他們的呼喚般從山谷之間衝出，猛力衝刺。兩人幾乎在筒蛇力盡墜地同時躍入空中，高高跳起的芥川則抱住了在空中飛舞的兩人，接著轉了好幾圈之後在山谷前成功止住，終於擺脫彷彿追殺著芥川般崩塌而下的山谷邊緣，就連芥川都像用盡力氣般當場倒地。

「美祿──────！」

帕烏儘管因為傷勢而腳步踉蹌，仍拚命奔到大螃蟹身邊，抱起心愛的弟弟。美祿雖然全身沾滿了筒蛇的黏液，但身體本身非常健康安好，心臟強而有力地脈動著。

「美祿，啊啊，美祿！幸好你沒事……」

「帕烏，妳看！」

美祿彷彿自己一點也不重要般拉著帕烏的手起身，來到看著遠方的畢斯可身邊。畢斯可的視線前方，可以看到張著大口的巨大筒蛇屍體，有如一座橋掛在山谷上。

「畢斯可！這是……！」

「這就是『食鏽』嗎……！」

然後，從筒蛇那修長滑嫩的身體上，出現一團團閃爍著炫目橘色光輝的巨大蕈菇，現在也正茁壯地生長著。那看起來就像是在白色地平線上升起的太陽，實在是非常莊嚴的景象。

三人被這彷彿不屬於這個世界的景象震懾，甚至忘了身上傷勢的痛楚，當場茫然佇立了好一陣子。

12

食鏽的鮮豔橘色在以藍色為基調的子哭幽谷裡面，製造了莊嚴的對比。畢斯可三人接近食鏽，透過皮膚稍微感受到的溫度，使他們得知食鏽帶著些許熱氣。

「這就是食鏽嗎……！據說可以吞噬各式各樣鏽蝕的……」

「帕烏，沒錯！」

美祿握住茫然仰望食鏽的姊姊的手，顯得很開心地說道：

「我們終於做到了！這麼一來就可以治好帕烏了！」

「……？應該是這樣，但怪怪的，不太對勁。」

畢斯可聞到飄散空中的孢子香氣後，先歪了下頭，接著也不顧自己傷痕累累的身體，一舉躍上筒蛇身體，摘下一塊食鏽後，跳回兩人面前。然後仔細地觀察那橘色的蕈菇，接著在菌傘上咬了一口。

「……不行，果然還是太弱。」

「太弱……？畢斯可，這是什麼意思？」

「不管哪種蕈菇都有吞噬鏽蝕的能力，而就是因為吞噬鏽蝕的能力非常強大，才會稱之『食鏽』。這玩意兒無論是吞噬鏽蝕的能力還是味道……都跟一般的松茸沒兩樣。」

畢斯可將這一塊食鏽交給美祿，接著瞪向筒蛇身上綻放的食鏽森林。

「怎、怎麼這樣……我們明明這麼辛苦……」

美祿握著食鏽表情一沉。花費了那麼大的功夫，結果卻做了大白工，會覺得灰心喪志也無可厚非。另一方面，美祿看看畢斯可，發現他表情嚴峻，擔心賈維死期將近的焦躁之火燃燒得更加旺盛，明顯可以看出現在的他非常焦慮。

「既然錯了，那就只是這樣。離太陽下山還有一點時間，我們快點尋找下一隻獵物吧。」

「赤星，你別說傻話了！我們沒有人可以正常活動，看看你滿身都是血啊。」

「沒時間了。我不會逼渾身是傷的你們做什麼，我自己一個人去……」

「畢斯可，傷勢最嚴重的不就是你嗎！」

美祿揪住準備離開的畢斯可衣領，強行逼他轉過來。

「憑你這樣的身體狀況，要對抗那種對手，毫無疑問會死的！你總是讓我這麼擔心……過度自信也要有點節制吧！」

「都來到這裡了，怎麼可以白跑一趟！混帳東西，放開我！」

美祿的手摸到畢斯可的血而滑了一下，並因為力道太強而跌進草叢海之中。他咬著唇仰望畢斯可，手上突然傳來一股火熱的脈動，讓他整個人彈跳起來。

「畢……畢斯可！等等！食鏽它！」

原本回過頭去的畢斯可，這時也驚訝地停下腳步，直直盯著握在美祿手中那如火焰團塊般發光的橘色蕈菇看。

「……這是怎樣？這是剛剛的蕈菇對吧？」

「嗯……對喔……！畢斯可，借我一點血。」

美祿說完，抹下一點從畢斯可脖子流出的血，滴了幾滴在食鏽的菌傘上。

「果然……畢斯可，你看！」

美祿手中的食鏽，只有沾到畢斯可血液的菌傘上橘色部位，好似燃燒般閃閃發光，花紋也持續變化成像是漩渦狀。

即使是外行人也也一看便知，這蕈菇「變質」了。

「這什麼啊……吸收了我的血嗎！美祿，你這是變什麼魔術啊！」

「等等再解釋，我們先到那邊的洞穴避難吧。我得先幫畢斯可治療……你被筒蛇的牙齒咬傷背部了吧，還能站著真的很不可思議。」

「你說什麼夢話啦，白痴！我們的目標物就在眼前耶……！」

「先治療。你要是不聽話，我就把這個扔了。」

「好啦好啦知道了知道了！哇啊，你這傢伙別真的想丟掉啦！」

帕烏看著安心地呼了一口氣，笑著對自己招手的弟弟，也回給他一個笑容。

那個笑容混雜著確認到弟弟成長的安心感，以及對弟弟身邊那個紅髮小混混的一點嫉妒，是連帕烏自己都難以說明的複雜表情。

「離開忌濱的時候，賈維有跟我說過。食鏽若只是綻放，並不會成為食鏽。」

「什麼……？我沒聽說過這種事喔……」

「喂，你不准動啦！」在美祿斥責下，畢斯可乖得像條訓練有素的杜賓犬。

「以前，出發採集食鏽的時候，有幾位蕈菇守護者因此身亡。平常應該都要風葬的，但因為這些人受傷太嚴重，所以想說把他們當成食鏽的苗床看看，於是將食鏽種在他們身邊。過了幾天，去見他們最後一面時……」

「就發現食鏽變質了？」

美祿對帕烏點點頭，完成幫畢斯可包紮繃帶的工作。

「這就是賈維告訴我的食鏽故事。在蕈菇守護者之間，據說認為這是英雄死亡之際的祈禱生出靈藥來……」

「沒想到這之中的機關是調合血液進去。也難怪你會這樣想，畢竟事實上就是如此。」

「而且不能是我們的血。蕈菇守護者的血液裡頭有特殊因子在……畢斯可和賈維都一樣。你們的血跟我們的不一樣，可以輸血給任何人，也可以接受任何一種血液。」

美祿強行壓下心痛的感覺，將針筒插進畢斯可脖子，抽出他的血。畢斯可的血緩緩注入針筒內，彷彿誇耀其生命力量般閃著紅光。

「原來如此，這道理我懂。但為什麼賈維不告訴我真相？明明我們一起旅行了這麼久，他竟不讓我知道要採集的東西的真面目。」

「因為，蕈菇守護者血液的祕密是我發現的啊。如果真的要照著傳說的發展去做，畢斯可應該會去綁架一個人，然後殺了他當祭品吧。」

「什麼！我才不會……！」

「你就是會，才叫食人赤星吧？」

「母猩猩說話記得在語尾加上『喔晌』啦！」

美祿沒管這兩個喜歡靠拳頭說話的人之間的衝突，慎重地將從畢斯可身上抽出的血液注射到新長出來的食鏽上。過沒多久之後，食鏽噴出火粉般的孢子，整朵蕈菇彷彿燃燒的柴火般發出紅光。菌傘上的大理石花紋像銀河那樣打旋起來，瞬間把原本昏暗的洞穴照亮成跟正午沒兩樣。

「好、好厲害……！」

不僅美祿，在場一行都嚥下口水看著食鏽的威容。這種感覺，就像是親眼看見隱瞞於世界的神祕、祕寶一樣。

美祿急忙振奮陷入茫然的精神，將熊熊燃燒的食鏽放進調劑機裡面。沒多久後，食鏽在強化玻璃內溶解，漸漸變成閃耀著橘色光輝的液體。

「這彷彿解謎般的食鏽製造法……我想肯定是刻意安排成這樣的。雖然不可思議，卻是很有效果的技術與藥學。蕈菇守護者果然不是世間所說的單純野蠻人，甚至說他們是救世的科學之徒都不為過。」帕烏用拇指的指甲抓抓乾裂的嘴唇，緩緩地低語，並且把目光轉向畢斯可。「要是沒有這隻紅猴子到處亂鬧，就不至於讓不必要的誤解廣為流傳呢。」

「妳這傢伙說什麼……！妳自己冥頑不靈的腦袋又怎麼說……！」

美祿見畢斯可因痛楚而繃起了臉，急忙出面緩頰。

「喂！不准吵架！你們兩個都身受重傷耶！」

「你也別廢話了，快點抽血啦！多做幾管藥不吃虧吧！」

「笨蛋！要是再抽下去你真的會死！這樣不就本末倒置了！」

「每個人都說我血氣方剛，多抽一根不會怎樣啦。」

「絕對不可以！」

看著弟弟跟畢斯可鬥著嘴的側臉，和一直以來在自己面前露出的表情完全不同，顯得活力十足，盈滿光輝。簡直就像少年仰望著雄壯威武的父親，同時也像擔心兒子太好動的母親。同時帶有那兩種感情，且混入了憧憬與愛情的情緒，勝過任何話語雄辯。

（美祿喜歡他吧。）

帕烏沒有說出口。覺得有些寂寞，但莫名覺得安心的情緒，也同時從她內心湧現。

帕烏重新看了看畢斯可，他確實長了一張瘋狗般的臉孔，加上圍繞右眼的紅色刺青，怎麼看都不是什麼正經人士的外觀，卻充滿著活躍的生命力。方才與筒蛇一戰射出的神威一箭，象徵著無論面對什麼，這位少年都有將之貫穿的堅強意志。

（食人蕈菇赤星啊。）

帕烏在口中嘀咕，接著站了起來。

「帕烏，妳要去哪裡？晚上還是很危險喔。」

「我去保養機車。雖然損傷得很嚴重，但還可以騎。」

「沒想到母猩猩居然會保養機車，不愧是大都會忌濱，養了珍奇異獸呢。」

「哈！不比會射箭的猴子厲害啦。」

「妳很敢說啊啊啊啊——！」

「你們住手啦————！哇，血噴出來了，你看啦！」

就在帕烏笑著走出洞穴的瞬間，一道粗壯的強烈光束撕裂夜晚天空，照亮了巨大筒蛇的屍骸。接著一陣強風掃倒草皮，使它們幾乎要被扯斷般不斷強烈甩動。

「這怎麼回事！妳是自衛團派來的嗎！」

「怎麼可能！……你看，那是軍用生物重型機械，而且如此巨大……」

帕烏瞇細眼睛回應奔過來的畢斯可。仔細一看，那是在人工培育的巨大蝦夷鮟鱇魚上加裝各式裝甲、武器，俗稱飛胖的大型魚型航空重型機械。

「是宮城軍事基地的武器嗎……？那種東西為什麼會跑來這裡！」

「赤星，這是我們第一次見面啊。」從大型機械的擴音器中，傳來帕烏熟悉的聲音。

「雖然一路上都在追蹤你的動向，但實在找不到理想的下手時機啊。老實說我真的很頭大，畢竟你不是我正面挑戰可以勝過的對手。就在我猶豫著該怎麼辦、該怎麼辦的時候……」

飛胖的上部艙門開啟，雙眼漆黑的男子現身。他拚命按住差點要被風吹得亂飛的帽子，拿著擴音器持續說道：

「哎呀，優柔寡斷有時候也會帶來好結果，沒想到竟然可以親眼看到傳說中的靈藥食鏽啊。真要謝謝你還活著喔，食人赤星。」

「你誰啊……」

畢斯可的翡翠色雙眼瞇細扭曲，跟黑革的漆黑雙眼互相瞪視碰撞，彼此較勁。

「才想說好像在哪裡見過，你是忌濱知事吧。為什麼知道我在這裡！是不是偷偷派手下跟蹤了我們啊？」

「別說傻話了，要跟蹤你們的旅程，就跟要赤裸登上八甲田山一樣困難。我們這邊人手也是很不夠。」黑革一邊說，一邊看著自己的帽子終於被風吹走而發出慘叫，顯得很遺憾地接著說：

「你們搭乘列車了吧？行車記錄傳送到縣政府來了。畢竟是一條荒廢了幾十年的線路突然傳送了訊號過來，當然會懷疑是你幹的好事啊。」

「畢斯可、帕烏！」美祿奔過來，拉了拉畢斯可的袖子。

「我們躲進洞穴裡面吧。對手是特務部隊，只靠我們三個人應付不了！」

「可是那些傢伙打算奪走食鏽！」

「沒錯沒錯，你們最好乖乖躲進去喔——」

黑革拉長的聲音響徹子哭幽谷。

「我這個人就是主張魚與熊掌不可兼得。更何況這些靈藥如此大量，應該可以好好拿去諂媚一下中央政府。」

黑革說完的同時，幾支粗壯的錨從飛胖發射而出，刺進筒蛇體內，已經化為食鏽森林的筒蛇，就這樣慢慢被拉上天空。

「可惡！混帳東西，哪能讓你得逞！」

「畢斯可，太危險了！」

飛胖的機槍鎖定忍不住衝出來的畢斯可。

但畢斯可以山狗般輕巧的動作左跳右閃躲過機槍掃射，朝著飛胖的眉心射出拉滿弓弦的一箭。飛箭命中巨大魚類的眉心，接著從那裡開出大量蕈菇……理應如此。

「……？毒素無效！」

雖然飛胖的眉心長出幾朵紅色蕈菇，但沒多久後這些蕈菇就變成黑色，枯萎腐爛而去。原本畢斯可的蕈菇毒不論對什麼東西都有效果，這是第一次發生對人造物不管用的狀況。

「唔哇，做了那麼嚴密的抗菌加工，還是差點讓你開成了，這樣看來也撐不了幾箭。赤星，你太危險了……果然很可怕，以你當對手……我就會止不住顫抖啊。」

黑革先抖了一下身體，接著朝駕駛座的兔子面具說道：

「喂，想開槍到什麼時候啦，撤退了。這樣食鏽會一直掉下去耶。」

「知事！赤星現在的狀況應該很不好，只要能在這裡收拾掉他，我們就沒有後顧之憂了！」

「……要是像你這樣小看蕈菇守護者……」黑革話還沒說完，火紅的一支箭就帶著強大的威力刺穿強化玻璃，擦過兔子面具的臉頰，插在駕駛座的座椅上。發芽的蕈菇瞬間彈飛兔子面具，讓他的身體從破裂的玻璃摔到深邃的山谷底下去。

「就會有這種下場啊……笨蛋。」黑革目送兔子面具往下墜落，拍掉座位上的蕈菇之後，自己握住操縱桿，一邊用機槍胡亂掃射，一邊讓飛胖大舉掉頭。

「赤星，有緣再會啦！這是我對你宣誓的戒指！」

離去之際，黑革手中的手槍射出一發硫磺色子彈，襲擊畢斯可。黑革射出的這發子彈，深深鑽進因為身受重傷，光是閃躲機槍掃射就已經費盡全力的畢斯可側腹部。

「咕、咳！」

「畢斯可——！」

美祿甩開姊姊的制止衝了出去，悔恨地咬牙切齒。睜著眼睛的畢斯可側腹不僅大量失血，甚至有某種帶著黏性的硫磺色毒素附著上來。

「那傢伙……竟然使用鏽蝕彈……！」畢斯可咳出血來。鏽蝕彈顧名思義，就是濃縮了鏽蝕的毒子彈，會從中彈部位擴散鏽蝕，是一種非常惡劣的子彈。

「啊啊，又受了這麼重的傷……畢斯可……！」

畢斯可隔著淚眼汪汪，緊抓著自己不放的美祿，心中掛念被奪走的食鏽，以及黑革那對黑漆漆的雙眼，只能持續瞪著漸漸遠離的大型機械。

「吶，妳真的不先注射嗎？」

美祿擔心地看著跨上機車，發動引擎的帕烏。

黑革離去後，美祿收集殘餘的食鏽殘渣，總算勉強調劑出兩管食鏽安瓶。這是賈維與帕烏的份……按照原本來說，他們已經達成目的了。

然後，要將安瓶趕在賈維壽命結束之前送達，只剩下行經忌濱自衛團所持有的快速道路一途，也就是說只有帕烏能夠完成這項任務。

「我想，自衛團裡面也是有黑革的臥底間諜，想必他們現在正因為發現食鏽沒有傳說中的效果而著急。如果讓他們看到我痊癒了，不知道他們會為了解開機關的謎底幹出什麼好事。」

朝陽讓帕烏的美貌更加耀眼，她淺淺地露出笑容。

「美祿，我沒事。一旦治好賈維老爹，我也會注射藥劑。我們兵分兩路，當黑革的注意力放在我身上的時候，你們就趁虛而入，這種做法比較能確實減少黑革的手下吧。」

帕烏這時轉而面向板著一張臭臉，看向旁邊的畢斯可說：

「赤星，如果你真的要對抗黑革，就不要小看他。那傢伙非常膽小……也因此是個不會大意的人。無論自衛團還是其他縣，都不敢對他出手。他的手法既狠毒又難纏。」

「……一旦食鏽的祕密揭穿，他一定會想要蕈菇守護者的血液。不管怎樣，我都只能對抗他。」畢斯可動動脖子發出「喀啦」聲響，並顯得滿不在乎地回答。「比起一一保護好族人、賈維，或者你們之類的，直接殺掉那傢伙比較省事。」

「……雖然我不想承認，但現在美祿待在你身邊才是最安全的做法。美祿是我的一切，我相信你，將他交付給你。拜託你，一定要好好保護他。」

「……妳現在是要嫁女兒的一家之主嗎？」

畢斯可莫名被帕烏的話語震懾，勉強回了嘴。

「哎，妳也要小心喔……好不容易有機會治好了，要是死在這種地方就太沒意思了。」

帕烏這時直直盯著眼前這個瘋狗臉的人……並趁著美祿在照顧鬧彆扭的芥川時，偷偷對畢斯可招手。

「……這個給你。」

她交給畢斯可的是才剛剛從弟弟手中收下的，閃耀光輝的食鏽安瓶。

「幹嘛，這不是妳的安瓶嗎！這是美祿為了妳……」

「能保護那孩子的已經不再是我，而是你，赤星。如果今後你們要跟黑革一分高下，就更不用說了。你腹部的傷——」

帕烏看了看畢斯可那纏了厚實繃帶的腹部。

「雖然現在看起來只有些許鏽蝕，但我想發病會比自然罹患的狀況還快。一旦覺得苗頭不對，就用了吧。」

「帕烏，妳……」

「你終於肯叫我的名字了。」

戰士帕烏少見的伶俐笑容，在晨曦之下閃閃發亮。

「只要你們盡快打倒黑革，再來治好我就可以了。我相信你的強大，只是這樣而已。」

「……好吧，既然妳都說成這樣了，我就收下吧。」畢斯可點點頭，迅速將安瓶收進懷裡，避免被回來的美祿看到。

「哎，不過反正我馬上就會獲勝，只是稍微改變一下順序罷了。如果妳這樣就想施恩於我，可是不能算數喔。」

帕烏這時凝視著畢斯可，露出一個甚至令人有點發毛的豔麗微笑，用手抬起僵住的畢斯可的下巴，把臉湊了過去。

「你還記得第一次跟我交手時的狀況嗎？」

低語的聲音混雜吐息。

「看到滿身鏽蝕的我，還說是美女的……赤星，只有你了。」

畢斯可因為這太突然的狀況嚇傻，甚至無法別開目光。

「仔細看看你，確實很精悍……同時有著一張可愛的臉呢。」

「啊？」

畢斯可不禁跳著躲開，接著一道美麗的笑聲「哈哈哈哈」地傳了過去。帕烏隨後催起油門，往朝陽下的子哭幽谷駛去。

「不過若以我的喜好來說，你還太嫩了！」

帕烏離去時丟下的這句話，讓完全被將了一軍的畢斯可聽得咬牙切齒，儘管想回嘴，但發麻的舌頭卻吐不出話，最終只能目送消失在地平線另一端的帕烏離去。

畢斯可察覺身邊的美祿似乎在竊笑什麼，心想絕對不要轉過頭去，但美祿竟主動繞過來窺探畢斯可的臉。

「喂！你幹嘛！有意見嗎！」

「吶——畢斯可你啊，有女朋友嗎？沒有吧——你覺得我家的帕烏如何？」

「我才不要跟母猩猩交往。」

「你剛剛不是小鹿亂撞了。」

「沒有。」

「E罩杯喔。」

「囉唆啦，你幹嘛突然這麼熱心！」

看到芥川百無聊賴地在散步，畢斯可把臉轉了過去，避免被牠看到自己滿臉通紅的樣子，並強行轉移話題。

「依照帕烏所說，那隻會飛的鮟鱇魚似乎收容在霜吹駐紮地。雖然要繞遠路，但我們就穿過沼地前往霜吹吧，去那裡奪回食鏽。」

「嗯，我知道了……！」

畢斯可對美祿說完之後點點頭，一如往常輕巧地往上一跳，坐到芥川的鞍上……

卻在這時滑了一跤。

畢斯可腳一軟，整個人跌倒在草地上。他露出彷彿無法理解自己身上出了什麼狀況的表情，咳嗽了好幾下，還吐了好幾次血。

「畢斯……可……！」

在覺得奇怪地探頭過來的芥川跟前，畢斯可的雙眼因為驚愕和失望而睜得老大。他沒辦法騎上芥川。這微小的差錯明確表現了自身體能的衰弱，讓畢斯可痛切體會到自己的身體已經遭到毒素侵蝕。

看不下去的美祿跑過來扶起畢斯可。畢斯可先是笑了笑，然後抹掉嘴角的血。

「……咯咯咯，抱歉啦，還要你幫忙。」

「別這樣說……」

「看我這糟糕的樣子，也沒資格吼你了。」

「才沒有！……這種事！」

畢斯可彷彿要給快哭出來的美祿打氣般撥開他的手臂，這次成功地跳上芥川的鞍。接著幫助緊跟過來的美祿上來後，低聲說：

「美祿，我沒事，我很強。就跟不管受了多少傷，熊還是很強一樣。就算身體中毒了，但我的靈魂仍毫髮無傷。我還是能感受到靈魂在我的體內脈動。」

「……」

「我們走吧。」

在邁出腳步的芥川背上，美祿靜靜地倚著畢斯可，心裡想著。

（要是說出這種話……）

（畢斯可會不會生氣呢？）

（不過。）

（你代替我受過多少傷……）

（之後我就會成為你的護盾多少次。）

（成為你的槍。）

（賭上我渺小的身體，以及內心的一切。）

（我一定會，從阻礙你前行之路上的一切手中……）

（我一定會好好地保護你……）

子哭幽谷的朝陽如此耀眼，照得芥川身上散發橘光。在陽光照耀下的兩位少年臉上雖布滿傷痕，卻無比美麗……帶著想要貫徹一切的崇高決心。

13

陽光從雲間灑落，照亮了巧克力色的鮮豔泥土。

放眼望去，沼地四處可見長滿苔蘚的岩石，上頭爬了蕨類，甚至還低調地開了幾朵小花。

北霜吹濕地帶避開了從霜吹中央向外吹襲的風雪磁場，保有相對穩定的氣候。據說逃出永遠處於冬天的霜吹旅行商人們，看到這蟲子飛舞的一大片沼地後，都會安心下來，也因此某些人聽說這類故事，都會覺得很有意思。

而這裡。

地上趴著一個倒地旅人的屍體。趴著倒下的那具屍體大部分被泥濘埋沒，無法得知對方臉上的表情。時而吹起的靜靜徐風，就像想起什麼般掀動旅客的外套。

一隻沼豬彷彿在泥濘之中遨遊般「嘩啦」地接近屍體。這隻豬很謹慎，身體有一半都還泡在泥沼之中，忙不迭地動著鼻子嗅聞屍體的氣味。過了一會兒，另一隻沼豬撥開泥濘鑽出，彼此牽制著對方，並開始繞著獵物的周圍走。

一隻沼豬尖銳的牙齒不小心勾到屍體的手臂，輕輕劃開肌肉。從暴露在外的粉紅色脂肪噴出鮮紅飛沫，與沼地不甚合襯的血液香氣，瞬間填滿當場。

這時飢渴的沼豬們，一舉張開大口準備撲向屍體。泥濘飛散。

屍體抓住撲過來的沼豬利牙，一躍而起。

理應相當沉重的沼豬身體竟如棉絮一般飛舞空中，順勢勾出一道弧線，像個鐵鎚一樣重重砸在附近的岩石上，並因頭部受到重創而暈厥過去。

沼豬「噗吱——」地哀嚎，假扮成屍體的少年，立刻伸手探向背部，對準半是發狂而倉皇逃竄的另一隻沼豬。

少年從背部抽出短弓，在柔韌卻強力地拉滿著的弓弦那一端，可以看到一對藍色眼眸散發光芒。

「呼！」

少年短促呼氣，射箭。抓准沼豬躍起打算鑽入泥沼內的一瞬間，天藍色的箭如同一道閃光刺進沼豬腹部。沼豬就在泥濘上打了好幾個滾，發出「啵！」的聲音破裂。少年射出的蕈菇毒箭，毒素瞬間擴散到沼豬全身，以其肉體作為苗床，綻放出紅色的菌傘。

少年維持放箭的姿勢稍稍靜止了一會兒，接著吸了一下鼻子。然後用袖子擦了擦滿是泥濘的臉，在那張熊貓臉上露出活力十足的笑容。

「好耶！獵到兩隻！」

離開子哭之谷後數日，儘管還看不出這趟旅程會有什麼結局，但已經能感受到漸漸步向結束。

與開始旅行時相比，美祿明顯成長許多。不論是使弓、騎螃蟹還是自然術，他原本就都具備相關的天賦，且直覺敏銳。再加上原本就擁有的醫術才能，讓美祿搖身一變，成為在蕈菇守護者中也是非常傑出的一流戰士。

「這樣……就可以補充相當充分的營養了。畢竟最近都只有蔬菜可以吃……」

美祿用繩子捆好獵捕到的沼豬，拖回目前作為據點的旅人小屋。從子哭幽谷回程的路上，都只能吃一些植物裹腹，沒有補充到什麼像樣的營養。所以總算能幫伙伴好好補一補，而這也是美祿現在最開心的事。

畢斯可的傷勢不樂觀。

雖然外表看來沒什麼問題，但那都是基於畢斯可強大的意志力使然。在跟重油章魚大戰一場之後就身受重傷的他，甚至為了保護美祿而被筒蛇撕裂背部，並因此感染筒蛇帶有的遲發性毒素，現在也正在侵蝕著畢斯可的身體。

而且還要加上黑革離去前送的鏽蝕彈大禮帶來的鏽蝕，正從挖出彈頭的傷口處持續擴散。連跟著畢斯可一起旅行的美祿都能夠切身體會，只要他每動一下，就會被難以承受的劇烈痛楚煎熬。

雖然畢斯可一向都是滿足地吃光美祿準備的餐點，但他卻會在半夜為了不被美祿發覺而偷偷起身，並嘔出混了血水的飯菜。不幸的是，美祿的知覺在畢斯可的鍛鍊之下變得很敏銳，所以他就算不願意，還是會察覺到畢斯可的舉動，每次都讓他心痛不已，充分體認到自己身為醫生是有多麼的無力。

（他會不會無聊啊，只希望他不要又亂跑就好。）

離開子哭幽谷之後，一路上美祿不讓畢斯可做任何會造成身體負擔的事。包括打獵、確保營地安全、照顧芥川等等，都由美祿自己完成，並且不忘一天替畢斯可治療四次。

但美祿也知道若讓畢斯可這樣無所事事，他應該會很有壓力，於是把自己帶來的調劑機交給他，並教導他賈維已經放棄指導的安瓶調劑基本知識。畢斯可雖然像個要上數學課的小學生一樣表現出厭惡的態度，但一聽到美祿用瞧不起般的態度說「我聽說所有一流的蕈菇守護者都會調劑耶」之後，他就鬧起脾氣開始學習調劑了。美祿確實懂得怎麼控制畢斯可。

實際上，畢斯可確實是菌術高手，但都表現在毒素方面了。只要能夠依循美祿發現的調合方式（幾乎都是用注音書寫）認真學習，應該是能夠學會簡單的食鏽調劑技能。

「畢斯可，我回來了。今天獵到兩隻豬了！晚上可以做烤豬肉喔。」

美祿盡可能裝出有精神的笑容，往小屋裡面探頭進去，但沒看到搭檔的身影。就算去洗手間或儲藏室，也沒有發現蹤影。

（……該不會，被算到我不在的時候……！）

美祿頓時覺得自己血氣盡失。

他丟下捆著沼豬的繩索，正打算飛奔出去的時候，背後傳來……

「喂喂，你還要出去喔？獵到兩隻很夠了吧。」

「……畢斯可！」

畢斯可坐在芥川背上，以令人傻眼的健康姿態現身。

另一方面，芥川則跟平常冷靜的態度不同，散發著有些忿忿不平的感覺（雖說是螃蟹，但相處久了還是能夠感覺得到散發出的情緒差異）。

「這傢伙啊——看到母的沼螃蟹就自己跑過去了。」

畢斯可一副覺得很好笑的樣子咯咯笑著，拍了一下芥川的頭。

「但因為最自豪的大螯沒了，結果被甩啦。百人斬芥川大人也有這一天啊……呵呵，光靠著短小的螯，實在沒辦法吸引妹子青睞吧。」

這時芥川似乎聽懂了畢斯可的嘲笑，用重生的大（中？）螯揪住畢斯可之後，把他扔進美祿身後的泥濘裡頭。畢斯可一邊笑，一邊抹掉泥巴，然後回頭看向臉上完全沒有笑容，只是直直凝視著自己的美祿。

「……我一直叮嚀你！不可以這樣亂動！你為什麼就是不肯聽話！」

「你、你幹嘛啦，我有什麼辦法，是芥川自己亂跑的啊。更何況，你要不要也來試試看連續三四小時都在做那種理化實驗，在身體腐敗之前，腦袋就會先爛光啦。」

「……畢斯可，我很擔心你。」美祿抬眼，丟給畢斯可一個略帶怨恨的眼神。

「……我還以為你跑去哪裡了……」

「啊——嗯？」

這時看起來有些不滿的芥川跨著大腳步走了出去，畢斯可連忙追了過去。

「等等，畢斯可，你該不會想去打獵？」

「芥川一旦生起氣，不讓牠吃飽是不會善罷甘休的。我帶牠去沼地讓牠抓點鰕虎吃吃！」

「不可以！笨蛋！快點回來！」

「去一趟要不了十分鐘啦，晚餐不是要烤豬肉嗎——我懶得去皮，交給你嘍。」

畢斯可彷彿完全不在意那麼擔心自己身體狀況的美祿的心情，靈巧地控制著大舉騷動的大螃蟹，往沼地方向過去。

「……混、混、混帳東西——」

美祿咬緊嘴唇，眼角噙著淚水，目送畢斯可離去。然後一邊在心裡默默決定就算畢斯可回來，也暫時不跟他說話，以及要怎麼冷戰的詳盡原則，一邊把沼豬拖進旅人小屋裡。

旅人小屋沒有其他旅人，等於被美祿和畢斯可包場了。設置在小屋角落的電視發著光，映出東北電視台唯一一個頻道內容。

美祿靈巧地使用短刀剝下豬皮，側眼茫然地看著電視內容。畫面上正播放著灰色的貓咪在追趕小老鼠的卡通，但可憐的貓咪被老鼠的奸計陷害，尾巴被老鼠夾夾住，發出淒厲的慘叫聲。愛貓的美祿看到這裡不禁繃起臉，伸手往電源開關過去的同時……

畫面伴隨著雜音閃過陣陣雜訊，影像突然切換。

『呃——試音試音。喂，你入鏡了啦，退下。啊，過曝了耶，笨蛋，調成自動曝光啦……沒錯，外行人用自動就好。呃——抱歉，這裡是忌濱縣政府官方播放，我是知事黑革。』

美祿瞬間停下手上的動作。那是他聽過的聲音，雖然穩重卻會讓人從心底發毛。

『這是給通緝犯赤星畢斯可以及貓柳美祿的定時勸降通告。我想你們肯定還在東北電視台的收視範圍內……只能祈禱消息可以傳給你們了。』

黑革邊說，邊站到畫面中央，先乾咳了一下，接著整理好領帶。

『貓柳小弟，你姊姊雖然是個美女，但很笨，看樣子完全沒想過我會盯死赤星老頭……雖然她大鬧一場，然而人質一旦被槍指著，她強悍的棍術也沒有發揮的餘地了。』

黑革把上頭綁了人，類似十字架的物體拉到攝影機前面。美祿看到那上面的輪廓，無法別開目光，甚至在喉嚨深處發出了不成聲的悲鳴。

『雖說笨蛋的特徵之一就是很會打架，但這女人應該是太笨了，所以超強的啊。她要是真的想，應該可以輕鬆打爛我的頭……但很神奇的是，她似乎很在意理論上來說應該無比痛恨的蕈菇守護者糟老頭性命……喂，妳應該有話想說吧？』

麥克風送到帕烏面前，她卻別過臉去。嘴角淌著血，手指也應該是因為指甲被強行拔掉了，腫到令人不忍卒睹的程度。帕烏全身上下都能看出慘無人道的拷問痕跡。

『怎麼，沒有喔？真奇怪，應該不是這樣啊……』

黑革邊說，邊抓起放在熊熊燃燒的骨炭火爐中的烙鐵，毫不猶豫、毫無預警地就直接隔著內衣，將之按在帕烏的側腹上。

『嗚啊啊啊啊————！』淒慘的哀嚎跟皮肉燒焦的聲音，彷彿狠狠衝擊美祿的心臟般傳了過來。黑革臉上沒有任何表情，只是淡漠地詢問帕烏：

『我說，妳真的沒有想說什麼嗎？我想應該有吧，快想一想啊。』

『美……祿……！』

『喔喔，太好了，果然有嘛。』

『跟赤星一起逃走……！我一定會讓賈維老爹順利逃脫！別管我，如果是赤星，如果是他！一定能讓你……嘎啊啊啊！啊————！』

『出現啦～臨場表演。妳如果不照劇本演，我會很傷腦筋耶。』

『黑革是人渣！忌濱是腐敗的坩堝，不是你們應該生活的地方！』

『妳真的很煩耶，拜託妳啦，照劇本寫的來好不好。我也不想毀了美女的姣好臉孔啊。』

黑革邊說，邊把燒焦的烙鐵湊近帕烏沒有鏽蝕那邊的細嫩臉頰。帕烏重重呼了兩三口氣，垂著頭……

接著扭起嘴角，低聲「咯咯咯」笑了出來。

『照劇本來？哈哈哈，你真的認為赤星會照你的劇本死掉嗎？你連我這個鏽得這麼嚴重的女人都搞不定了……』

『……妳再說看看……』

『該逃走的其實是你啊，黑革。』

渾身是傷的帕烏那充滿挑釁的眼神，直直盯著黑革。

『赤星很強。他會毀了你的那些區區盤算，並且殺了你。』

『妳這臭女人吵死了——！哼，鏽母豬去死、去死啦！』

黑革的拳頭揍在人體上的悶聲傳來。

聲音持續了很久，甚至到了令人厭煩的程度。直到帕烏甚至連悶哼都發不出來的時候，才總算停了下來。

黑革重重喘氣，一邊發抖，一邊抓起桌上的藥瓶，胡亂將藥丸倒進嘴裡，接著「喀哩喀哩」咬碎之後，喝水吞嚥，才總算恢復平靜。

『呼、呼。這女人也太誇張，竟然這麼輕鬆說出會讓我無法安眠的事……啊，喂，妳看我的袖子，沾到血了啦……唉——這件是亞曼尼的耶。算了，這女人就是這樣，真的不得了，不論是你們在哪裡……還是「食鏽」的真面目，她都沒有說。』

黑革此時在攝影機前面取出閃耀橘色光輝的安瓶，用指甲「叮」地彈了一下。

『這安瓶真的很棒。貓柳，你知道食鏞真正的祕密吧？畢竟那點微弱的效力，實在稱不上夢幻蕈菇啊……』

這時黑革壓低聲調，將黑色雙眼湊進攝影機，低聲嘀咕：

『這個月底的星期日，喔喔，竟然是個大吉大利的日子。我會在那天殺了這個女人。你懂吧？交換條件是……一、食鏞藥效的真面目。二、你身邊那個紅髮小混混。你就拿這兩樣來跟姊姊交換吧……喔喔，對了，把我珍藏的漫畫收集品也加進來吧！有《火之鳥》……你看，還有《灌籃高手》喔。啊，不過這個只有到第九集啊。咦？要收尾了？什麼啊，沒意思。

事情就是這樣，麻煩你跟搭檔下次來忌濱自衛團的霜吹駐紮地約會一下嘍。拜託你們快點來吧，畢竟我特地跑到這個一點娛樂都沒有的霜吹出差耶。

在你來之前，我會插播好幾次特別節目喔～～記得要快點來啊。

先這樣。』

14

「美祿！抱歉啦，芥川一直吃鱘魚吃個不停，不過牠現在心情可好了。我也想分一點豬肉給牠吃，可以嗎？」

「畢斯可，你回來啦。」冷靜沉著到甚至不自然的聲音從旅人小屋傳來。

「當然可以，我會順便弄好芥川的份。」

「……？」

畢斯可原本想跟心情不好的美祿道歉。但因為美祿明理的態度而覺得奇怪的他，聞到從小屋飄出來的燉豬肉香氣，讓他登時忘記身體的不適，整個人被吸引進了旅人小屋裡。

「喔喔，你弄了燉豬肉啊。」

「嗯，因為沼豬油脂豐富，我想說對你的胃負擔太重了，所以盡量只挑了瘦肉來燉。」

「你啊，豬肉就是要肥才好吃啊。何必顧慮這個……」

滿臉笑容的畢斯可看向美祿，這時才發現他的異狀。

美祿臉色蒼白。

「……嗯，怎麼了？」美祿強行裝出來的笑容非常彆扭。他原本就白皙的膚色變得無比鐵青，甚至到了白裡透藍的程度，再加上渾身看起來就像是要發抖的樣子。

畢斯可稍微瞇細了眼，用碗盛了一點燉煮的湯汁含在嘴裡，接著就朝著地上吐了出來。

「這是眠菇的毒吧。」畢斯可的目光雖嚴厲地射穿了美祿，但無法隱瞞他眼底深處對美祿的擔憂之情。「怎麼了？你為什麼要做這種事？」

「畢斯可，拜託你，聽我——」

「是帕烏吧。」

在這種時候，美祿真忍不住想要詛咒畢斯可的野性直覺。

「他應該是做了會讓你臉色如此蒼白的事情……藉此引誘我們吧？」

畢斯可看到美祿低著頭無法回話，就確定自己的推論正確，於是抓起外套準備出去。

「如果在附近，應該就是霜吹駐紮地了吧，我知道在哪裡。我會讓黑革徹底後悔，好好見識一下他是對誰做出了怎樣的挑釁。他在帕烏身上留下多少傷，我就會插多少支箭在他那多話的舌頭上。」

「畢斯可！不可以，拜託你等等！」

「美祿，你到底是怎麼了？他是你姊姊耶！還有閒工夫讓你怕成這樣嗎！」

「我是……在叫你！不要去！」

兩人站在旅人小屋前，一陣風吹過，掀起了他們的外套。

美祿低著頭，對雙眼睜得老大說不出話的畢斯可說：

「我是醫生啊……！你以為我不知道這段時間你有多麼痛苦嗎？我知道你的內臟、傷勢，都因為毒素影響變得更加惡化，也知道你為了保護鏽蝕掉的腹部，已經無法使出全力踢腿，還知道你的視線已經模糊不清，現在根本就是憑直覺在射箭。我全都知道。」

「……」

「比起帕烏、比起賈維！你是更嚴重的病患啊！你真的只是憑著一股意志力站在這裡。你要用這樣的身體狀況去賭命，怎麼可能回得來！」

「那又怎樣！不管怎樣都是我的命，你有什麼道理要關懷我到這種程度！」

「當然因為我們是朋友啊！」

美祿那足以叫破喉嚨的大喊，像一陣勁風般打過來，震盪著畢斯可。

「道理什麼的，當然有吧。我跟畢斯可之間怎麼可能沒有！」

美祿止不住的淚水不斷滴落在鞋子上，他以顫抖的聲音繼續說：

「我不希望你……不希望我最重要的朋友死，這不是……理所當然……不是……理所當然的事情嗎！」

一陣風又吹了過來。

畢斯可先閉上眼，靜靜呼了一口氣，接著毅然決然地正面面對美祿。

「這番話……」翡翠雙眼凝視著彷彿在求救的美祿，溫柔又殘酷地說：「我就一字一句奉還給你，美祿……我也會基於同樣的理由，不能讓你死。」

「畢斯可！」

「你比我更有才華……是人們所需要的人，今後也一直都是。」

畢斯可最後瞥了美祿一眼，甩動外套一個旋踵。

「就算要死也是我先。你待在這裡……我很快回來。」

「畢斯可。」

一股不寒而慄的感覺撫過畢斯可項頸。畢斯可不改銳利的眼神，緩緩回過身去。

美祿已拉滿了弓。

藍色雙眼帶著堅決的意志，瞄準了畢斯可。

那之中沒有怯懦、沒有恐懼，是已然賭上自身性命的戰士架勢。

「美祿，你是認真的嗎……」

「畢斯可，即使要賭上我的一切，我也不會讓你走。」

「你明明是——」畢斯可緩緩說著，轉而面向美祿。他的那雙眼，漸漸漸填滿閃耀的戰士光輝，成了「食人菇赤星」的眼神。

「是最清楚我的實力的人，美祿。也知道要對著我拉弓，代表了什麼意義吧。」

「我知道。」

美祿沒有被化身惡鬼的畢斯可的霸氣壓制，甚至露出有些貶抑的眼神說道：

「但是你沒有教我，要怎麼敗給一個快死的病人……」

畢斯可先閉上了一次眼，接著倏地張開，並以此為信號。

「呼！」「呼！」

兩支箭在兩人之間彼此碰撞，粉碎了彼此的箭鏃。兩人邊跳躍邊放出的第二箭、第三箭，全都從相對的角度飛過來碰撞，往左右彈飛而去。

兩人瞬間衝進短刀能夠砍中的距離內，交手一回、兩回之後，美祿鑽進將弓當成棍棒高舉揮下的畢斯可懷裡，以手中的弓往上一挑，頂端猛力直接命中畢斯可的心窩。

「咳！」

（接著用麻痺菇……！）

美祿手中抹了麻痺菇毒的短刀襲向瞬間無法動彈的畢斯可。但畢斯可以飛快的動作一個扭身躲開的同時，用額頭重重撞了一下美祿的臉。

「咕、啊！」

「你還早個十年！知道的話就乖乖的……咳！」

美祿右拳一揮，猛力轟在急促喘氣，話說到一半的畢斯可的嘴上。

畢斯可驚愕地睜大著雙眼，視野之中的美祿儘管因為嘴角被鼻血染成了一片紅，仍然直直地瞪著自己。

「該乖乖聽話的是你啦！畢斯可！」

「有本事就來啊！」

畢斯可的猛拳揍在美祿臉上，美祿死命振作昏沉的腦袋後，使盡全力回敬在畢斯可的鼻梁上。彼此的拳頭互相毆打對方的臉孔，糾纏在一起滾倒在地，儘管渾身泥濘仍不忘持續對打，血濺四方。

畢斯可一腳踹開騎在自己身上揮拳過來的美祿，美祿輕盈的身體就這樣在沼地上打了好幾個滾。

兩人搖搖晃晃地在泥地上起身，凝視著彼此已經滿是鮮血的面孔。看著不管怎樣痛毆，仍燃燒戰意撲向自己的美祿，畢斯可感受到自己內心有一股火熱的東西湧現。

「我不會讓你走……絕對……！」

「你這傢伙……！」

美祿撿起麻痺菇短刀，藍色眼睛熠熠生輝。

怒吼一聲腳下一蹬，有如子彈朝畢斯可衝去。

畢斯可雖然心想，自己應該無法手下留情，但被揍之後昏沉的腦袋比起理性，反射動作更勝一籌。他讓身體一轉閃開，並以令人完全感受不到他身受重傷的敏捷動作，使出一記旋風般的迴旋踢。畢斯可這必殺一腿深深埋進已殺到眼前的美祿側腹，就這樣猛力把他砸在地上。

「嘎啊！咳哈！」

（糟了！）

肋骨骨折的手感傳回來。畢斯可瞬間血色盡失回過神來，迅速奔到痛苦的美祿身邊。

「美祿！」

「……對、對不起，畢斯可。」

「別道歉……剛剛那幾招很猛啊。來，我們一起走吧……」

「畢斯可，對不、起，抱歉……」

某種東西「噗吱」刺進脖子裡的觸感傳來。

在畢斯可理解發生什麼事情之前，膝蓋就直接頹軟下來。無法抗拒的強烈睡意有如出手揍過來般襲擊畢斯可。

「美……祿……」

眼前可以看見手握針筒，滿滿是血的美麗臉龐，因為痛哭而整個花掉的美祿。

他正在說話，但已經聽不見他在說些什麼了。

（別露出這種表情。）

畢斯可雖然想好歹要這樣告訴美祿，但也沒能順利發出聲音。後來，畢斯可就像被湧來的黑暗吞噬一樣，失去了意識。

15

霜吹駐紮地作為忌濱支援霜吹縣開發計畫的一環（當然是單方面強推），是由忌濱派遣自衛團出差駐紮的據點，每年都會從自衛團裡選出幾人派遣過來，任期約三至五年。當然，團員不可能自願來到這種冰天雪地執行任務，也因此在自衛團內部，都戲稱這裡是流放島。

這裡有兩棟以水泥隨意打造，約有二十個房間的兵舍，除此之外有武器庫、糧食倉庫，中間有一棟規模略大的綜合辦公大樓，旁邊則有兩座只能算擺好看的高射砲。駐紮地的規模大概就是這樣了。

在辦公大樓裡面的某個房間，被骨炭暖爐照亮的橘色火光之中，兩個人隔著桌子面對面，把玩著手中的卡牌。

「好，我出這張，『烈焰鐵鎚』，然後直接攻擊你的生命值。呵呵，怎麼樣，你要怎麼防禦啊？」

「是我輸了。」

「喂、喂喂，不是這樣吧。我看一下……你看，你不是有『黃銅盾牌』嗎？可以用這個防禦啊。之後再用這張『深綠新木』把我的……」

「是我輸了。」

「夠了，沒意思。」

黑革忿忿地丟開卡片，往前一伸腳踹倒對面的黑西裝。

那個黑西裝有著奇異的外貌。從頭皮、眼珠、耳孔長出無數細細長長的蕈菇，往上方伸展。那個人身上感覺不到一絲生氣，只是呆呆地張著嘴，等待著黑革下達命令。

「這傢伙已經不行了，一個人要是沒有幽默感就玩完了……喂，有沒有其他人可以陪我？除了疊疊樂以外我都可以玩，我就最不會玩那個。」

暖爐的火光搖晃一下，照出一道從窗戶伸進來的人影。

黑革坐在椅子上，看了那道人影一眼，露骨地表現出喜悅。

「哎呀，哎呀呀，我等你好久了。你會玩『災難寶石』嗎？這些傢伙都太沒有陪玩的價值了。別擔心，我會幫你準備好牌組，用我的……」

「你把帕烏藏去哪裡了……！」

天空色頭髮以及遮住左眼的黑色胎記。

美麗的藍色眼眸熊熊燃燒著復仇之火，拉滿的弓沒有絲毫顫抖，直直瞄準了黑革腦門。

（……哦——）

黑革面對眼前這個毫無破綻，讓人無法跟過去的貓柳美祿聯想在一起的氣勢，不禁稍稍露出佩服的表情……接著愉快地勾起嘴角。

「……貓柳，看來你被那個小混混調教得不錯嘛，現在很有樣子了喔。」

「如果小看我，我一定會讓你後悔……！」

「啊——喂，等等等等，別射。我當然也不想死啊，但你不覺得不公平嗎？你先拿出你的籌碼，然後我再帶你姊姊出來，不才是有誠意的作為嗎？」

美祿沒有大意，維持原本的姿勢瞄準著黑革，接著壓低聲音說道：

「……如果你想知道食鏽的祕密，卻沒有現成的食鏽，就沒什麼好說。」

「醫生所言甚是。喂，拿過來。」

黑革一聲令下，黑西裝就拿了一把食鏽過來。那當然是還沒因蕈菇守護者的血液產生變化的原生食鏞。

美祿沒有大意地環顧周圍的黑西裝一圈，接著走近食鏞。然後從懷中掏出裝滿白色孢子的試管，接著緩緩將紅色藥水加入試管之中。

「……食鏞本身的這個狀態就跟睡著了一樣，必須與其他素材調合之後，才會真正覺醒……並發揮效果。」

「原來如此，不愧是忌濱的首席名醫。所以說……那粉末是什麼？」

美祿沒有回答。在他將藥水注入粉末之後四秒、五秒，突然一股肉類燒焦的氣味從眼前的試管猛烈擴散。

「……？這是！菌術！殺了他！」

瞬間白煙「啵！」地升起，填滿了房間。美祿從打算抓住自己的黑西裝們頭頂上躍過，迅速以弓箭收拾了三四個人。

「不過就是個醫生小鬼，什麼時候學會當起蕈菇守護者了！」

「黑革，你太小看我了……！我會在這裡收拾你！」

這是讓麻痺菇的孢子直接在空氣中發芽的必殺菌術。

美祿已事先調配出這種麻痺菇的抗體成分，並將之用在自己身上。這是因為他具備了菌術與醫術兩種技術，才能夠使用的捨命戰法。

吸入煙的黑西裝們撐不過幾秒，立刻從鼻子或耳朵長出白色蕈菇，最終顫抖著倒在地上。勉強挺過毒素影響的幾個黑西裝，也被美祿當成棍棒揮舞的弓柄打飛，再也無法動彈。

「你這傢伙，我只是對你好一點，你就造反啦——！」

「這是把欠你的還給你……包括帕烏的份、普拉姆的份，還有畢斯可的份！」

美祿用麻痺菇短刀打落黑革以顫抖的手舉起的手槍，接著迅速回刀兩下，連同西裝割開了黑革的胸膛。

鮮血濺到美祿白皙的臉上，黑革怒吼般的慘叫響徹房內。

美祿一個轉身，砍倒想要保護黑革而從背後殺過來的兩個西裝男，並確認這應該是最後兩個人，於是調勻紊亂的呼吸，對身後的黑革說道：

「……麻痺菇的毒素馬上會導致你的心臟停止跳動，只有我能夠治療。如果你不釋放帕烏和賈維——」

——這時，突然「咚」的一聲。

隨著某種沉重的觸感，一樣堅硬的物體穿過美祿背部，深深貫入右胸。

（……？）

某種火熱的東西從喉嚨深處竄出。

那東西不斷堆積於口中，最終「咳呼」地滿溢出來，把跪倒在地的美祿膝蓋染成了一片紅。

（是……箭嗎……？）

一支細箭的箭鏃從美祿右胸伸出來。

板。

劇烈的痛楚打亂了他的思緒。每當他急促地呼出一口氣，血就從喉嚨飛散濺出，弄髒了地

「在麻痺菇上添加爆破菇的發芽特性，使之爆炸。到這裡應該每個人都想過，不過沒有人會這麼做。因為若沒有戴上防毒面具，就無法防範這種毒氣。」

「……咳、呼……」

「你做了疫苗對吧？哎呀，貓柳你啊，真的很了不起。我以前也想過同樣的事……但假設我沒有跟你一樣，製作了麻痺菇的疫苗的話呢？光想到這裡，我就渾身發毛啊。這下輪不到赤星，我就要被你幹掉了呢。」

黑革大步來到美祿面前……慎重地戒備著，稍稍保持著距離。

他從懷裡掏出紫色安瓶，將之插在自己的脖子上，短短低吟了一聲。被美祿割開的傷口瞬間止血，並慢慢地開始重生。

「……為……什麼……你會使用蕈菇技巧……」

美祿努力擠出力氣抬頭，看到黑革手中握著漆黑短弓。黑革摸索著箭筒，搭上另一支箭，瞄準美祿。

「為什麼？這還用問？」

黑革這時扭曲黑色眼睛與嘴角，勾出一個邪佞的笑。

「當然因為我是蕈菇守護者啊。」

黑革邊說邊放出的箭，被美祿偏執的短刀「鏗！」一聲擊落。美祿順勢一蹬地板躍起，有如一陣旋風，以手中的短刀撲向黑革的喉嚨。

理應如此。

但美祿的右手卻在黑革的喉嚨跟前，有如整條手臂凍僵般停了下來。瀑布般的汗水和從口中滿出來的血不斷從下巴滴落，美祿灌注了全身的力量在手臂上。即使如此，短刀仍在差一步的距離停下，無法命中黑革的喉嚨。

（……他……下了……毒……！）

「有一種蕈菇……叫紡紗菇。」黑革以略略冷漠的眼神凝視著美祿睜大的雙眼，淡淡地說道。「這種蕈菇毒誠如其名，透過設置在我腦內的晶片，對生長在你的肌肉上的蕈菇傳送電子訊號，就會反映我的想法照做……像個玩具那樣。」

黑革把玩著隨意取出的小型終端機，美祿的右手便緩緩放下，最後將刀尖頂在自己的喉嚨上，冒出了些許血滴。

「唔……啊……！」

「這技術很不得了吧？雖然都沒有人欣賞……我那些倒在地上的棋子，也都是用這種方式打造的。但那些蕈菇守護者，卻說這麼方便的技術不人道，不願意認同我。」

黑革朝美祿甩了甩終端機，接著好似在思考什麼般繞著房間打轉。只有暖爐內燃燒骨炭的聲音，以及美祿小小的喘息聲迴盪在房內好一會兒。

「……貓柳。」黑革緩緩端起美祿的下巴，直直看著他的臉龐。「我很尊敬你，讓我也告訴你我的盤算吧……首先，老實說，我對什麼食鏽的藥效並沒有興趣。我只是想要獨占它……你知道現在日本所有行政機關，都是以什麼為收入來源在安排財務預算計畫嗎？」

「……！」

「沒錯，就是政府配給的鏽蝕病安瓶……世界與金錢，都是圍繞著鏽蝕病人想要延續生命的需求轉動。這時候，要是你一手打造的夢幻新藥騰空出世，並能藉此拯救可悲的人們……像我這種靠撈油水過活的壞人會怎樣？當然會覺得頭痛吧？」

「你這……人渣……！」

「喔——很好很好，你恢復活力了嘛。不這樣就不好玩了。」黑革看著邊說就漸漸找回怒氣，正壓抑著痛楚掙扎的美祿，開心地咯咯笑了。

「只要真正的食鏽安瓶掌握在我手中，我就不再只是中央政府的棋子，也不是方便行事的惡劣知事了。忌濱將因為坐擁食鏽，獲得跟中央政府同等，甚至在那之上的交涉實力……哎呀，抱歉，講工作的事情很無聊對吧？也罷。既然都這樣，我也不要赤星的首級了……你交出一個籌碼就好。告訴我，食鏽要怎樣才會變質？」

「你打算徹底獵捕殆盡吧……！」

「你只要回答我的問題就好！不然我就讓豬生吞你！貓柳，給我說！」

美祿拚命咬著牙，壓抑不住顫抖的身體，灌注身上所有意志狠狠瞪向黑革。美祿臉色雖然略為發青，但態度仍毅然決然，充滿即使奉獻生命也在所不惜的傲骨。

這樣的態度惹怒了黑革。

「你竟然跟你老姊一樣態度。」直到目前為止都表現得遊刃有餘的黑革，這時嘴角因煩躁而扭曲。他舉起自己的弓，對著美祿的頭，用力拉滿弦。

「那就讓你變成我的玩偶吧。只要在你腦內注入毒素……或許你就會乖乖托出了。」

美祿緊緊抿嘴，直直看著箭。他不認為自己做錯了什麼，但唯獨……只能用那種方式和最重要的朋友道別，令他感到無比遺憾。

（畢斯可……）

美祿閉上雙眼，希望能在最後盡量回憶畢斯可的身影。

砰轟！

這時一道巨響傳來，衝破了牆壁，某種東西一直線貫入房內。

那玩意兒把黑革射出的箭從側面整個折彎，給牆上的暖爐開出一個大洞，讓外頭的風雪吹入房內。

是一記猛箭。

而不論美祿還是黑革，都只知道一個人可以射出這樣剛猛的箭。

「在你再朝美祿射一箭之前……」

紅髮男子踹開崩塌的牆壁鑽進來，身上的外套被風雪吹得不停翻動。

「我可以把你射成刺蝟。但你要是願意現在交出美祿，我可以網開一面，打斷你所有的牙齒就夠了。」

「畢斯可……！」

「燕尾服蒙面俠出現啦——」

黑革面帶美祿從未見過，夾雜著興奮、喜悅和恐怖的表情，介入美祿與畢斯可之間。

「赤星，你的臉色比之前還糟糕耶。我遠遠看就知道你中毒了喔。」

「那又怎樣？難道你想說沙丁魚可以戰勝受傷的鯊魚嗎？」

畢斯可顯得毫不在乎地轉動脖子，喀啦作響。

雖然他的臉色確實有些發青，但眼神絕對沒有委靡，閃耀著翡翠色光輝。從旁觀角度來看，實在很難相信他的身體正被毒素侵蝕。

（但是……！）黑革黑色的雙眼因興奮而扭曲。

「現在，如果是現在的你，我或許可以勝過……可以正面挑戰最強的蕈菇守護者……！」

「你那黑眼圈是怎麼回事啊？你就這麼討厭我，討厭到都無法好好睡覺嗎？」

畢斯可傲慢地笑了。

「我才不管你有什麼理由，要恨就盡量恨。但我很快就會忘了你。」

（這傢伙……！）

看到儘管搭檔成了人質，畢斯可仍顯得遊刃有餘的態度，讓黑革不禁呻吟。無法掌握主導權的焦躁，差點成了對食人赤星的恐懼，並且膨脹壯大。黑革只能緊緊咬牙，強行將之壓下。

「如果我說這十年來，蕈菇守護者遭到迫害的原因都是出在我身上，你會怎樣……？」

儘管渾身流滿汗水，但黑革還是勾出一個笑容，丟出最有殺傷力的發言。

「如果我說，將蕈菇會散布鏽蝕的迷信散布到全日本的人就是我呢？把蕈菇守護者出賣給國家，踐踏沒有任何罪過的你們，藉此吃著美味餐點的元凶就是我呢？即使如此，我還是不足以被你放在眼裡嗎？赤星！」

美祿懷著彷彿心臟被緊緊掐住的感覺，旁觀兩人較勁，接著將目光移到畢斯可身上。

畢斯可的表情沒有任何變化。

頓了一會兒之後，畢斯可才一副覺得吹進來的風很冷般吸了一下鼻子，接著以略帶鼻音的聲音，滿不在乎地說：

「這樣啊，多謝你告訴我嘍。」他抬起下巴，嘲笑似的張嘴，露出尖銳的犬齒。「我差點就在不知情的狀況下，順便報仇雪恨了呢。」

「……赤星——！我要把你的頭做成鹿頭標本！掛在牆上當裝飾！」

黑革沒等畢斯可說完就搭起了弓，即使如此，畢斯可還是快了一步。畢斯可的箭就像真空鑽頭一樣連空氣也一併鑽削挖開，一舉從肩膀位置打掉黑革整條左手臂，接著直接貫穿房間牆壁。

「嘎、啊啊、咕喔啊啊——！」

「你滿意了沒？黑革，你這樣還覺得可以贏過我嗎，啊？到底怎樣啊，喂！」

「畢斯可，快躲開！」

「咚！」一下，沉重的觸感襲向畢斯可右腿。

畢斯可雖然在聽到美祿提醒後當下反應躲開，但這一箭卻是預估了他會這樣做而射出。

「啊、嗚啊……嗚哇啊啊啊啊——！」

美祿彷彿世上所有恐懼都降臨己身般顫抖大叫。

貫穿畢斯可腿部的，正是他自己射出的箭。

（紡紗菇……！）

畢斯可原本就不是會因為一箭而退縮的男人。他緊急調整姿勢打算重新起身，卻因為右腿上的不適感覺而失去平衡，跪倒在地。

這時，一支箭「咚」地插在另一條腿上。

美祿不成聲的吶喊響徹風雪吹襲的房內。哭得唏哩嘩啦的美祿就這樣搖搖晃晃地起身，站在黑革跟前，阻擋了畢斯可的射線。

「你射出的箭……真是了得。」黑革氣喘如牛，倚靠著美祿，按著他的肩頭說：「還好是已經斷過一次的手臂……若這不是義肢，我就死定了。」

「你這傢伙，讓美祿射了什麼箭……！」

「赤星，你之前不也中過了嗎？」黑革偷偷摸摸地躲到美祿背後邊說。

「鏽蝕箭啊……濃縮鏽蝕風毒性的箭。雖然價格跟子彈一樣貴，但沒辦法，因為我不覺得紡紗菇會對你有用。」

如同黑革所說，畢斯可的大腿和膝蓋已連同褲子被龜裂的鏽蝕覆蓋僵化，奪走了他可以自由活動的空間。就算想射箭，但因為美祿擋在眼前，他無法在這樣的射線範圍下出手。

「唔喔喔……天啊，好可怕……你看看他的眼神，完全不知道他還有什麼祕密招數……貓柳，再給他一箭……我想想，這次就射在……肚子好了……」

「唔哇啊啊啊！住手、住手，別讓我傷害他！不要、不要不要啊啊啊，住手，拜託你，不要讓我……！不要讓我射箭啊啊啊——————！」

黑革動了動終端機，美祿便以畢斯可教導的美麗姿勢拉滿弓，指向畢斯可。黑漆漆的鏽蝕團塊在箭的尖端蠢動，散發令人反胃的臭氣。

「喂喂，貓柳啊，你說不要讓你射箭？你又不是小孩子，是這樣拜託人的喔？而且還是拜託我這種高官耶，嗯？你該怎麼辦？」

「黑革先生……求您不要讓我放箭……！」

「你該說『黑革大大，罷拖鼻要讓我射射啾咪』才對。」

「咕……！嗚、嗚……！黑、黑……」

「時間到。」

「咻！」地射出的箭就這樣刺穿畢斯可的側腹，是他原本就受了重傷的位置。鮮血「嘩！」地從畢斯可口中噴出，濺到了遠處的美祿臉上，與他的淚水混在一起。

「嗚嗚、嗚、嗚啊啊……！嗚哇啊啊……！」

「怎麼？你很傷心嗎？無法咬舌自盡？這是當然，因為我就是刻意這樣打造的……貓柳，自殺很愚蠢喔。你看赤星，不也如此賣力地活著嗎？」

「拜託，不要攻擊畢斯可。你要把我怎樣都沒關係，就算把我大卸八塊拿去餵豬也沒關係，請你救救畢斯可……！我、我求你了……」

「既然這樣，貓柳啊，你不是有王牌嗎……告訴我食鏽的祕密。」

「美祿……！不能說！」

「貓柳，快說！不然我下一箭就讓你射穿搭檔的腦門！」

美祿拉滿了手中的弓。

已經哭得慘兮兮的美祿臉頰，又滑過一道新的淚痕。

「……是、是蕈菇守護者的……血液。」

「美祿！」

「把純正蕈菇守護者的血液跟食鏽……用葛方調合法調劑之後……食鏽就會恢復應有的藥效，變成能夠溶解鏽蝕的蕈菇……」

「你做得很好。」

美祿看著畢斯可咬緊嘴唇垂下頭，眼淚又不斷滾出來。

這與方才的恐慌眼淚不同，是充滿慚愧與悔恨的淚水。美祿在這短短的幾分鐘內，已經把他平穩溫柔的內心所能承受的最大量淚水都流光了。

「然後呢……貓柳啊。」

黑革站到美祿身旁，窺探他臉龐，然後才覺得有些歉疚地說：

「你……應該明白吧？我不可能就這樣讓你們兩個活著回去……這也是當然的吧？因為你們這麼危險……要是放了你們，總有一天我會被反殺。我怎麼可能放這種人活著呢？」

「嗚……咕……！」

「那就好。貓柳，這是我給你的禮物。我會透過你這個搭檔的手，乾脆地殺掉赤星，不讓他感受到絲毫痛苦。這是美麗又悲傷的一段電影場景。來，拉滿弓……」

美祿以朦朧的淚眼凝視著畢斯可。

黑色箭矢對準畢斯可的腦門，緊緊拉滿了弓。

但是畢斯可的眼神——

即使全身遭到鏽蝕，仍沒有絲毫萎縮的綠色光芒，緩緩在徹底墜入絕望深淵的美祿心底，點起溫暖的火。

（美祿。）

雙眼訴說著。

（射吧。）

這時，美祿那有九成陷在黑革設下的絕望陷阱中的思緒突然靈光一閃。黑革感受到「嗙哩」

地覆蓋美祿全身的些許生氣，表現出狐疑之情。

箭矢「咻！」地朝畢斯可的腦門射出，就在命中的前一秒。

與美祿心靈相通的畢斯可一個扭身，用牙齒「鏗！」地咬住飛來的箭鏃，接著順勢扭轉身體，用嘴有如回力鏢般拋回鏽蝕箭，將黑革的右眼連同太陽穴挖穿。

「……！……？嘎啊啊、唔喔、喔啊啊啊——」

黑革按著有如水槍般不斷噴著血的右眼，痛苦地瘋狂哀嚎，但仍因為內心的偏執而沒有放下手中的終端機。

黑革一邊發出從喉嚨擠出般的憤怒大吼，一邊以幾乎要捏爛終端機的方式按下上頭的開關，美祿於是放下手中的弓抽出短刀，準備割開自己的喉嚨，並將刀尖刺進皮膚。

「美祿！」

「鏗！」一聲金屬碰撞的聲音響起，黑革手中的終端機被一道閃光彈開。

閃光接著連續閃了兩三道，追著一個扭身逃跑的黑革而去，刺在地面上。白色蕈菇「啵」、「啵」地像氣球一樣從中生出，遮住了黑革的視線。

「這箭是……！」

「畢斯可，快逃！這裡已經被那傢伙的手下包圍了！」

「賈維！」

畢斯可看見甩著外套衝進房內的師父身影，不禁大叫。

賈維迅速將小小的手作藥箭刺在美祿身上，美祿的身體就像斷線一樣瞬間虛脫，總算擺脫了有如一場惡夢的紡紗菇詛咒。

「噗哈啊！哈啊！呼……！賈、賈維，謝謝你！」

「黑革這傢伙，盡是專精這種不人道的技術……但還是比不上老夫的菌術呢，喲呵呵。」

美祿抓著露齒而笑的賈維問道：

「賈維！我姊姊……帕烏！她不見了，也沒有任何線索。」

「那是當然，因為老夫已經救出她了。以為老夫解不掉紡紗菇毒，這黑革也是太嫩了。」

賈維說罷，看到刺在畢斯可膝蓋上的鏽蝕箭傷痕，不禁深深鎖眉。

「不過，鏽蝕箭真的無計可施。膝蓋是畢斯可的翅膀，小子，你一定要治好它，讓它復活啊。」

「是！」

「叫我們快逃……！那你呢！賈維，你想幹什麼！」

賈維搭起箭，骨碌碌地轉著那圓滾滾的大眼睛，對兩人露齒一笑。

「沒人殿後怎麼成。老夫留到最後再走……而且呀。」

房間不知不覺已被從通風口或地板下湧出的一群黑西裝塞滿，漸漸縮短與戒備著的三人之間的距離。

「我還得跟黑革好好道個謝呢。看到自己的小孩傷成這樣，有哪個父母會默不作聲？」

「賈維！」

「快走！」白鬚老爺爺一聲喝令，以猴神般輕巧的身手在房內跳來跳去，灑下必中箭，徹底清除不斷湧出的黑西裝。

美祿抱著不斷大叫的畢斯可衝出建築物，在風雪之中賣力狂奔。

賈維沒能收拾掉的黑西裝們架起弩箭，對準跑遠了的美祿一齊放箭。其中一支箭命中畢斯可，貫穿他的肩膀。傷口很快發出清脆的聲音，化為鏽蝕。

美祿重新抱好畢斯可，仍拚命地奔逃。儘管感受到自己的背部中了一兩支箭，也完全不覺得痛。美祿一邊流著血，一邊咬緊牙根，踏破雪地不斷向前奔馳。

此時巨大的橘色甲殼衝破雪地而出，並且把一對大螯當成鐵鎚揮舞，猛力打在雪地上。趁著黑西裝們遭到衝擊打飛的機會，上氣不接下氣的美祿把畢斯可放到鞍上，自己也擠出最後的力氣抓住鞍。感覺到兩位主人來到背上的重量後，芥川抓準時機掃掉抓著自己的黑西裝，在雪地上飛奔而去。

「……畢斯……可……你的手臂……中箭了……」

「混蛋，你比我慘多了。別說話……我現在就幫你提提神。」

雖然畢斯可的傷勢很嚴重，但美祿的背部已經跟針山沒兩樣。幸好由弩射出的箭本身威力不太大，但這些鏽蝕卻會緩緩侵蝕美祿白皙的皮膚，毫無疑問會將之變成一片鏽蝕。

「喏，這是薄荷菇，不能直接吞喔，要細細嚼碎……」
「畢斯可……」
「怎麼了……痛嗎？」
畢斯可拍了拍在風雪之中，因為堆積了雪而搖晃的天空色頭髮。
美祿勉強動起凍僵的嘴唇——
「不要死……」
他這麼說。
畢斯可在奔跑的芥川身上輕輕笑了，原因不明的淚水稍稍滾出眼角。夜晚黑暗而漫長，要等到太陽從地平線昇起，應該還得花上一段時間。

16

柴火燃燒的「啪吱啪吱」聲傳進耳裡，亮光閃爍著照進眼皮底下。美祿一個翻身想要更貼近營火，接著淺睡了一會兒，才整個人嚇得彈了起來。
「喔——喂喂，不准起來啦！我才剛幫你包好繃帶耶。」
「畢……畢斯可，你在哪裡？在那邊嗎？啊、啊，我的……眼睛……」

美祿睜開眼後，因眼前一片白的景象而戰慄，顫抖著遮住臉。這時粗獷的手掌按住他的肩膀，讓他再次躺下，美祿則以稍稍顫抖的手，緊緊握住那粗獷的手掌。

「對、對不起，畢斯可，我看不見，眼前一片白……」

「笨蛋，別因為這點小事就抖成這樣。你只是眼睛被鏽蝕傷到了，但只要藥劑生效，很快就會恢復。」

「藥劑是指……安瓶……？」

畢斯可握起美祿白皙的手臂，確認他的脈搏已經平穩下來之後，將食鏽安瓶注射到他的血管之中。燃燒般的藥劑混入血液的感覺令美祿不禁呻吟，後來才總算頹軟下來，倚著畢斯可，平靜地呼吸。

「在跟黑革對峙的時候，我盡量多撿了四散的食鏽回來。既然連我都有辦法調劑成功……就代表理化課沒有白上了。」

「原來是畢斯可調配的……！……畢斯可……畢斯可，那你有注射安瓶嗎……不行，應該是你要先注射才對啊……」

「我早就打過了，輪不到你操心。」

「真的嗎？」

畢斯可抓住美祿在空中胡亂揮舞的手，讓他摸摸自己的脖子。

摸到確實有血液流通肉身的觸感，讓美祿把積存在肺部的氣息全呼了出去，這才總算比較冷靜下來了。

畢斯可就這樣讓美祿摸著自己的脖子，靜靜等他平靜下來。然後小心不要讓他碰到一旁已經鏽蝕的肩膀，輕輕放開手。

根本沒有什麼新調配的安瓶。

成功回收的食鏽全都成了鏽蝕箭的肥料，收在芥川行李裡面的王牌調劑機，也被弩箭徹底毀了。唯一留在手邊的，只有帕烏託付給畢斯可的一劑安瓶，而這一劑也在剛剛經由畢斯可之手，注射給了自己的搭檔。

畢斯可打算添些柴火而想起身，卻被美祿出乎意料的強大力量拉住。他傻眼地回頭，就看到美祿一臉不悅地以雙手抓著畢斯可的手臂。

「你的搭檔這麼虛弱，就不會對我好一點嗎？」

「還要怎麼對你好啦，我都幫你拔掉箭，還包好繃帶了。」

「陪在我身邊嘛。」

或許眼睛看不見真的讓美祿相當不安，只見他以前所未有的強硬態度拉住畢斯可，兩個人一起倚靠在又粗又硬的岩石上，只有柴火燃燒的聲響迴盪在洞窟內。

「……你在生氣嗎？」

「氣什麼？」

「你一定在生氣吧。如果我不擅自行動……就不會輸得那麼慘……」

「沒錯，你這笨蛋。如果兩個人一起去就是隨便也能應付的對手了……但我沒有因為這樣就生氣。」

「你沒有生氣？」

「如果我跟你的立場對調，我也會這樣做……既然我們兩個都還活著，就只是兩敗俱傷，我們還沒輸。」

「……」

「……」

「不知道賈維……在那之後怎樣了……」

「那老頭就是運氣好，應該能順利逃走吧……我猜啦。」

「他說他救了帕烏呢。」

「嗯，你老姊也是夠扯的，只要給她一根棍子，就不可能再被抓回去吧。」

「這樣啊……」

「……」

「……吶，畢斯可，你真的不打算跟帕烏交往看看嗎？」

「啥啊啊？」

「她那麼漂亮……而且畢斯可應該喜歡前凸後翹的吧？帕烏很大喔。」

「那傢伙全身都是肌肉吧，總之我才不要跟鬼子母交往。」

「畢斯可，你誤會了，她可是很顧家，很有奉獻精神的喔……是因為你沒什麼交往經驗，才不懂她的好吧。」

「喔！說得好像你經驗豐富一樣啊？」

「是很豐富啊。」

「喔……」

「不過我想帕烏應該沒什麼經驗。畢竟個性是那樣，她的愛很沉重。之前的男友也是……」

「因為劈腿被殺了嗎？」

「怎麼可能，我可是親自幫他動了手術呢。」

「一點也笑不出來……！」

「不過畢斯可不會劈腿，所以不會挨揍。」

「你去跟你老姊講一樣的話看看，會被痛扁喔。」

「啊哈哈！不會啦，帕烏很喜歡你喔。」

「愛說笑。」

「這我還是看得出來的，畢竟我們是姊弟啊。」

「……」

「……我剛剛……」

「……」

「我剛剛作了一個如果能夠大家一起生活……應該會很快樂的夢。有賈維、有畢斯可和帕烏，大家一起旅行，找到一個不錯的地方，在那裡住一段時間……要是膩了，就騎在芥川身上，繼續踏上旅程……」

「……」

「……這樣一定很棒……」

「……」

「……不過，你要去對吧。」

「……」

「要去跟黑革一決勝負，對吧。」

「……嗯，是啊。」

「我會……變得更強。我會讓自己成長到真的可以與畢斯可並肩作戰，當一個你可以將身後託付給我的伙伴……雖然我現在不中用，但我一定會變強……」

「你很夠強了，不需要這樣勉強自己。」

「我想要變強到你說不出這種客套話。」

「哈！」

「呵呵……」

「……」

「我們是搭檔吧，只要兩個人聯手，哪裡都去得了……什麼敵人都能戰勝。是這樣的雙人搭檔。」

「對啊。」

「搭檔會一直在一起嗎？死的時候也是？」

「沒錯。」

「……」

「……」

「吶，畢斯可，你在那裡嗎？」

「我在你身邊。」

「可以……握住我的手嗎？」

「嗯。」

「……」

「……」

「吶，畢斯可。」

「嗯。」

「你還在那裡嗎？」

「在啊。」

「……」

「……」

「……嗯……唔……」

「睡吧，你的身體要承受不住了……睡一覺才是最好的。」

「畢斯可，不要走……」

「我哪裡也不會去。」

「畢斯可……」

「嗯。」

「……我醒來之後，你也會在這裡嗎……？」

「會啊。」

「…………」

「……」

「……」

「……」

「……」

「……美祿？」

「……」

「……賈維養育我的時候，或許也是這種心情吧……我現在懂了。」

「原本我應該只會像煙火一樣……衝上天後爆炸消逝，只會像野狗一樣死去。但是，你在我這樣的生命上，添加了意義。」

「……培育你……保護你。美祿，光是做到這些，我的生命就有了意義。我並不是因為絕望或踏上修羅之路死去，而是夢想著你的未來，踏上終結之路。這是一件幸福的事……對我來說甚至太過奢侈……」

「……」

「……」

「再會了。」

畢斯可至此輕輕放開美祿的手，靜靜讓他躺下。

美祿面帶被父親保護著的小孩般安穩的睡臉，發出平穩的呼息睡著。畢斯可看著他那張貓熊臉，心想應該在他臉上塗鴉一次看看，卻因為害怕自己陷入感傷而急忙別開視線，拖著腳走出洞窟。

風雪已經停息，畢斯可輕吹一聲口哨，厚重的雪堆抬起，大螃蟹的橘色身軀從中出現。

「嗨，抱歉啦，小孩子鬧彆扭不肯乖乖睡覺。」

畢斯可拖著自己的身子，倚在芥川的肚子上。

大螃蟹雖然也承受了許多箭傷，但因為堅固的甲殼與抗鏽蝕性強的兵器生物特性，所以看起來比瀕臨死亡的兩個主人健康太多。

「其實……我是很想留下你，但我現在是這副悽慘樣，只能請你送我一程……而且……」畢斯可伸長身體，拍掉芥川眼睛上的積雪。「我要去救我們的老爸……如果把你留在這裡，你也會生氣吧。」

畢斯可把臉貼在芥川冰涼的肚子上，閉目一會兒。芥川一動也不動，任憑兄弟做想做的事情，但後來仍抬起了大螯，拎住畢斯可的衣領，將他放在自己的鞍上，塞了進去。

「啊哈哈哈！不好意思啦。不論是我，還是你，都不會死啦！」畢斯可抽下一鞭，受傷的大螃蟹勇猛果敢地撥開積雪奔出。畢斯可凝視著漸行漸遠，點亮火光的洞穴入口處，將臉頰貼在芥川的背上。

「過去，從來沒有在如此平靜的情況下……準備去賭命過。」

「芥川，我交到朋友了喔。」

「朋友……」

畢斯可閉上眼，將嚴重鏽蝕的身體委於芥川因行走而產生的搖晃之中。朝陽稍稍開始在地平線另一端露臉，開始照亮一大片雪地。

17

往東北方向穿過霜吹的雪原地帶之後，就是一大片荒野地帶。

旅行商人們直接以「乾渴原」稱呼這片據說原本是一座湖泊乾涸之後形成的「北宮城大乾原」，並避之而不及。

雖然理由之一是此處乃沒有任何作物，也沒有任何文明的不毛之地，但旅行商人之所以不經過這塊相對好走的地區，主要還是因為這邊設置了隸屬於日本政府的軍事基地。商人們基本上都知道，一旦靠近，軍人就會因為想打發無聊而隨意射殺來者。

而現在，在那座軍事基地內。

一輛吉普車捲起沙土開進設施後停下。

車門打開，一個矮小的老人被踢出來，額頭重重蹭在地面上。

「喂喂——笨蛋笨蛋，不要這樣啦，這些人都不懂得敬老尊賢是嗎……」

慢一拍下車的黑革，一邊注意右眼上染血的繃帶狀況，一邊走近老人，將他扶起。老人甩開黑革的手，一個轉身跳起，圓滾滾的大眼瞪了過去。

「別碰老夫，會被人渣的孢子傳染。」

「咯咯。」黑革笑著以單手制止準備攻擊賈維的黑西裝。理應被畢斯可打飛的那條手臂，已經換上新的義肢，散發著銀色光芒。

「這老頭真有精神，但這樣才好。不然就沒有當成下地獄伴手禮的價值了嘛。」

仰頭看看邁步而出的黑革前方，可以發現盡是方正建築構成的軍事設施裡面，有一座異樣巨大的巨蛋型建築物，而黑革似乎就是準備前去那邊。

（他在想什麼……？）

賈維被黑西裝推了一把而中斷思考。黑西裝們或許是為了遮掩那有如冬蟲夏草的噁心頭部，所以頭上都戴著青蛙或者綿羊之類，小丑般的詭異面罩。賈維走在踹飛自己的黑西裝跟前，轉身一腳踹在黑西裝的兩腿之間，便不管痛苦打滾的黑西裝，逕自跟上了黑革。

「你態度這麼大剌剌，我們反而好做事，所謂人質都該像你這樣才對。」

黑革走在賈維身邊愉快地說道。黑漆漆的設施裡面散發出格外強烈的熱氣，機械不停運轉發出的「嗡嗡」噪音，讓人聽不太清楚說話的聲音。

「你沒興趣知道嗎？就是……我為什麼沒有殺了你。」

「因為今天是敬老日吧。」

「哈哈哈……這個老爺爺真的很了不起。」

黑革原本就愉快的心情變得更好，搶過手下遞出的葡萄口味芬達，大大喝了四口之後將之扔開。

「這麼一來我明天就必須殺了你啊。哎，直接讓你看看比較快吧。」

一行搭乘只有鷹架的升降機往上方樓層前進。當隨著電梯上升，視野跟著開闊起來之後，一大片燒得火紅，有如岩漿海的景象映入眼簾。

（這是……！）

（熔礦爐……？）賈維凝神觀察，看遍眼下景色的全貌後，不禁驚愕得顫抖。

「多虧有了迫害你們蕈菇守護者而獲得的鏽蝕病安瓶……確實減少了鏽蝕病患的人數。」黑革從賈維身後像是要蓋住他一樣，在他耳邊低語。「但這麼一來……供需平衡就會失常。一旦藥變多了……就必須要增加病患才對吧？」

「怎麼可能……竟、竟然……！」

「這是在燉煮鏽蝕。」

黑革揚起嘴角，勾出一個邪佞的笑。

熔礦爐裡面可以看到正高溫煮著的人工「鏽蝕」。這座巨蛋建築是為了人為生產鏽蝕，徹底背離人道而存在的設施。就連賈維都無法克制自己，因為厭惡而全身汗毛直豎。

「自然產生的鏽蝕風這種東西啊，已經在滿久之前就大幅減弱了影響力，導致病患人數只會一直減少。這樣該怎麼辦才好呢？賈維，你覺得豐臣秀吉會怎麼說？既然風不吹……」

「就量產鏽蝕……以人為方式吹送鏽蝕風嗎！怎麼可能，到底是如何辦到的！」

「老爺爺，你叫得挺不錯嘛。」

黑革打從心地覺得愉悅地「咯咯咯」笑著，輕巧地離開賈維身邊。

「過去，把整個日本變成大片鏽蝕的巨大兵器，其體內設置了鏽蝕爐。可以在自身體內無窮無盡地產出鏽蝕啊……」

「……」

「就是那玩意兒。睡在那邊的玩意兒，就是在東京開了一個大洞，讓整個日本沒入鏽蝕之海的元凶。」

賈維將目光轉回熔礦爐，發現巨大人形遺骨般的物體，泡在火紅的鏽蝕海之中。擁有單薄一層，類似皮膚的那個玩意兒，胸部的心臟規律地脈動，看樣子它毫無疑問就是產生這些鏽蝕的母體。

「鐵人……！」

「目前日本僅存仍存活的五個……也有一說是六個的鐵人之一，就是它。」

黑革用肚子擋住腳步搖晃後退，撞在自己身上的賈維，並溫柔地拍了拍他的肩。

「這樣的刺激對老人來說太強了吧。喏，我們到了，總之先坐一下吧，我們走。」

朝巨蛋突出位置的管理室裡面，排排站著蒙面人。賈維被黑革拖到窗邊坐下，一杯咖啡重重地擺到他眼前。

「我們並沒有打算啟動鐵人，只是它的心臟還活著，所以我們把在這裡煮出來的鏽塊灌進砲彈裡，並用在這座巨蛋旁的象神砲打出去。砰一聲，就會吹起鏽蝕風了。」

從管理室的玻璃窗往外，可以清楚看到橫躺的巨人骨頭，以及煮得火紅的鏽蝕之海。

「總之，現在呢，有必要朝子哭幽谷？還是什麼的那個方向打一發，徹底滅絕筒蛇這種可以生出食鏽原料的存在。」

「太扯了……！你都不覺得如此背離人道的作為很可怕嗎……」

「說起來，如果我有這種觀念，我就不會背叛你們了。」黑革在賈維身邊坐下，把臉湊到他跟前。從繃帶滲出的血液氣味刺激著賈維的鼻子。

「跟我搭檔吧，賈維。」

「……」

「如你所知，我手中握有大量食鏽。按照熊貓醫生所說……要讓食鏽的效力覺醒，似乎需要蕈菇守護者的血液……要是從我採集到的食鏽數量來看，就算有一百個我都不夠吧。」

黑革壓低聲音，有如虐待老人般緩緩繼續：

「能不能由你選出新鮮的年輕蕈菇守護者……提供給我呢？我當然會付錢，也會提供所有剩下的蕈菇守護者食宿，而且是附游泳池的房子喔。你可以以長老身分說服蕈菇守護者們，很簡單吧？來一場在崇高的犧牲之下，可以拯救眾多生命的激昂演講……」

「閉嘴，你這人渣毒蕈菇。你認為老夫會接受這種提議嗎？」

「不對。賈維，你只能接受。我說過了，我能把日本任何地方都化為一片鏽蝕海。我大可以在攻擊子哭幽谷之前，往你們的蕈菇守護者聚落開一砲喔。」

見賈維說不出話，黑革露出勝券在握的笑容。

「老爺爺，你願意說嗎？告訴我你會答應。你要不要……跟我搭檔？」

「黑革……」

「嗯？」

「你再靠過來點……」

黑革照著賈維所說的靠過去──

賈維的額頭卻「咚！」一下，猛力撞在黑革的鼻梁上。

「嘻嘻嘻嘻，笨──蛋。想開砲就去開啊，智障。」

賈維看著鼻血直流，痛苦呻吟的黑革，咯咯笑了。

「就憑你那豆粒大的膽量，量你根本不敢開砲，頂多只能在這裡囂張地威脅一個老頭子啦。」

「臭老頭────！」

一個黑西裝衝到噴著鼻血暴怒的黑革跟前，猛力揍上賈維，接著又揍了第二、第三下，血花四濺，沾在兔子面具上。

「喂、喂喂，笨蛋。夠了，別打了，他要死了我就頭大了……對了。」黑革的怒氣因為兔子面具的暴行而削減許多，半是傻眼地這麼說完，從懷裡掏出短刀扔在地上。「把他弄成無法拉弓吧。如果他的榮譽勳章少了一個，內心應該會比較受挫吧。」

兔子面具緩緩撿起地上的短刀，將賈維的手按在地上，用刀抵住。

「賈維，你那可是蕈菇守護者人盡皆知的弓聖手指，被砍斷應該很可惜吧。你只要答應，就保證你的手指可以平安。我幫你倒數……十、九……」

「黑革，你動手啊，就切斷一個糟老頭的手指，讓你今天好好睡一覺吧。」

「零。」

聽見黑革的聲音的兔子面具舉高小刀，猛力往下揮。

鏗！

短刀一口氣切斷的，是拷在賈維雙手上的手銬。瞬間，兔子面具與賈維分別往不同方位跳開，襲向在牆邊排排站好的黑西裝們。

兔子趁著黑革嚇得畏縮的短短幾秒，利用本身體能與短刀，轉眼之間便割開了五六個黑西裝的喉嚨。另一方面，賈維以簡直無法教人相信他是個老頭子的腿力，踢碎了三個人的下巴。

黑西裝們好不容易重整態勢，伸出手想要抓人，卻被兔子面具鑽過。每當兔子面具手中的短刀一劃，血液就化為鞭子甩在地板和牆壁上，像前衛藝術那樣豐富房內的色彩。兔子面具使出一記迴旋踢，踢飛一個打算保護黑革而衝過來的黑西裝，就這樣朝著黑革揮下手中短刀。

「鏗！」黑革以手槍槍管擋下短刀。雖然是個人渣，但黑革好歹是個老練的蕈菇守護者，他迅速出腿踢飛兔子面具，並朝退開的該人「砰」、「砰」連開兩槍。

兔子面具把成堆的西裝男當成踏腳石，高高躍起悉數躲開子彈，接著像一條鎖定獵物的蛇一樣扭動身體，把手中短刀猛力插進黑革腳尖。

「嘎啊啊！」

黑革使勁甩動右手，抓住兔子面具的耳朵，一舉摘下面具。

火紅燃燒的紅髮從面具底下出現。

大膽地露出犬齒而笑，看過一次就會深深烙印在眼底的雙眸眼神，緊緊抓住了黑革的心臟。

「哇！」

「赤星——！」

手槍瞄準畢斯可的腦袋，扣下扳機之前，畢斯可的腳刀直直埋進黑革的心窩，將他的身體一鼓作氣打飛到管理室的玻璃上。

玻璃無法抗拒強大的威力粉碎，黑革帶著玻璃碎片一起，往沸騰的鏽蝕熔爐墜落。

受到紡紗菇控制的黑西裝們因為主人的危機而不知所措，也沒有好好應付賈維，就爭先往搭建在熔爐上的平台跳下去，準備救出黑革。

黑革抓著平台邊緣，在衝過來的一個黑西裝協助之下勉強爬起，任憑憤怒之情爆發怒吼，一腳把救起自己的黑西裝踹進熔爐裡。

「哼，那傢伙命真長。」畢斯可俯視著下方的狀況，一邊脫下穿不慣的西裝和領帶，一邊用一張滿是血跡的臉笑了。「老頭，不好意思，揍了你那麼多下啊！不過反正我小時候也常常被你痛扁……就這樣抵銷應該可以吧？」

「畢斯可，你……！」

畢斯可雖然笑得快活，但賈維忍不住抽了一口氣，原因就出在畢斯可的身體上。遭到鏽蝕箭侵蝕的身體，從右肩到脖子，甚至連臉頰都被鏽蝕覆蓋。而腹部、膝蓋等其他部位雖然被衣服蓋住而看不見，但想必也是非常悽慘。

「你傻了嗎，竟然、竟然這麼嚴重……！畢斯可，為什麼還要為了老夫過來！」

「哈！我哪能這麼輕易讓你死去。你還得做很多事情呢……」

畢斯可因為鏽蝕侵害身體產生的痛楚而瞬間停下動作，賈維迅速幫了他一把。畢斯可輕輕推開賈維的手，勾嘴一笑。

「我會收拾黑革……會在這裡做個了斷。在那之間，由你去破壞那什麼象神砲的。這麼一來就可以保住食鏽和我們的家鄉。」

「別說傻話，老夫怎能丟下你離去！」

「老頭，你以為我是誰？」

綠色光芒堅強且穩重地對準的賈維的雙眼。

「我是畢斯可，是你傾注全力培育出來的人。你要相信我，就像我相信你那樣。」

賈維很清楚，畢斯可是如此凶猛、充滿自信的人。但只有一點跟以往不同，就是他再也不那麼飢渴。賈維到了此時，才徹底領悟到名為畢斯可的飢渴容器，已經被溫暖的水填滿了。

「……畢斯可，你恨老夫嗎？」

賈維顫抖著聲音低下頭，詢問畢斯可。

「把你拖上修羅之路，甚至把你帶到這幾乎與死亡相鄰的境地。你會怨恨不做到這種地步，就根本無法讓你體會愛為何物的老夫嗎……畢斯可……」

畢斯可一時愣住了，凝視著不斷微微發著抖的賈維。接著蹲下，彷彿要壓抑他的顫抖般，以鏽蝕的雙臂用力擁抱父親。

賈維不禁睜大雙眼，身體僵住，甚至忘了呼吸。但聽到從畢斯可身上傳來的體溫與心跳，便漸漸放鬆，最後終於把積存在小小身體內的氣息一舉呼出。

畢斯可靜靜閉上眼，感覺賈維那已經瘦弱不堪的身體總算平靜下來，不再發抖後，才輕巧地抱起賈維的身體，直接往電梯扔過去。

「老頭！快去！」

「畢斯可，你別死！」

畢斯可穿上賈維臨走之際扔過來的蕈菇守護者外套，從藏起來的行李內找出自己的弓。剩下就是做到自己能做的。

遭到鏽蝕的食人菇在面臨死亡時奮起，犬齒閃閃發光，翻越破裂的玻璃，往鏽蝕熔爐躍下。

鐵網狀的立足點承受如隕石般墜落的畢斯可身體後稍稍扭曲變形，發出「嘎吱嘎吱」聲響。

附近瀰漫熔爐噴出的鏽蝕，隨處可見化為鏽蝕雕像的黑西裝屍體、被折斷的扶手刺穿而不斷抽搐的人、鏽蝕殆盡的腰或腳折彎而拖著身體爬行的人，以一個邪惡集團的大本營來說，這狀況有些出人意表。

畢斯可先「喀啦」地動了一下脖子，面對靠著扶手急促喘氣的黑革，露出一個充滿獰猛氣勢的笑。

「喂喂，我可是賭命趕來的耶，但你們的大本營卻毀了一半是怎樣啊。如果是邪惡勢力的老大，不拿出點像樣的氣勢來，我打起來也不會起勁啊。」

「你居然拖著那破銅爛鐵般的身體大剌剌出現啊……！」

黑革拚命調勻呼吸，用顫抖的手舉槍對準畢斯可。

「記得留下遺書，我會幫你改寫。橫豎你就是要死。」

「是啊。」

畢斯可以鏽蝕的手指搔了搔臉頰，嘲笑般露出犬齒。

「所以說，你怕我這個已經去了半條命的破銅爛鐵嗎？黑革……你的腳抖個不停耶。」

「赤星，看我扯爛你四肢送你上路！」

覆蓋熔爐的圓形牆壁，彷彿呼應黑革的叫聲傳出吵鬧的振翅聲，包住了整座熔爐。畢斯可敏捷地翻身躲過灑落的機槍子彈，眼中看到的是腹部左右裝設了機槍的軍用蜂群。

「居然養了這麼多蜂。」

「我是有備無患的類型……！」

「這種就叫作屁眼小啦。」

畢斯可正準備追蹤打算逃走的黑革時，一群黑西裝朝著他衝了過來，同時加上機槍蜂也瞄準了他。

畢斯可把被短刀刺穿的黑西裝直接當成盾牌，挺過機槍掃射之後，將已經斷氣的巨大身體一把朝著蜂扔過去，連帶著一起落入燃燒的海中。

畢斯可從箭筒裡挑出美祿打造的散發藍光的箭，朝著組成編隊飛來的蜂射出，貫穿領頭蜂。藍白色的箭以蜂的身體為中心，朝四方散放蜘蛛絲，網羅飛在附近的蜂群，毀了牠們的翅膀，讓牠們一一墜落到熔爐或鷹架上。

源源不絕的黑西裝從身後的緊急出口湧出，畢斯可則用特別沉重的錨菇招呼他們。畢斯可的強弓直接一口氣貫穿在狹小通路爭先恐後追過來的黑西裝，在他們的身體上「砰轟！」地開出格外沉重又大朵的鉛塊蕈菇。

構造簡單的鷹架無法承受突然開出的沉重錨菇，因而扭曲變形掉落，使追上來的黑西裝們全都摔進了鏽蝕熔礦爐裡。

「赤星——！」

「！」

就在畢斯可忙著應付蜂群時，黑革的手槍從樓梯上的鷹架噴火。

槍彈稍稍偏開情急之下扭身閃避的畢斯可腦門，深深挖穿了他的綠色眼眸，血濺當場。

但畢斯可沒有停手。他朝著得意笑著的黑革拉滿弓，必中的這一弓瞄準了黑革的腦門。儘管畢斯可失去了一隻眼睛，他仍確定自己會獲勝。

但在這關鍵時刻，「啪吱」一聲。

畢斯可生鏽的左手手指發出粉碎的聲音。

（！手指……！）

意外射出的箭無法達到必殺的效果，以刺進黑革左腿作結。

黑革雖因痛苦呻吟，但逐漸露出笑容，最後只見他放聲大笑。

「你的手指粉碎了啊。無法拉弓了吧！赤星，事情就是這樣！無論你多強，我總是會在最關鍵的時刻獲勝！這個世界就是這樣子！會確實地讓你這樣的小混混順利死去啊！」

畢斯可看著自己粉碎的左手手指，閉上眼睛。

再次睜開的左眼仍舊熠熠生輝，嘴邊的笑容絲毫不減。儘管受傷的右眼如瀑布不斷流血，但他還是以笑容回敬黑革的笑。

「就算我不能拉弓了，跟你能夠獲勝又有什麼關連啊，黑革？」

那是一個連人渣黑革看了都會不寒而慄的染血淒厲笑容。

黑革覺得自己的深黑雙眼要被畢斯可的綠色壓倒，但仍無法別開目光。

「黑革，你快逃吧。只要我還留有一顆牙，只要我還留下一片指甲，我就隨時可以殺了你。」

畢斯可這番話讓黑革有如從惡夢中醒覺般拖著右腿逃跑，沒被畢斯可收拾掉的黑西裝們接連撲向畢斯可，但都被他的鐵拳打飛，墜落熔爐。

畢斯可已經使不出踢腿，已經跳不起來。身體被滾滾沸騰的熔爐熱氣侵蝕，已經瀕臨崩壞邊緣。即使如此，他仍拖著有如石像的身體，走在漫長的鷹架上，追著黑革而去。

看來那裡是熔爐中心，同時是鷹架的終點。

「赤星，別過來，你別過來。去死，你就死在那裡吧！」

黑革開槍，子彈持續命中畢斯可。

他的肩膀血肉噴飛，左耳被削掉，子彈甚至穿進肺部，鮮血不斷從口中冒出。

即使如此，畢斯可仍沒停下腳步。沒有閉上的單眼熊熊燃燒，直直盯著黑革不放。

「下地獄去吧，黑革……！」

「嗚哇啊啊啊啊——！」

畢斯可充滿執著的右手臂逮到黑革的臉，重重地揍了下去……

接著碎成粉末。

失去平衡的右膝跪地，同時粉碎。畢斯可的喉嚨發出呻吟，打算以左腳起身，卻在這時中了槍彈，往前撲倒。

黑革情急之下抓住扶手，免去跌進熔礦爐內。他渾身是汗，重重地喘著氣……然後怒吼一聲，把彈匣裡面的子彈全招呼到畢斯可身上。

畢斯可的身體上開了好幾個洞，噴出鮮血。即使如此，畢斯可仍使盡全身力氣掙扎，勉強站了起來仰望黑革。

黑革伸手制止幾台機槍蜂包圍畢斯可。

「……赤星，你、你的眼神是……怎樣……」

黑革彷彿喘不過氣地斷斷續續嘀咕，他已經沒有餘力裝模作樣或嘲笑，只是想知道眼前那有如寶石般閃耀的綠色，為什麼會那麼光彩奪目。

「比克大魔王被悟空幹掉的時候，也是留下了一條右手啊……

而你，已經沒有右手了。

沒有四次元口袋，奶油妹妹也不會來。

你只是一塊抱著滿是水的臉，慘敗死去的爛抹布啊……！

即使如此……即使如此，你為什麼！現在還是那樣的表情！」

畢斯可的嘴抿成一條線，聽著黑革高談闊論，但絕對沒有別開視線。當他開口想要回應黑革的時候，鮮血便有如瀑布流出，讓他只能咯咯苦笑，放棄說話。

「赤星，你該要勝過我的……！」黑革重新裝填子彈，將槍口抵在畢斯可的額頭上。「我就好心聽聽你死前的一個願望吧，說……！」

「……………你……」

「……啊？」

「你才要說啦，白痴。」

「……赤星，你就安心地！死在這爛地方吧——！」

激動的黑革手指用力扣下扳機，在這瞬間——

有如一道閃光的一支箭「砰！」地擊中手槍，連同黑革的手指一起打飛。有如從喉嚨深處擠出哀嚎的黑革眼裡，清楚看到天空色頭髮的蕈菇守護者，正從遠處的緊急出口拉弓瞄準自己。

「黑革，放開畢斯可——！」

「小鬼，閉嘴，你再亂動，我就把這傢伙……！」

畢斯可抓準這一瞬間的空檔扭身躍起，有如撲向獵物的猛獸張大嘴，深深咬進黑革的喉嚨。接著畢斯可就這樣拖著黑革一起，往滾燙的熔爐墜落。

「畢斯可——！」

聽著搭檔的慘叫從遠處傳來，畢斯可將黑革砸在意外堅硬，火紅燃燒的鏽蝕泥漿上，接著咬緊牙根，一舉扯碎黑革的喉嚨。

「咕啊、哈、啊！咳呼、咕啊！呼啊——！」

鮮血有如噴泉從喉嚨噴發，高溫燒爛了背部。黑革睜大漆黑的眼，因為並非這個世界的強大痛楚放聲嚎叫。每當他因想要呼吸空氣而抽搐著喉嚨時，鮮血便四處飛濺流出，在鏽蝕之海上蒸發，冒出白煙。

「黑革，不覺得你這死法很有電影風格嗎？」畢斯可吐掉撕扯下來的肉片，咯咯笑著。「你最愛講的冷笑話上哪去了？怎麼不說說看『I'll be back』呢，黑革——！」

畢斯可的左手揍在苦悶呻吟的黑革臉上，就這樣沒入滾滾燃燒的泥沼之中。

「赤星……！赤星啊啊啊……！我要殺了你……！我要殺了蕈菇守護者，殺了你……然後盡情地睡……！」

「好好在你一手打造的鏽蝕海裡沉睡吧。」

畢斯可的手臂加強力道，終於把黑革的臉整個按進鏽蝕之海裡。

「嘎啊啊啊啊——！」

黑革發出的沉悶慘叫在水面上製造波動，他像發瘋般胡亂揮動四肢，直到畢斯可的半條手臂都埋了進去為止，黑革似乎才真的斷氣，起火的褲子就這樣延燒過來，最終燒成了灰燼。

畢斯可緩緩從燃燒的鏽蝕之海抽出手，看著已經報廢的左手，不知為何滿足地笑了。雙腳漸漸沒入鏽蝕之中，他很清楚自己即將與黑革死在同樣的地方，卻奇妙地很能接受眼前這煞風景的景象，認為這就是自己的人生終點。

這時——

無數機槍蜂摔落熔爐，天空色頭髮在畢斯可方才所處的地方甩動。

美祿的藍色眼睛盈滿淚水，呆立在那邊。

豆大淚珠不停落入熔爐蒸發，冒出白煙。畢斯可很想安慰搭檔，卻想到自己很不會說話，無可奈何之下，只能對美祿笑了笑。

「……我們明明說好的。你說我是你的搭檔……說我們會一直在一起！」

「……」

「我不要……畢斯可，我好寂寞，你不要丟下我……」

「美祿！」

畢斯可這時抽出自己背上的弓，朝美祿拋了過去。

散發翡翠光澤的短弓完全沒有受到鏽蝕侵襲，閃閃發光，順利收進了美祿手中。

「就算我的骨肉消失，那又怎麼樣？靈魂不會死，我一定會從地獄爬出來保護你……美祿，我們是搭檔，會永遠在一起。」

「……」

「所以……所以，笑一個吧。不論害怕的時候、痛苦的時候，都要這樣笑著。就像我一直做的那樣。你笑的時候，我就會在你身邊。」

這時美祿強行振作，在自己已經哭花得亂七八糟的一張臉上——

一邊流淚，一邊勾出一個笑容。

畢斯可稍稍瞇細眼睛，凝視著那張邊哭邊笑的熊貓臉。延燒到衣服上的火已經燒傷身體，正緩緩將之烤焦。畢斯可咬牙撐住不讓身體搖晃傾倒，勉強留在現場。

「畢斯可！」

「美祿，吃了我的命吧。」畢斯可重重喘氣，坦露出胸膛，指了指那邊。

「別讓鏽蝕殺了我。由你來了結我……吸取我的生命。」

「……」

「你做得到嗎？」

「嗯。」

美祿睜大哭腫的雙眼，拉滿翡翠弓。

搭在弓上的蕈菇箭，瞄準了畢斯可的心臟。

兩人的雙眼彷彿要把對方的身影烙印在眼底般互相凝視，在一片寂靜之中你來我往，有如繁星生輝。

以畢斯可教導的架勢拉滿弓的美祿，美得有如神話英雄，悲壯且雄偉。儘管眼淚仍止不住，但美祿已經不再懼怕。

「我會……像你一樣……」

「……」

「我會像你一樣活下去。不論遇到多少次挫折，不論失敗多少次，都會重新站起一笑置之。我會試著這樣活下去，然後拚命地活，總有一天……當我被撕裂粉碎，只剩下靈魂時……」

「……」

「我能夠……再見到你嗎？」

「嗯。」

「……」

「一定會再見。」

美祿眨了一下眼，珍珠般的淚珠滑過臉頰，從下巴滴落。

（有沒有什麼好話……）

（我一直在尋找那種平凡無奇的話語。）

（但是抱歉啊。）

（我不知道這種心情到底要怎麼表達。）

（我愛你。）

（畢斯可。）

（就算你不在了，我也永遠愛你……）

「啪刷！」

美祿射出的箭破風而出，「咚！」一聲直接插在畢斯可的心臟上。畢斯可撐著快要倒下的身體，靜靜地低頭看向射穿胸口的箭。

並感受到蕈菇的菌絲正在自己體內生根。

畢斯可的痛覺早已麻痺，對於自己無法感受到搭檔這結束自身生命一箭帶來的痛楚，讓他覺得有些遺憾。相對的，能夠輕盈地包容一切的睡意襲擊畢斯可。畢斯可雖然心想要盡量振作清醒，但因為視野已經化為一片白，終於撐不下去，將自己交付給強烈的睡意。菌絲傳遍體內的感受包覆畢斯可，然後世界緩緩變成了橘色。

18

爆炸聲連續轟然響起，整座熔爐大幅震動，開始劇烈搖晃。

女戰士帕烏接連跳過發出巨響崩塌的鷹架，扯破嗓子大吼，尋找著自己的弟弟與畢斯可。

「美祿——赤星——你們在哪裡，美祿——！」

一個鐵塊隨著爆炸聲響，往因為擔心弟弟的安危而差點要發狂的帕烏頭頂落下。這時翡翠色弓「咻！」地一箭，射中了鐵塊。

被爆發生長的鴻喜菇影響彈飛的鐵塊，捲起大量粉塵。帕烏因吸入過多粉塵而嗆咳不已，這時美祿一把抱住了她，並接連跳過鷹架。

「美祿，你沒事啊！」帕烏滿是傷痕的臉，在弟弟的懷抱裡亮了起來。美祿將帕烏放下，她則狐疑地環顧著四周。「赤星呢……美祿，赤星上哪去了？」

「……他在這裡。」美祿低著頭，一臉清爽地緊緊揪住自己的胸口。看到美祿那快要滾出淚水，顫抖不已的雙眼，明白了一切的帕烏感覺到胸口一陣緊縮。「他就在這裡，跟我在一起。」

帕烏說不出話。她猶豫著不知該對隨時都可能崩潰痛哭，令人疼惜的弟弟說些什麼……結果，只能緊緊咬唇，不發一語。

「……我跟賈維老爹破壞了象神砲，所以我們只要逃離這裡就行了，你可以嗎！」

「當然沒問題，帕烏！」

姊弟先將畢斯可的死放一邊，飛快地準備逃離這即將崩毀的鏽蝕培養爐。兩人翻過鋼骨，踹開牆壁，勉強來到緊急出口。帕烏以鐵棍打破扭曲變形的門板，很快逃離了發出巨響崩塌的巨蛋建築，跌跌撞撞地閃躲飛彈過來的瓦礫，總算來到安全的地方。

帕烏回頭看看背後捲起的陣陣黑煙說道：

「這就是黑革執著妄念的下場……！」

美祿在帕烏的身邊，想念起留在煙塵之中的搭檔。

「你沒事嗎？」

聽到這平靜的聲音，帕烏轉過頭去看向弟弟。弟弟凝視著黑煙的表情如此平靜……彷彿害怕凍結的悲傷溶解溢出，眼神略略顫抖。

「我只是在想，畢斯可的身體會不會安然留下。」
「嗯，我們把他的鏽蝕清除乾淨之後……再火葬他吧。然後送他回去家鄉……」
「不，沒關係。他常說，蕈菇守護者不火葬，死了之後記得幫他風葬。」
美祿彷彿看穿了黑煙的另一頭，以清澈的聲音說道。
「……只是，我想見見他……大概又要被罵了。」
長髮隨風飄揚的帕烏，凝視弟弟的清爽側臉好一會兒。接著才有些見外地準備開口，就在此時。
隨著「轟隆隆隆隆！」巨響崩塌的巨蛋瓦礫飛射過來，襲擊兩人。
「帕烏，危險！」
一條巨大鋼骨就這樣插在原本兩人站立的位置。
兩人彈開似的逃離，拉開距離，再次將視線轉到越發劇烈湧出的黑煙另一端。
那是一條巨大的「手臂」。
巨大的鏽蝕色手臂彷彿躍出黑煙般向上伸展，後來那條手臂在空中「霍！」地破風揮舞。被掃倒的基地監視塔就這樣橫倒衝撞地面，揚起煙塵。
勁風吹散黑煙之後，可以看到方才還是巨蛋建築的地方，出現一個巨大的人型物體，以雙腳立於大地上。它全身都是一整片深沉的鏽蝕色，仔細一看，可發現它身上捲著崩塌的巨蛋留下的鋼鐵廢物，正「咕嚕咕嚕」地蠢動著。

「那是什麼！」

美祿抱著說不出話的帕烏躲進遮蔽處。基地內的戰車組成編隊出動，接連對著巨人發射主砲。儘管每一門主砲都精準命中巨人的腹部，捲起爆煙，但巨人仍文風不動。

巨人被鋼鐵面具覆蓋的臉上，嘴巴的部分縱向打開，巨人接著深吸一口氣。

「吼喔喔喔喔喔喔喔喔。」

朝戰車編隊吐出一口粗重渾濁的氣息。儘管這口氣只照射了戰車編隊數秒，但別說戰車了，甚至附近的道路與設施上都覆蓋了一層厚厚的鏽蝕。

「這、這就是鐵人嗎……！」

那確實就像凝聚了世界的毀滅，有如神一般的兵器。

鐵人隨意用腳踩，或用手揮走仍不斷前來挑戰的政府陸軍兵器，動作雖然緩慢，看起來卻像擁有明確的意圖，正朝著某個方位前進。

「原來那不是單純的鏽蝕培養爐嗎？這種東西為什麼還能動！」

「……那傢伙是……」

美祿嚥下原本想說出口的「黑革」二字。

巨人前進的方向是秋田，子哭幽谷的方位。加上從巨人空虛的雙眼之中，不知為何有種微微的，好似黑革那漆黑又黏稠的獨特意念殘留的感覺。

「……日本即將再度毀滅嗎……」

美祿鑽過被絕望吞噬，只能茫然仰望巨人的帕烏身邊，猛力奔出。

並且一把推開急忙想追上來的帕烏，迅速跨上帕烏的機車，踩下油門。

「美祿！」

「我要去子哭幽谷。」儘管美祿的聲音澄澈，還是毅然決然地回覆姊姊。

「它想滅絕筒蛇，滅絕食鏽。我會阻止它，不會讓它得逞。」

「你沒看到它吐出來的鏽蝕氣息嗎！那傢伙是神，是毀滅的化身！只是靠近它就會遭到鏽蝕啊！」

「我不會鏽蝕，只有我注射過食鏽的安瓶。所以，這只有我做得到。」

美祿的手撫上就快要哭出來的帕烏臉頰，平靜地說道：

「我必須去。帕烏，麻煩妳引導霜吹的民眾逃難。」

「笑話！我也要去！我怎麼可能讓你一個人去！」

「帕烏。」美祿這時首度在那張熊貓臉上露齒而笑。

「妳知道的吧，我已經不是一個人了！」

美祿抛下姊姊的阻止，腳下的機車捲起沙塵，一直線追著巨人而去。帕烏遠遠看著他的背影，用手按住揪痛的心。

（那不是前去赴死的表情……！）

帕烏只猶豫了一下。

接著堅決地往自己必須前往的地方而去。

這時一輛中型廂型車「嘎啦嘎啦嘎啦！」地以輪胎挖開地面，擋在帕烏的面前。前座的車門被粗魯地踹開，一個小個子少女對著帕烏大喊：

「妳是自衛團長帕烏對吧！我找妳好久了！快上來！本隊已經來到附近了！」

「本隊來到附近？妳是誰？」

「大茶釜滋露！我的名字不重要啦，妳想打倒黑革對吧？自衛團的人只聽妳指揮，很麻煩耶！妳快上車啦，快點！」

19

巨人慵懶地以手臂打落像飛蚊般圍繞在自己身邊的戰鬥機。

雖然戰鬥機躲開破風而來的手臂，卻被隨著風捲起的鏽蝕瘴氣纏住，失去平衡而朝著巨人衝撞過去。

巨人空虛地看著無計可施，只能漸漸沒入自身那帶有黏性的鏽蝕皮膚內的戰鬥機，發出呻吟。

『……赤……星……』

幾架從基地派過來的戰鬥直升機，一同將機槍對著巨人背部開火。

槍彈雖然粉碎了覆蓋在巨人表面的破銅爛鐵與鋼骨，但絕大多數幾乎都被鏽蝕皮膚吞沒，完全無法給巨人造成任何傷害。

『赤……星——』

巨人回頭噴出鏽蝕氣息，散播立即性的毀滅。荒野的風與土都在一瞬間鏽蝕，直升機接連折彎，紛紛墜落揚起爆煙。

巨人先觀察了一會兒眼前那些維持不了多久，便消失而去的威脅，在知道那些東西無法再起後，又空虛地繼續向前。

巨人的上半身從紅沙飛舞的荒野中，那深深往下鑿出的山谷探出，在山谷之間緩慢地前進。每當鐵人踏出一步，霜吹商人貼著山谷搭建的營地就被那巨大身體刮落，使商人們接連發出慘叫，有些人抱著家畜，有些人則抱著小孩一舉湧出，四處逃竄。

這時，巨人的眼睛——。

看見一道人影在約與巨人胸部齊高的山丘上，任憑風勢吹動自己的外套。那人手中握著閃耀翡翠光澤的弓，藍色的雙眼之中沒有絲毫恐懼，直直瞪著巨人。

巨人發現渾濁沉澱的自身思緒深處，起了一些些騷動。

「獲得一個這麼大的身體，看你挺滿意的嘛，黑革。」

『唔……喔……』

「你以為我死了嗎?以為我會因為那點程度,跟你這種貨色一起同歸於盡嗎!」

美祿的天空色頭髮隨風飄揚,如火焰飛舞。

「黑革,說說看我的名字。如果你覺得還死不夠,我每次都會!把你送下地獄!」

『赤……星———!』

巨人變得略略激動,身體大幅顫抖起來,舉高右手就往山丘揮去。岩石粉碎,粉塵飛舞。外套彷彿要扯開沙塵般飄盪,高高躍起的美祿手中的強弓,放出了撕裂空氣的一箭。

箭深深刺入砸在地面上的巨人一隻手指,「啵!」地生出火紅菌傘的蕈菇,將巨人的手釘在岩壁上。巨人以剩下的左手臂揮向躍在空中的美祿,但美祿以開出的蕈菇作為立足點跳起躲開,朝著手肘、肩膀連續射出兩箭。

『喔———!』

「啵、啵」地接連開出的蕈菇威力讓巨人呻吟。美祿邊閃躲揮過來的巨大手臂,在岩山上無窮無盡地四處跳躍,拉弓放箭。接著是第四箭、第五箭。因為被貫穿開出的蕈菇而四處飛散的巨人碎片,陸續打中美祿的身體,劃開他的皮肉。即使如此,美祿仍沒有因為痛楚扭曲表情,只是憑著專一的意志持續放箭。

帶來毀滅的鏽蝕被生命的菌絲纏上,渾身長滿蕈菇而呻吟著的鐵人,半是發狂地猛搓身體,連根剷除長在身上的蕈菇。然後大大顫抖一下深吸一口氣,張開巨大的嘴,朝美祿呼出鏽蝕氣息。

強大的逆風與奔騰的鏽蝕，腐朽氣息吞噬美祿。在深厚的硫磺色覆蓋之下，甚至無法看清身影的風暴之中——

一支箭閃爍光芒，逆向頂著呼嘯的風暴，一直線朝著巨人的嘴而去，深深刺入其喉嚨深處。因為生長出蕈菇，喉嚨因此哽住導致腐蝕氣息中斷。失去排出管道的腐蝕氣息直接穿破巨人喉嚨，如蒸汽般噴出。

鏽蝕風暴散去。

美祿因暈眩而搖晃，急促喘著氣，單膝跪在地上。雖然他的眼角流出血淚，但白皙的皮膚並未遭到鏽蝕。美祿親身體現了食鏽安瓶具有多麼強大的效力。

「你叫得真誇張耶……蕈菇有這麼弄痛你嗎？」

美祿露齒而笑，擺出就像畢斯可面對敵人時的一貫態度。

「蕈菇是生命，是想要生存下去的意志本身。就是為了要吞噬像你這種沒道理的毀滅！才能夠綻放！」

撕裂脖子與臉頰吹出的氣息之中，混雜著悶悶的呻吟，鐵人將手伸進喉嚨挖出綻放其中的蕈菇。美祿不等他恢復，緊接著拉滿弓，卻在這時看到在高台上扛著火箭筒，瞄準鐵人的霜吹武器商人們。

商人們應該是想保護聚落裡面的女人與小孩，而勇敢地接連朝鐵人開砲。美祿拚命向對著自己揮手的其中一人大喊：

「不要亂來!快點逃離那裡——!」

鐵人脖子上挨了好幾發捲著爆煙而來的火箭筒,厭煩地呻吟之後,一聲怒吼大大轉動上半身,舉高右手臂一鼓作氣往商人們打下去。

鐵人的手臂霍霍揮下,美祿不禁別開目光不忍繼續看下去。但當白煙散去,就看到某種橘色的巨大物體,在商人們跟前扛住了手臂。

「芥川——!」

「小子——!射箭啊——!」

聽到騎在芥川身上的賈維吼出的聲音,美祿立刻拉滿強弓,朝鐵人的手腕射出。箭分毫不差地命中,立刻開出蕈菇,芥川便趁這個機會以其蠻力,甩開因為痛楚而縮了一下的鐵人手臂。

「小子,繼續攻擊吧!雖然看起來被鏽蝕反噬,但菌絲確實都有成功生根!只要能夠撐下去,就是咱們會勝利!」

賈維自己也拉滿了弓,對著美祿大喊。

兩位蕈菇守護者夾著山谷,在兩岸朝鐵人不斷放箭。

全身長滿蕈菇的巨人邊瘋狂地摩擦身體,掃掉身上的蕈菇,一邊朝芥川吐出累積已久的腐蝕氣息。

「賈維——!」

芥川雖然在高台上奔竄閃躲鏽蝕氣息,仍無法全數閃過。就在巨人的氣息終於要命中芥川的瞬間——

「喝嘿嘿嘿嘿呀啊啊啊——————！」

長長的黑髮在晴朗的天空畫出一條直線。如獵隼般從高台滑空而下的白銀戰士，使出渾身解數的鐵棍一擊「霍」地破風，重擊鐵人側臉，阻止了它的鏽蝕氣息。

「帕烏！」

「美祿！忌濱自衛團來了，居民交給他們救助就好！」

帕烏踢蹬鐵人的肩頭落在美祿身邊，重新架好鐵棍。在弟弟搭好弓之前，帕烏揮舞手中的鐵棍打飛從天而降的鐵人碎片。

仔細一看，漆了忌濱代表色的法國蝸牛正從南邊過來，地上也有大批美洲鬣蜥騎兵奔來，救出因場面混亂而困惑的霜吹商人們，從山谷奔出。當鐵人打算抬腳踩扁這些美洲鬣蜥騎兵時，在空中的法國蝸牛發射的火箭接連爆炸，阻止了鐵人的行動。

這已經是集合所有人類的力量，同心協力對抗單一毀滅性對象的壯大戰場。在蕈菇守護者的箭與現代武器不間斷的波狀攻擊之下，鐵人終於為了保護自己而以雙手抱頭，擺出保護自身的小孩般姿勢。

「成功了嗎……？美祿，還差一點！」

「等等，好像……！」

美祿抓住正準備奔出的帕烏手臂，抽了一口氣。

他本能性地感覺到，好像有某種漆黑的東西在鐵人體內旋轉，正準備噴發。

這時鐵人顫抖了一下。

左右胸口的部分裝甲板打開，從中冒出粗獷，有如送風機般的物體。在爆炸煙塵瀰漫之中，鐵人緩緩啟動左右胸口上的扇葉……

瞬間的寧靜之後，勁風「轟」地捲起，穿透耳膜般的聲音響遍周遭。

擁有異常質量的鏽蝕風從鐵人胸口吹出，甚至加強了氣旋，挖起它本身的鏽蝕皮膚表面，化為一陣龍捲風，將周圍的岩壁捲成粉碎。

那是能鏽蝕腐敗周遭一切事物的死亡風暴。

之前包圍鐵人，呈現優勢的人類力量，此時輕易地瞬間破除毀滅。法國蝸牛在眨眼之間化為鏽蝕團塊衝撞地面，運送霜吹居民到達安全地點後折返的英勇美洲鬣蜥騎兵們，也在甚至來不及發出慘叫的狀況下鏽蝕腐敗，漸漸粉碎。

美祿推倒帕烏，並將整個身體壓上去，盡可能保護住她。穿過鏽蝕風暴，從另一邊山谷跳過來的芥川連同賈維一起，將三人按在自己的腹部之下，從鏽蝕風暴中保護了三人。

「啊啊……！美祿，振作點！」

「可惡，到此為止了嗎？明明只差一步啊！」

美祿在悲壯地這麼說著的兩人跟前緩緩起身。先搖晃了一下之後，倚著芥川，稍微笑了笑，並愛憐地撫著芥川的腹部甲殼。

「美祿……？」

聽著姊姊的聲音從背後傳來，美祿從腰際的小包掏出一瓶紅色的強壯安瓶，注射在自己的脖子上。強力的藥效滲透白色肌膚帶來的強烈刺激，讓美祿不禁痛苦地稍稍呻吟。

「紅色藥瓶……怎麼可能，你打了毘沙門菇嗎！你身體虛弱成那樣，不可能撐得住啊！」

「賈維，不好意思。帕烏就……拜託你照顧了。」

「你沒看到這陣鏽蝕風暴嗎？小子，你這下出去真的會死！」

「如果我是畢斯可，你會阻止我嗎？」

「唔……！」

「我走了！」

「不要，美祿，不能去────！」

在這不斷吹送的鏽蝕暴風之中，除了鐵梭子蟹的芥川之外，只剩下打過食鏽安瓶的美祿能夠不受影響。這毫無疑問是事實。

「只能賭在小子身上了……！」

賈維壓著不斷掙扎的帕烏，一股將要在同一天失去兩個兒子的預感凍僵了他的內心，使他稍稍顫抖起來。

因為鏽蝕風暴在轉瞬間輕易抹除了之前煎熬自己的威脅，鐵人於是百無聊賴地轉了轉脖子。

鐵人看到遠處勉強躲過暴風威脅，往風雪交加的霜吹逃去的商人們，於是又張開大口，準備吐出鏽蝕氣息時，從旁邊——

劃破肆虐中的風暴，逆轉乾坤的一箭貫入鐵人的臉頰將之射穿，「啵！」地開出藍色蕈菇。

腐蝕氣息被蕈菇抑制下來，它不禁發出呻吟。

「……你是太無腦記不住嗎？」滿臉是血的美祿咬牙怒吼。

「黑革，我說過，你的對手是我！」

鐵人高舉手臂，揮向在岩山上拚命對抗強風的美祿。若是平常的他，自然可以利用天生的輕盈身段躍起，輕易閃過這一記，但現在一旦跳高就會被鏽蝕風暴捲走，因此這個方法不可行。鏽蝕團塊重重砸下，直接轟飛美祿輕盈的身體，摔在岩石表面上，捲起白煙。

「美祿——！」

帕烏出聲慘叫。芥川拚命抓住扭著身體，打算衝進鏽蝕風暴之中的帕烏。鐵人的左手臂又朝著這樣的芥川揮下。

這時又「啵！」一聲。

一支蕈菇箭從依然冒著白煙的岩壁竄出，命中鐵人的手腕，使之扯離芥川。儘管血液如瀑布般從全身流出，但藍色的眼眸仍炯炯有神地睜著的美祿，拖著身體朝鐵人前行。

對準想要蓋住自己的鐵人的手射出一箭。鐵人雖然握住美祿的身體將之抓起，並打算捏碎他，卻因為無法忍受開出蕈菇造成的痛楚而放手。美祿往下落的同時再射一箭，卻因為無法順利落地，重重地摔在地上。

「放開我！美祿……美祿！他真的會死！」

「小子……！」

眼前的景象實在太過悽慘，就連跟著芥川一起壓制帕烏的賈維，都可能一個不小心就會衝出去。但是搖搖晃晃地站起身，滿臉是血的美祿臉上，有的不是死心與自暴自棄。只有對已死搭檔許下的諾言，在那對藍色眼中閃耀，純粹地與鐵人抗衡。

賈維在美祿身上看到明明與他毫不相像的愛徒影子。一股覺得現在放棄還太早的茫然預感，勉強讓賈維乖乖留在芥川身下。

（為什麼我還能站起來呢？）

美祿在幾度被鏽蝕打趴又加以反擊之中，一副事不關己地想著。

他很清楚自己的身體已經殘破不堪，早已超越了極限。即使如此，就像那麼做是理所當然般，放任自己的雙手拉弓、雙腿站起來之後，便能感覺到身體內部湧出無盡的勇氣。

（原來畢斯可也是懷抱著這樣的心情啊。）

美祿站在過去搭檔應該曾經站立過的地方，拉著弓。

這讓美祿很高興。

這時他危急地往旁邊一跳，躲開鐵人揮下的手，然後深呼吸一口氣。

（如果是現在——）

用力拉滿畢斯可的翡翠弓。

（我能射出像畢斯可那樣的箭。）

藍色眼眸在沾滿血的臉上熠熠生輝。

拉滿的強弓「啪刷！」放箭，那一箭貫穿鐵人的胸部裝甲，命中鏽蝕肉身，並當場爆出蕈菇。覆蓋鐵人胸部的鐵板「砰！」地彈飛，無數埋藏在扇葉附近的排線裸露而出。

美祿沒有放過鐵人苦悶地呻吟的空檔，幾乎是連滾帶爬地往鐵人猛衝，跳上去後抓著鐵人的皮膚往胸腔爬。

「接招啊啊——！」

然後一聲怒吼，將從腰際抽出的短刀插在裸露於外的排線上，並順著巨大身體往下滑，強行割斷排線。

『喔、喔、啊——』巨人更是大聲呻吟。

不僅配電裝置，連粗大的排線都被割斷好幾條，使鐵人胸腔的送風機發出「嘎吱嘎吱」聲停止轉動，並炸開火花，冒出黑煙。

（成功了。）

覆蓋周遭的鏽蝕風暴止息，天色轉晴。

美祿視野朦朧，勉強以短刀支撐著身體。感覺只要一個鬆懈，身體就會完全動彈不得，不管怎樣掙扎也於事無補。他彷彿忘了眨眼，讓流進眼睛的鮮血堆積，與眼淚混在一起滑過臉頰。

（啊，不行，我還……！）

不能死的念頭，拚命維繫著朦朧的意識。

光是做到這點就費盡全力。在沖刷意識的奔流之中，勉強維持即將遠去的思緒，已經是美祿的極限了。只要閉上眼，就很可能被沖走，所以他拚命地睜大著眼。

而就在他視野的角落。

裝甲剝落，暴露在外的胸腔鏽蝕之中，有某樣東西發著光。在彷彿會吸收陽光的鐵人鏽蝕皮膚中，那個顯得特別耀眼。

是「風鏡」。

是畢斯可最中意，從來不曾離開他額頭的貓眼風鏡，一半埋沒在鏽蝕皮膚裡，被風吹得搖搖晃晃。

「……畢斯可！」

美祿差點要沉沒在死亡之中的意識瞬間覺醒，睜大了雙眼。

他擠出殘留在身體深處的最後力量，再次爬上鐵人，有如要將埋沒在鏽蝕裡的風鏡拔出來一樣握住。

「……畢斯可……你在那裡嗎？」

空虛地對埋著風鏡的鏽蝕牆壁說道。

美祿的意識中幾乎已經沒有理性殘留，只因為那裡或許埋藏了搭檔屍體的念頭而發狂，他緊緊抓住風鏡，並不斷徒手挖掘，想要挖開厚重的鏽蝕。

「畢斯可，不行啦……你怎麼可以一個人待在這麼冰冷的地方……我們一起回去吧。一起回到大家身邊，畢斯可……！」

不管怎麼挖，厚實的鏽蝕肉塊都只會像沙堆一樣剝落，接著立刻長回厚實的皮膚。即使指甲剝落，手指流血，美祿還是不願停手。

「還給我……把畢斯可還給我……！把畢斯可還給我——！」

美祿對著巨人怒吼，有如要從喉嚨噴出血來。巨人以抓住美祿代替回應，將他扔到另一片岩山。美祿已經無力抵抗，就這樣被砸在岩石上。

就算開口想說些什麼，也只有血流出，甚至連慘叫都發不出。

美祿拚命想要拉弓，可是手臂已經抬不起來。美祿心想，起碼最後要注視自己的死亡，所以灌注了所有力量，直直凝視著鐵人。藍色雙眼直到最後，仍一直瞪著粗大的手臂緩緩覆蓋自己的情景。

有種好像被透明、厚實，且溫暖的膜包覆著，在白色大海中漂蕩的感覺。

彷彿坐在自己溶解的精神旁邊，看著它溶解。好似在如此神奇的寧靜之中隨波逐流。

這裡是沒有任何聲音的寂靜世界。在那之中，感受到太多餘的無限擴展和平，「那個」覺得很不舒適地掙扎了下，因此引起的波動，後來仍被和平吸收了。

就這樣，預感甜美地低語著，僅存的心靈碎片裡些許的猶豫，也會被這一片白的世界吸收，成為永久安息的一部分。

沒有理由抗拒，只是留在「那個」深處又深處的最後情感之一，正柔和地抗拒溶解在白色大海之中。

最後的心靈意志靜靜地，如沙一般滑順，往大海溶解而去……

『畢斯可。』

忽地在這時停下。

好像有某種很重要的，具有意義的聲音，給寂靜帶來一絲裂痕，能夠稍稍聽見。

為了追尋那應該很熟悉，比什麼都重要的聲音，「那個」脈動了一下，大大掙扎。

『畢斯可……！』

二度傳來的聲音，讓「那個」瞬間想起那聲音就是在說自己的名字，像遭受電擊一般，猛然睜開在心中閉上的雙眼。

力量源源不絕流進找回名字的「那個」的意志之中，首先是眼睛，接著手臂、腿部成形，取回「那個」原本已溶解的身形。接著以所有的意志，對抗包容著自己，那太過強大的安眠力量。

『畢斯可！』

第三次呼喊，讓畢斯可想起是誰在呼喚自己。

全身湧現力量，發出震盪空氣的怒吼，白色的世界接連龜裂，原本應該是每個人都想追求的死亡安寧在此徹底瓦解，畢斯可被彈開般地整個人甩到黑漆漆的世界裡。

「！」

好像從深沉水底浮出水面，他大大喘息好幾次。

原本麻痺的全身知覺漸漸恢復，畢斯可感覺到布滿全身的鏽蝕觸感，咬牙將全身化為萬力般鼓足力量，從內側扯開那鏽蝕肉塊。

口中發出猛獸般咆哮。

囚禁畢斯可的鏽蝕牢籠被他非人般的強大臂力扯碎，終於讓畢斯可的身體暴露於青天白日之下。

明明囚禁在那樣濃厚的鏽蝕之中，但不論身體、身上的衣服還是外套，都沒有遭到鏽蝕。儘管畢斯可因自己身體火熱的程度而困惑，仍拚命尋找呼喚自己的聲音主人。

「美祿！美祿——————！」

陽光彷彿呼應畢斯可的聲音般閃耀，照亮在岩山上的鮮豔天藍色頭髮。

看到上氣不接下氣的伙伴身影，畢斯可一蹬鐵人身體，如子彈鑽出落地，並以人類之軀發揮出非人的臂力，接住鐵人「轟！」地揮下的手臂。

「唔唔唔喔喔——————！」

畢斯可怒吼，扭轉身體使出迴旋踢，巨大鐵人的手腕竟如同玩具粉碎四散，猛力衝撞遠處岩山，揚起沙塵。

「喔……喔喔？」

在鐵人的咆哮呻吟聲之中，畢斯可無法好好控制自身體內熊燃燒的力量，只能在空中順著氣勢不斷打轉，重重落地。

畢斯可邊起身，邊看著鐵人身上開滿的無數蕈菇。這些蕈菇在在讚頌了搭檔的奮鬥與勇猛，讓畢斯可心頭一熱。

「……這都是……美祿做的嗎……？」

「…………畢斯……可……？」

畢斯可聽到顫抖的聲音回頭，與因驚愕而睜大眼的搭檔對上眼。

「嗨。」

畢斯可向他搭話。

美祿本人並無法理解，是他把幾乎全數溶解於死亡之中的畢斯可意識收集起來，並使之復甦。他無法相信站在眼前的畢斯可的身影是現實，只能睜大了眼，有如害怕著自己將會再度失望般顫抖著。

「我去那個世界之前聽到了。」

「…………啊……！」

「是你在叫我對吧？」

白色犬齒閃亮現出。

陽光照耀下，美祿從側面看過好幾次的，畢斯可那壞小孩般狂傲的笑，就在眼前。

美祿的眼中立刻盈滿淚水……

他彷彿忘記至今受過的所有傷而起身，撲向畢斯可。

他用雙手圈住畢斯可的脖子，想要緊緊抱住他，卻因畢斯可烈焰燃燒般的高體溫而驚訝。美祿維持這樣的姿勢只消四秒，就終於因為快燙傷而不得不往後跳開，忿忿地對畢斯可抱怨：

「笨蛋！你好燙！」

「好燙？我嗎？」

「畢斯可，你的……身體……！」

這時畢斯可才發現自己理應因為鏽蝕而灰飛煙滅的右手臂，正燃燒閃亮著橘色光輝，不禁因為此強大力量吞了吞口水。

肌肉纖維從尚未完全重生的單薄皮膚透出，炙熱地脈動著。而看來原本應該粉碎的雙腿也是一樣狀況，目前正火紅燃燒的畢斯可全身，正以極快的速度重生中。

「這是怎樣啊？」

「畢斯可，前面！」

重整態勢的鐵人舉高完好的左手一揮而下。

畢斯可抱起美祿往旁邊跳開躲過，接過美祿遞出的綠色弓箭後，雙眼熠熠生輝，一鼓作氣拉滿弓弦。

雖然因為從自己體內無限湧出的神祕力量而戰慄，但畢斯可仍堅定地壓抑恐懼，將之轉化為無盡的集中力。

深深呼出的一口氣帶著火粉，於空中飛舞，閃閃發光。

「喝——！」

射出的箭發揮神速，化作一道橘色光芒。理應只是一支細細的箭，卻像隕石穿過般在巨人側腹開出一個大洞。沒多久後，在大大搖晃歪倒的鐵人側腹上，如太陽閃耀的蕈菇爆發般穿破而出，綻放開來。

下一瞬間，畢斯可的箭立刻命中另一邊側腹，也將該處挖開一個圓形大洞。太陽蕈菇吞噬腹部周遭所帶來的威脅，讓鐵人顫抖著咆哮。

「好、好厲害……！」

美祿甚至不禁懷疑，自己是不是正在作一場美妙的好夢……從地獄裡死而復生的搭檔威容，就是如此莊嚴。

燃燒般的紅髮隨風飄揚，眼中帶著翡翠綠光，全身散發著橘色光輝，並吹出細微的火粉，在空中閃亮飛舞。

眼前景象簡直有如太陽化為人形立於此地。

「喝呀！」

畢斯可將揮下的左手臂當作立足點，高高一躍逼近巨人，有如要貫穿巨人胸膛般放出一箭，將巨大的身體從已被挖開兩個大洞的腹部位置攔腰折斷，往遙遠前方飛去。

巨大的上半身彷彿被箭搬運起來般浮起，摩擦地面好幾下，重重撞在遠方岩山上。鐵與鏽蝕粉碎，巨大的聲響傳遍周遭。

「美祿————！」

「帕烏！賈維！」

「那是……！赤星……嗎……？」

乘著賈維衝過來的帕烏和賈維，看到有如火焰在谷底閃耀的畢斯可的容貌，都驚愕地睜大雙眼。

谷底這邊，倒在畢斯可跟前的鐵人下半身上接連開出閃耀橘色光輝的蕈菇菌傘，「啵！」、「啵！」地彈開鏽蝕，現在也持續綻放中。

「是食鏽！……而且這是已經吸過血的……！」

「那是蕈菇之神啊。」賈維的雙眼有如少年閃閃發光，作夢般地嘆了一口氣。「怎麼可能會有這種事，那傢伙竟然變成神回來了！」

當事人在爆發性持續生長的食鏽菌傘上跳來跳去，「咚！」地在三人與一匹面前落地，四處揮灑閃亮粉塵。

「……我到底是怎麼了？不管射什麼箭都會變成食鏞。力量不斷湧現……停不下來啊，簡直就像在燃燒……」

「從畢斯可身上灑出來的這個是……孢子！那麼，現在的畢斯可是……！」

鐵人格外高亢的怒吼從遙遠岩山傳來，有如要打斷美祿的思緒一般。巨人邊呻吟邊抬起了上半身。

「那傢伙還沒斷氣喔！芥川，過來！」

「畢斯可！我也一起去！」

「白痴！你這不是廢話！」

芥川氣勢十足地衝刺而出，畢斯可和美祿一舉跳上牠的背部。這時——

「畢斯可，用這個！」

賈維扔出自己的弓，畢斯可反手接住後，把自己的綠色弓遞給美祿，才像總算找回平時的狀態般露齒而笑。

「那黑革也真是死纏爛打。美祿，讓我們送他上路。」

「畢斯可，我想現在的你應該是食鏽與人類的混血！因筒蛇毒素而沉睡的食鏽發芽，吞噬了鐵人的鏽蝕！而那個現在在你體內……！」

「突然跟我講這個，我也搞不清楚是怎麼回事啦！總之先打倒那個大傢伙！」

「自己的身體變成這樣，你都不在意嗎？」

「你了解我，這樣就夠了！」

畢斯可露出美祿熟悉的一如往常笑容，美祿則有些困擾地看這個笑，不禁出神……

「我知道了，畢斯可！」接著立刻笑開。

「就是這樣。芥川，很好！從這裡就可以射中！」

畢斯可熊熊燃燒的雙眼閃出一道光，緊緊拉滿弓。這必殺一箭打算朝鐵人的胸口放出……就在此時，兩人感受到異樣的氣息，登時停手。

「畢斯可，等一下！」

「……怎麼回事？」

只剩下上半身，挺起身子仰望天空的鐵人身體噴出大量蒸汽，全身變為一片火紅，「啵啵」地冒出鏽蝕泡泡。

鐵人的身體分量明顯增加，不時還會痙攣顫抖。

「這傢伙膨脹了……！」

「赤星———！等等等等等！先別動手———！」

一輛中型廂型車以全速行駛，追著芥川而來，停在畢斯可身旁。滿臉煤灰不斷嗆咳的小個子粉紅頭髮少女，連滾帶爬出現在驚訝不已的兩人面前。

「「滋露！」」

「我在宮城基地裡找到設計圖了！」滋露勉強用乾啞不已的喉嚨發聲，一邊翻著手中的資料。「簡單來說，現在這個現象是自爆的徵兆！要是胡亂給予刺激，這裡很可能會跟東京一樣被炸出一個大洞！」

騎著遭到鏽蝕的機車，有如追隨滋露而來的帕烏停好車後，也探頭看著設計圖。賈維從機車後座跳下來，跳上芥川的背，在美祿上方一屁股坐下。

「這我是懂！但如果不能攻擊，那該怎麼辦才好！」

「不妙！它又要噴出腐蝕氣息了！」

發紅膨脹的鐵人張口，對著集合於此的五人與一匹，吐出已經化為火團的沸騰鏽蝕氣息。

「畢斯可！」

「喔喔！」

畢斯可呼應美祿的聲音，瞬間把成束的箭射在眼前的地面上。

以箭為爆炸中心，閃亮的食鏽「啵！」、「啵！」地盛大綻放，化為一道巨大蕈菇牆壁，阻擋腐蝕氣息。

「成、成功了！這威力真不得了啊，畢斯可！」

「我、我不知道該怎麼控制力道……！我只用了一點力量，就一口氣開出這麼多！」

然而即使如此，仍無法阻止鐵人噴出的氣息。只見腐蝕氣息越噴越強，正以強烈的氣勢吹送，想要將天敵食鏽也鏽蝕掉。

「可惡，再這樣下去……！滋露，妳沒有方法可以阻止它嗎？」

「哇哇哇哇，等等等等、等等啦，笨蛋！我也是很努力耶！」

滋露殺紅了眼般拚命翻閱頁面，尋找停下鐵人的方法。

「從心臟部位反推回來，如果血管分布真的跟這張圖標的一樣，那會是從哪裡傳遞命令的啊……？明明沒有獨立ＡＩ，究竟是要用什麼方法啟動自爆……」

滋露口中不斷嘀咕，突然靈光一閃，跳了起來。

「我、我懂了！引爆的扳機是駕駛員的腦！位在頭部的那個外骨骼保護著連接操縱者的機構。如果能打穿頭部，只殺害駕駛員，鐵人就無法自爆了！」

「好，打爆它的頭就行了吧。」

「畢斯可，這樣不行！我們不知黑革在那麼大一顆頭的什麼位置。以目前畢斯可射出的箭的威力來看，要是一有偏差，那真的會當場爆炸！」

在場眾人全部凝視著正持續噴出腐蝕氣息的鐵人面孔，這時帕烏閉上眼睛，然後大大呼一口氣，睜開雙眼，以那張美麗的臉孔面向滋露。

「只要先打碎那鐵面具就可以了吧。」

「帕烏，難道妳……！」

「別鬧了！這跟去送死沒兩樣啊，讓老夫和芥川去！」

「不可以，螃蟹沒辦法巧妙地控制力道。」

帕烏「霍」地一揮鐵棍，毅然決然起身。

「我的棍棒本來就不是用來殺人的技術。我很熟悉不會刺激到它的本體，而只是粉碎鎧甲的方法。就像為了這一刻而安排好的一樣……」

「妳說這不是殺人的技術？」畢斯可發出憨傻的聲音，用手肘頂了美祿一下。

「虧妳把人痛扁成那樣，還真敢說。美祿，妳老姊說謊都不打草稿的耶。」

「我可是打算從容就義，居然被你說成這樣。」

畢斯可的說詞似乎真的惹怒了帕烏，只見她不悅地逼近畢斯可。

「雖然我這個人清心寡欲，但沒收點回報就去送死也太沒意思……」

「妳、妳幹嘛突然這樣？」看到帕烏的態度忸忸怩怩，非常不像她的作風，讓畢斯可很是困惑。

「要是妳活下來了，隨妳喜歡什麼我都給妳！所以妳一個堂堂忌濱自衛團長，不要擺出那種表情啦！」

「……哦。」

帕烏的眼神一亮，露出一個惡作劇的豔麗笑容。

「隨我喜歡什麼啊……」

帕烏突然用驚人的強大力量揪住畢斯可的衣領，整張臉往畢斯可貼過去之後，狠狠地吻上了他的唇。在畢斯可掌握現況的幾秒之間，帕烏簡直像對著獵物張牙舞爪的野獸，貪婪地享用著畢斯可的嘴唇。

「嗯嗯唔——————！」

不論面臨怎樣的絕地都不曾慌亂的畢斯可，卻在這時候像是一隻感受到生命危機的鴿子般胡亂動著身體，花了很長一段時間……才勉強撿回一條小命，逃離帕烏的強悍臂彎。

「啊哈哈哈哈哈！」

帕烏吸起兩人唾液牽起的絲線，用袖子抹了抹嘴唇後，露出打從心底覺得愉快的清爽笑容。那是一個連弟弟美祿都不禁看到出神，沒有任何做作與寂寥之情，美麗且純粹的姊姊的笑容。

「赤星，就讓你先付款嘍！」

帕烏的背影甩著長長秀髮，側眼看了過來。

美祿探頭看向茫然自失地目送帕烏離去的畢斯可。他感受著美祿看起來非常開心的目光，只能像個軟弱無力的少女一樣不斷發抖。

「她一定會是個好老婆喔！長得漂亮又守貞……」

「那根本是野獸吧！」

「E罩杯喲。」

「囉唆啦！」

美祿看著畢斯可瞪大眼睛，也忍不住笑了。

儘管目前面臨絕境，但神奇的是心底充滿著希望。那並不是覺悟一死的悲壯情緒，美祿覺得自己處在一種無條件地相信自己，相信明天會到來的平穩確信之中。

而不論是帕烏、賈維、滋露，甚至連芥川都有同樣念頭。能夠感受到美祿身邊這個太陽般的男子，掃去了各自心中的不安陰影，火熱地照亮大家。

「我已經做到我能做的事嘍！要是這樣還是死了，可不要化為厲鬼找我麻煩啊！」

「滋露！謝謝妳！妳為了我們也是賭上性命了吧！」

美祿對逃跑似的鑽進廂型車的滋露說道。滋露畏畏縮縮地回頭，一邊把玩著麻花辮子，含糊地回話。

「這、這只是回報前兩次欠你們的啦！而、而且……」

先吞了一下口水，滿臉通紅的滋露說道：

「……如、如果朋友！在眼前碰到麻煩，當然會出面幫助吧！」

丟完這句話後關上門，中型廂型車以全速駛離。這時一發熊熊燃燒，好似流彈的鏽蝕團塊朝廂型車飛過去。背上載著老爺爺的大螃蟹一跳，大螯一閃將之打飛。

「畢斯可！咱們總算——！到了這一步啦——！」

「老頭，別大意過頭啦！要是你敢在最後一刻死了，我就會追到地獄去痛扁你一頓！」

「看樣子暫時不缺那個世界的話題啦！」

賈維彷彿找回過往的年輕活力，面對死線的雙眼炯炯有神。

「機會難得，當然要以獲勝作收啦！姑娘，咱們上！」

「好！」

在帕烏跳上去的瞬間，賈維一鞭抽上芥川，大螃蟹迅速奔出食鏽牆，往鐵人的側面繞過去。巨人因這出其不意的動作停止噴出火焰氣息，接著一轉頭，鎖定了正在奔跑的芥川。

「已經快要爆炸了耶！」

「賈維老爹，你能把我丟出去嗎？」

「什麼？」

「那傢伙很有可能因為持續噴出火焰氣息而自滅，我會從這裡跳上鐵面具！請用芥川把我扔到那個位置上！」

「……哇哈哈哈哈！妳這姑娘真不得了！」賈維大笑，接著斂起表情，朝芥川甩了一鞭。「好喲，我知道了！要不要幫妳唸經啊？」

「不必！我才剛品嘗過活生生人神的舌頭而已！」

「芥川，上啦——！」

芥川用大螯拎起帕烏，在賈維號令之下一蹬地面，如龍捲風扭轉身體，接著以其無比強大的所有臂力將帕烏遠遠拋至空中。帕烏的長髮如黑色流星，在蔚藍的天空畫出一條線，鐵棍則被陽光照得閃閃發亮。

（我的棍術——）

鐵人的嘴對著帕烏大大張開，在喉嚨冒著帕烏的沸騰紅色吐息，現在正冒著蒸汽，準備噴發而出。

（我的性命，就是為了這一刻……！）

帕烏睜大雙眼，找回過往如阿修羅的戰士威風，在空中扭轉身體，用鐵棍揮出大上段——

「喝嘿嘿呀啊啊啊啊——————！」

隨著「砰！」、「啪！」的聲音響起，帕烏的鐵棍二度破風，在鐵人的鐵面具中心位置上畫出十字。

鐵面具發出「啪哩啪哩」的聲音，過沒多久龜裂就爬滿整張臉，發出巨大聲響崩毀墜落。鐵人雖然甩著臉大吼，但並沒有表現出爆炸的徵兆，看來帕烏是真的沒有對其肉體造成衝擊。

「那傢伙真的辦到了！」

畢斯可朝著鐵人狂奔而去，無法隱瞞驚訝地對美祿大喊：

「……不，糟糕，她沒有思考過落地的問題！」

畢斯可大喊的時候，美祿已經拉滿了弓，瞄準遠方正往下墜的姊姊。「刷！」地放出的箭劃破空氣，貫穿帕烏的鐵棍，發出「啵！」的聲音，開出圓形膨脹的氣球菇。

美祿看見帕烏勉強取回意識，正控制著那頂白色的降落傘緩緩降落後，立刻轉而瞄準芥川。狂暴不已的鐵人口中的火焰吐息正準備噴發的時候，美祿的箭插在芥川眼前的地面，化為一片巨大錨菇牆壁，保護了老人與大螃蟹。

「看來你也變得有點本事了啊！」

「你平常就該多多這樣稱讚我！」美祿跑在率直表示感嘆的畢斯可身後，大喊著回應他。

「……畢斯可，那裡！」

畢斯可順著美祿的視線往上看去，就在裸露於外的頭部，看到熟悉的身影。

那是一個埋在鐵人眉心的人類，全身幾乎都被鏽蝕溶解，骨頭外露，但那對漆黑的目光，仍將執著深植於已死之人身上，徹底表現出這個男人的本質。

「黑革！」

不知畢斯可的呼喊是否傳給了黑革，只見他傀儡般的臉孔稍稍動了一下，以黑色的雙眼看著畢斯可。不論黑革是否還有保留任何理性，他仍因為興奮而動了起來，扭曲嘴角。

『赤星──────！』

黑革的呼喊就這樣透過鐵人的嘴，化為粗獷的咆哮震盪大氣。畢斯可的翡翠色眼眸與黑革的漆黑雙眼，彼此的視線斜向碰撞，炸出強烈火花。

畢斯可拉滿弓的箭，跟鐵人的火焰氣息幾乎同時放出。畢斯可的乾坤一箭迎戰鐵人那幾乎可以燒燬自身的地獄之火吐息，就像突破大氣層的火箭那樣打散火焰。

『赤星，我也跟你一樣！就算你很強，就算你是對的，但我也不可能乖乖認同！然後就這樣死去啦──────！』

黑革那從體內深處擠出來的執著加強了火焰氣勢。怒吼的黑革皮肉撕裂，骨頭溶解，就算眼珠子溶解後從眼窩噴出火焰，不斷膨脹的瘋狂執著仍持續加熱，並不打算停止。

鐵人彷彿呼應黑革的崩解，鏽蝕的肉體各處撕裂，有如岩漿噴出火焰。而這些地獄火焰終於把畢斯可那理應可以貫穿一切的乾坤一箭，在黑革跟前燃燒殆盡。

『消失殆盡吧————！』

地獄火焰吐息一舉取回氣勢，就在即將燒掉兩人的前一秒——

隨著極快速度「啵！」地往上生長的杏鮑菇，讓兩位蕈菇守護者飛入空中，外套隨風飄揚。美祿預判情勢先射出的杏鮑菇箭，完美地從火焰吐息中拯救了兩人，並代替兩人燃燒殆盡。

「畢斯可，上呀————！」

聽著美祿的聲音從背後傳來，畢斯可深吸一口氣，用力拉滿了弓。眼下看見的鐵人頭部，因噴發火焰吐息而用盡力氣，以有些垂著頭的模樣靜止不動。這毫無疑問是千載難逢的必殺時機。

理應如此。

原本應當力盡的黑革臉孔上，那已經溶解殆盡的雙眼仍猛地對上畢斯可，高舉起手臂橫掃而過。黑革的手臂粉碎的同時，沸騰的岩漿化為鞭子，重重甩在畢斯可的雙眼上。

「嘎啊！」

作為弓手性命的一對鷹眼瞬間遭到封鎖，但畢斯可仍憑著　股堅持拉滿了弓。他很清楚，這就是決定生死的分水嶺。無論如何都必須在這時候射穿黑革的意志，讓他咬緊了牙根。

這時，他的右手上——

有一隻溫暖的手重疊上去，恰恰壓抑住畢斯可因為沉重壓力而顫抖的手。拉著弓的那隻手，也同樣有另一個手掌覆蓋上來。畢斯可在無法看見任何東西的黑暗之中，感覺自己找回了漸漸喪

失的確信。

「拉弓只需要注意兩點。」

「首先，『要看清楚』。」

「另一個呢？」

「堅定地相信。」

「我——」

平靜的聲音低語著。

「我會成為你的眼睛。」

美祿的手靜靜地，稍微調整了瞄準的方位。原本即將萎縮的力量與意志又再度燃燒起來，在畢斯可內心點亮火光。

「所以，你也要堅定地相信。

然後拉弓。

強勁地……」

畢斯可感覺到自己在黑暗之中拉滿的弓，吸收了兩人的生命，正閃閃發光。

「會命中喔，畢斯可。」

「嗯。」

「啪刷」。

在美祿眼中看起來，箭帶著閃耀光輝，以不可思議的緩慢速度向前飛去。那支箭彷彿被從正面瞄準的黑革腹部吸收般飛過去——

「咚」地刺入。

隨著「砰轟！」一聲巨響，讓黑革灰飛煙滅，鐵人頭部開出一個滿月般的大洞。順勢飛出的箭一邊散播著孢子，不僅射穿鐵人，連位於其身後的岩山也一併貫穿，在山麓鑿開一個洞。

「啵！」、「啵！」地連續綻放的食鏽，從鐵人的身體、地面、岩山，甚至只是箭所劃破的空氣輕輕擦過的所有場所叢生而出。

鐵人遭到連續綻放的食鏽壓力壓制，終於有如潰散般埋在食鏽山裡頭。

『喔——————』

鐵人發出細長的死前哀嚎，這聲音也漸漸被持續綻放的食鏽爆炸聲掩蓋，再也聽不見了。

過去曾毀滅日本的破壞兵器，終於走向滅亡。

毀滅的鏽蝕被無限的生命力吞噬殆盡，成為其苗床倒在地上。

食鏽勉強抵銷墜落帶來的衝擊，兩人滾倒在持續脈動的食鏽堆上。雖然必須盡快從這爆發性生長膨脹的蕈菇堆裡逃脫，但兩個人的體能早已超越極限，甚至到了動根手指就必須用盡全力的程度。

「美祿！你還能動嗎！」

「不可能！」

「我也是！」

儘管渾身是傷，但兩位蕈菇守護者還是在非常巨大的成就感之中放聲大笑。

「畢斯可！」

「喔！」

「我有幫上忙嗎？算是你的搭檔了嗎？」

美祿為了不要輸給巨大的噪音，使出全身力量對著畢斯可呼喊。

畢斯可最後露齒而笑，高聲對美祿答道：

「我是箭，你是弓，我們就是弓箭！就是這樣的兩個人！」

蕈菇的脈動突然增強，醞釀出爆炸的前兆。美祿擠出最後的力量在蕈菇上面翻滾，靠近眼睛看不見的畢斯可，緊緊將他的手臂抱在胸口。

『啵！』

20

巨大蕈菇的爆炸，只花了一分鐘就在蕭條的荒野上種出一片食鏞森林。

在過去曾是鐵人身體的遺跡上，一株特別巨大的食鏽就像蕈菇神殿那樣聳立，灑著溫暖閃亮的孢子。

在場所有人都看著眼前這彷彿不屬於這個世界的景象而出神，無法說話。

「……真漂亮……」

在灑落的孢子中佇立的帕烏不知不覺低語。她緩緩取下金屬頭帶，丟在一旁，長長的黑色秀髮靜靜地滑落。

（我們贏了嗎？）

眼中映著美麗燃燒的巨大蕈菇城堡，帕烏的睫毛顫了一下。

「姑娘——！妳沒事嗎——！」

芥川揚起沙塵奔了過來，來到帕烏身邊之後剎車。興奮不已的賈維連滾帶爬地跳下芥川，跑到帕烏身邊，抓著她的肩膀猛搖。

「太好了，真虧妳沒事。哎呀，妳這女人真是不得了啊。」

「賈維老爺你也平安，真是太好了……」

「……姑娘，妳的臉！」

見賈維如此驚訝，帕烏用手掌摸了摸自己臉。原本應該遭到鏽蝕的一半臉孔，在灑落的孢子溶解之下，完全恢復成白皙的肌膚了。

「啊……！」

「哎呀呀，真是個美人兒呀。」賈維看著帕烏，不禁出神，帶著幾分感嘆說道。「鏽蝕已經完全去除，還讓這樣的妳舞棍什麼的，太浪費了。」

「都是你兒子的功勞。」

帕烏將目光從賈維身上移開，再次看了一眼蕈菇城堡。

「是他救了我……在想要拯救你的旅程最後。不只是你和我，還救了大家，救了人類……」

「啊，那個笨蛋！」聽到帕烏這說，賈維突然慌張起來。

「該不會死了吧！還有妳弟弟也是！」

帕烏平穩地輕輕笑了，手指著遙遠的蕈菇城堡頂端。

賈維順著帕烏的手指，抬頭仰望無比高聳，幾乎直達天際的蕈菇菌傘，確認上頭有兩到小小的人影正往下看。

「啊啊，是畢斯可，是畢斯可呀——！他還活著。那個笨蛋，竟然讓我以為他要在一天之內死兩次啊！」

賈維明明一把年紀了，仍興奮地拍著手，開心地跳來跳去。

「不，等等，這樣那兩個人不就下不來了嗎？咱們不能磨蹭了。」

帕烏一把抓住正打算跳上芥川的賈維衣領，把他拖了過來。與驚訝地抬眼看過來的賈維對上眼，帕烏惡作劇似的將手指抵在嘴唇上。

「再等一下。稍微等他們一下。要是現在讓你去了……弟弟就要不理我了。」

「妳、妳在說什麼啊？」

「因為我們是姊弟，所以我知道……」

帕烏抱著賈維穩重地笑著，仰頭望向遙遠天邊的弟弟。兩件外套隨風飄揚，在陽光照耀的蕈菇森林上，形成影子延伸出來。

「……本來只想救兩個人的。」

彷彿要溶解在晴朗天空裡的天空色頭髮受到風兒吹拂，美祿說道：

「沒想到變成這麼不得了的狀況。如果有這麼多食鏽……別說忌濱了，甚至可以治好全日本的鏽蝕病患呢。」

「我的格局就是很大。」

「你那難道不就只是很笨拙嗎？」

「我也是個有點小聰明的男人。」

「像那種標明從這一側的任何位置都可以撕開的調味包，就是怎樣都撕不開嘛。」

「喂！你這是對拯救全日本的男人說的話嗎！」

「畢斯可，你看！大家都在對我們揮手！」

從鏽蝕風暴中存活下來的自衛團員們，在地上有如讚頌英雄般歡呼，不斷揮著手。已經沒有人害怕蕈菇，每個人臉上都掛滿勝利的笑容。

畢斯可也在美祿身邊窺探地面，但被黑革最後一招弄傷的眼睛，還沒有完全恢復視力。距離他那麼遠的地上狀況，他只能掌握到大概的氣氛。

「還不行耶，完全看不見。其他還看得到什麼？」

「嗯……帕烏被自衛團的人抓起來往上拋了！啊哈哈，滋露裝了滿卡車的食鏽！芥川……正追著美洲鬣蜥跑，然後賈維……」

在美祿身邊，坐在蕈菇菌傘上的畢斯可閉上雙眼，一臉平靜地聽著美祿高興述說，這時……發現美祿沒再說話的他，催促美祿繼續說下去。

「老頭怎樣了？」

「畢斯可。」

「？」

美祿撲進畢斯可的懷裡，讓畢斯可被他的頭撞到失去平衡。這時，有種溫暖的東西濡濕了畢斯可的胸口，壓抑了他打算出口的抗議話語。

「可以聽到心跳……」

「……我們……不是說好了，死的時候要一起。」

「不要再……不要……再丟下我了，畢斯可……！」

搭檔的纖細心靈忍耐了這麼久，終於承受不住而潰堤，化為眼淚滿溢而出，溫暖地染上了畢斯可的皮膚。

美祿也不在意其他人的眼光，越哭越大聲，一再嚎啕地哭喊，緊抓著畢斯可的胸膛，像個孩子一樣哭了。

畢斯可本來想說些話來安慰他……但又想到自己如同美祿所說，就是個很笨拙的人，於是放棄開口了。

這時一陣強風吹過，畢斯可穩重的臉龐舒爽地承受風的吹拂，紅色頭髮隨風飄揚。

照亮兩人的陽光漸漸轉為夕陽，正準備沒入遠方的地平線之下。

21

在北宮城大乾原發生軍事設施不明原因的爆炸事故，以及大量蕈菇森林叢生的案件，日本政府罔顧一切因果關係與現場真相，認定此案為世紀大惡徒食人赤星所為，並通報各縣。

另外，藉著此次案件，在非正規狀況下就任的忌濱縣政府新知事帕烏，單方面向日本政府宣布獨立。她嚴厲地糾彈迫害蕈菇守護者的現狀，並宣布該縣將對全國所有蕈菇守護者開放，作為守護他們免於迫害的壁壘。

原本持懷疑態度的蕈菇守護者們，看到在帕烏身邊撫著鬍鬚的英雄賈維，轉眼間便從全國蜂擁而至。目前忌濱的城牆裡，原本的居民與蕈菇守護者人口大約各占一半，成為前所未見的一座城鎮，並以奇妙的繁榮延續至今。

在重建的熊貓醫院監控之下改良的食鏽安瓶，代替可以從中獲取暴利的鏽蝕病安瓶，幾乎以免費的方式在忌濱縣內，以及霜吹、岩手和秋田等地流通，從死亡的恐懼之中拯救許多為鏽蝕病所苦的病人。但很遺憾的，許多自願想要拜師的醫師們的期望落空，關於創造奇蹟的名醫——熊貓醫生的下落，至今仍完全成謎。

忌濱獨立一事，鬧得全日本沸沸揚揚，而同一時期有件醜聞悄悄發生，並就此被抹滅掉了。

那是發生在群馬南部，接壤埼玉鐵沙漠的縣境關隘。

這個故事，將以這個小小的案件始末做結。

「食人菇　赤星畢斯可」。

釘在檢查哨牆壁上的懸賞單隨風飄揚。

荊棘般的紅髮，戴著有裂痕的貓眼風鏡，炯炯有神的右眼周圍有著一圈火紅的刺青。在「捉拿金八十萬日貨」的地方，畫了好幾次紅線反覆修改，最後上頭粗暴地胡亂寫著「大約兩百萬」字樣。到了現在，這已經是日本隨處都可以看到，一點也不稀奇的紙張了。

只不過在那張懸賞單旁邊，追加了一張看起來比較新，比較沒有那麼破爛的懸賞單，仔細地用圖釘釘在牆上。上面印著有著一頭晴朗天空般的天藍色頭髮，儘管長了一張娃娃臉但五官端正姣好，還有著一對大大的眼睛。然而這甚至會讓人誤認為是女性的美麗容貌上，右眼周圍卻被一團圓圓的黑色胎記覆蓋，讓人不禁聯想到親近人類的熊貓。

手邊沒事做的官差看兩位等待通關手續的旅行僧人，一直盯著那兩張懸賞單動也不動，於是探出身子搭話：

「你們是怎麼啦？現在還覺得赤星的懸賞單稀奇嗎？」

「……不，只是覺得這另一位——」

一個旅行僧人拚命壓抑顫抖的聲音，佯裝冷靜，回頭看向官差。

「只是在想為什麼他會叫……『食人熊貓』……」

「這不是一看就知道了嗎？」鬍子臉官差似乎因為可以聊到懸賞單的事，而顯得非常高興，只見他喝了一口白蘭地，開心地回話。「他就是熊貓醫院的貓柳美祿啊。原來似乎在忌濱當醫生，但聽說實際上他可是會吃掉患者的食人醫生喔。喏，你看他長了一張連蟲子都不敢殺的可愛臉孔，卻喊出五十萬日貨的懸賞金耶，這下不是讓人都不敢安心地去看醫生了嗎？」

鬍子官差所說的內容，以及那多嘴的說話方式，似乎讓另一位旅行僧人再也忍耐不住，只見他低著頭「呼、嘻嘻嘻……！」地拚命忍笑。發問的僧人用手肘頂了伙伴的心窩一下，接著輕咳一聲，才顯得有些不悅地回答：

「……如您所說，他看起來不像壞人呢。」

「嗄哈哈哈……雖然當官差的我說這種話不太好，但這年頭沒多少人會相信懸賞單上面的內容，把這些人當成真正的壞人看待啦。據說這熊貓是個名醫，因為他違背高官，免費幫人治病，所以才會落得遭到懸賞的下場。」

鬍子官差這麼這麼說完，笑著把通過查驗的通行證交給第一個僧人後，突然懷念似的仰望天空。

「還有，旁邊那個赤星啊……雖然長了一副真的像會吃人的凶惡臉孔，但我覺得他應該不是那麼壞的壞人。他只是做事情的方式誇張了點……」

旅行僧人看到鬍子官差遙想當年的樣子，稍稍放鬆了表情，對著搭檔笑了一下。而僧人的搭檔，只是不覺得有什麼特別值得感慨之處，聳了聳肩。

「開門。」

發出「嘎哩嘎哩」聲音打開的群馬南門，周圍的牆壁和沙地上已經爬滿了柔軟的蕨類，也四處可以看到細嫩的小草。在大約一年前，這個彷彿死亡入口般，充滿鏽蝕與沙子的地方，只花了短短一年就找回了如此規模的自然生機，的確值得驚訝。不過這裡畢竟是個大半年都不見得會有一個人經過的地方，所以只有眼前的鬍子官差，以及助手太田清楚這件事情了。

旅行僧人行禮致謝，拉著狗橇穿過大門。這時僧人的搭檔大步走來關隘窗口這邊，隨意從懷中掏出兩瓶閃耀橘色光輝的安瓶，放在櫃檯上。

「這啥啊？」

「在忌濱謠傳的食鏽安瓶。」

僧人把綠色的眼對上有些畏縮的鬍子官差，滿不在乎地說道：

「這是給你和助手的份，算是聊表一點小心意。」

「這麼……高級的東西……！」鬍子官差實在難掩驚訝，但還是當下抿緊嘴，強硬地駁回：

「混帳東西，我不能收和尚賄賂！我可是官差啊！」

「你們每星期都很認真用河馬糞便幫杏鮑菇施肥嘛。」

旅行僧人開心地看著復甦的自然景觀，亮出一個笑容，轉頭面向鬍子官差。

「這算是給你們的獎勵啦。鬍子肥豬，意見不要這麼多，乖乖收下就是了。」

「……啊、啊、啊！」鬍子官差的眼睛越睜越大，看著那令人難以忘懷的大膽笑容及露出的犬齒。「你、你、你是——！」

旅行僧人咯咯笑著咻地跑走，一舉跳上狗橇，跨上貨台，並敲了覆蓋貨台的麻布一下。瞬間，麻布整塊飛起，巨大螃蟹拎著兩位旅行僧人，「咚！」一聲落地。

「太田、太田——！是赤星，赤星出現了——」

兩位旅行僧人回頭看著騷動起來的關隘，取下纏在臉上的繃帶，火紅頭髮和天空色頭髮隨風飛揚。遠遠目送著不知在生氣還是高興的鬍子官差，畢斯可邊笑著面對美祿邊說：

「食人熊貓。」

「吵死了！我才不會吃人……！」

美祿坐在正面的鞍上，握著芥川的韁繩，鼓起嘴回過頭去，這時突然整張臉亮起來，拍了拍畢斯可的背。

「畢斯可！照相機對著我們耶！快點，笑一個！」

「啊——？」

「快點啦！」

從遠處對著兩人的太田的相機，在兩人回過頭來的瞬間，芥川正好高高躍起跨過一個山丘，於是再也看不到那座關隘了。

「吶，畢斯可，你真的要治療你的身體？」
「當然，我可沒有嚮往過長生不老喔。既然賈維也不知道治療方法，就只能去找更年長的長老們……一個接一個去拜訪所有蕈菇守護者的聚落了。」
「這樣很浪費耶！現在的你明明就是無敵的食鏽人了！」
「別說得事不關己的樣子啦！蕈菇跟人類的混血很噁心耶。而且一個不注意就會馬上長出蕈菇……啊，頭髮裡面又長出來了。」
「啊，不可以拿掉，那朵蕈菇超可愛的！」
「什麼跟什麼啊！」
「不過，這樣也好！我也不想只有我會變老，但這肯定會是一趟漫長的旅途喔。」
「可能吧。不過最終一定會順利……畢竟……」
「畢竟？」
「……我們是無敵拍檔啊。」
「……嘿嘿……你說得沒錯……」
「你剛剛是刻意誘導我這樣說的吧，今天到底想要我講幾次這個段子啊？夠多了吧？」
「才不夠！誰教你平常都不稱讚我，怎麼能不趁機多保存一點。」
「……我哪能做到這麼機靈的事啊……不對，這種東西不要保存啦！你會生病！」

年輕關隘官差太田不為人知的才能，捕捉到赤星與貓柳兩位食人通緝犯並肩看向鏡頭的奇蹟一幕。在貓柳天真爛漫的笑容，與彎著手指比出的V字旁邊，映著伸出中指，狠狠瞪過來的赤星那張瘋狗臉。

這張完全依照懸賞單需求所拍下的照片，最終沒有提交給縣政府。太田將之收進白色相框，有如護身符般，低調地擺設在自己的辦公桌角落。

後記

我喜歡步上毀滅的世界。好像啦。

回顧一下自己喜歡的小說、漫畫、遊戲，有一大部分都是世界毀滅的題材。

為什麼會這樣？

我最近會拿「因為在毀滅之中求生的人，才會更顯得耀眼」這種裝模作樣的理由出來解釋。

《北斗神拳》世界觀底下不可或缺的「莫西干頭」們，就是很好的例子。

雖然他們確實是十惡不赦的壞蛋，但在那樣的世紀末，直截了當地表露自身欲望，不受束縛、不受委屈，每天都活力十足地頂著閃閃發光的汗水，做著掠奪他人的行為。

「呀喝——！是水！」之類，充滿希望的大吼！雖然三秒之後就在完全無法抵抗之下被拳四郎殺掉，但他們是如此正向。既愚蠢、軟弱又倒楣……即使如此，仍一腳踩滿生命油門，穿梭於世紀末，並葬送生命的這些莫西干頭，那種超越善惡的生命力延伸與短暫的光輝，真的讓我無法不喜愛。

從這個層面來看……

《食鏽末世錄》的世界觀與角色們，可以說是繼承了莫西干頭們光彩奪目的生命力（我不是指外觀或者他們會發出的奇怪叫聲……而是精神層面！）。

如果各位能有「這個世界明明就要毀滅了，還真是活力充沛啊～～」的想法就太好了，但實際上大家覺得如何呢？

先不討論世界觀，關鍵的英雄們要怎麼搭配組合這部分確實讓我傷透腦筋。莫西干頭跟主角的差別究竟在哪裡？我想應該就在於「使命」的有無吧。滿溢而出的生命力，究竟要流向什麼地方呢？

這會因為故事的主題而有所不同。可能是「正義」，也可能是「野心」。

而我，則賦予了畢斯可他們「愛」。

「愛」或許容易被認為是複雜艱深的詞彙。「食鏽」的畢斯可則把它定義在「非常重視某個人」（這重視包括憎恨與執著的情緒）之上。六個人與一隻動物就是為了「愛」而賭上自己生命中的一切，完全不在乎把自己弄得遍體鱗傷，穿梭在即將滅亡的世界。

這些人的社會化程度是零，完全是蠻夷，自始至終腦袋裡真的就只有「愛」。

不過——

即使在現代，若能有為了心愛對象（不管是人、工作、藝術……或者筆耕）去賭命的時候，不管受過多少創傷挫折，人都會在每一次受傷後顯得更加美麗而耀眼，諸如此類……

我確實是懷抱著對「愛」的讚頌與祈願，寫下關於他們的故事。

若他們身上的純真及專一，能給各位讀者帶來活力，哪怕是一點點也好，身為一個作者，沒有比這更幸福的事了。

……就讓我用這樣的期許，結束這段後記吧。再會。

瘤久保慎司

國家圖書館出版品預行編目資料

食鏽末世錄 / 瘤久保慎司作 ; 何陽譯. -- 初版. -- 臺北市 : 臺灣角川, 2019.04-
冊 ;　公分
譯自 : 錆喰いビスコ
ISBN 978-957-564-864-0(第1冊 : 平裝)

861.57　　108001933

Kadokawa
Fantastic
Novels

食鏽末世錄 1

（原著名：錆喰いビスコ）

2019年4月24日　初版第1刷發行

作　者：瘤久保慎司
插　畫：赤岸K
世界觀插畫：mocha
日版設計：AFTERGLOW
譯　者：何陽

發行人：岩崎剛人
總經理：楊淑媄
資深總監：許嘉鴻
總編輯：蔡佩芬
編　輯：江宇婷
美術設計：莊捷寧
印　務：李明修（主任）、黎宇凡、潘尚琪
發行所：台灣角川股份有限公司
地　址：105台北市光復北路11巷44號5樓
電　話：（02）2747-2433
傳　真：（02）2747-2558
網　址：http://www.kadokawa.com.tw
劃撥帳戶：台灣角川股份有限公司
劃撥帳號：19487412
法律顧問：有澤法律事務所
製　版：尚騰印刷事業有限公司
ISBN：978-957-564-864-0